로크미디어가
유혹하는
재미있는 세상

ROK
MEDIA
로크미디어

더 파이널 4

2021년 12월 17일 초판 1쇄 인쇄
2021년 12월 22일 초판 1쇄 발행

지은이 유성
발행인 김정수 강준규

기획 이기헌 왕소현 박경무 강민구
책임편집 백승미
마케팅지원 배진경 임혜솔 송지유 이영선

발행처 (주)로크미디어
출판등록 2003년 3월 24일
주소 서울시 마포구 성암로 330 DMC첨단산업센터 318호
Tel (02)3273-5135 **편집** 070-7863-8595 **Fax** (02)3273-5134
홈페이지 rokmedia.com **E-mail** rokmedia@empas.com

ⓒ 유성, 2021

값 8,000원

ISBN 979-11-354-6924-4 (4권)
ISBN 979-11-354-6920-6 04810 (세트)

유성 퓨전 판타지 장편소설 ④

The Final

더 파이널

CONTENTS

장렬한 보물

펑! 콰지지지─!

폭음과 함께 터져 올라오는 뇌전!

와일드 오러와 격돌한 놈의 목 주변에서 투명한 비늘 같은 무언가가 터져 나갔다.

그게 시작이었고, 또 끝이었다.

쿵─!

"크윽!"

태영이 바닥에 떨어지며 신음을 터뜨렸다.

주체 못 할 힘을 뿜어내며 날뛰는 그리모어를 제어하느라 정작 제 몸을 제어하지 못한 탓이다.

그야말로 모든 것을 쏟아부은 혼신의 일격.

푸화아아아~!

이게 그 결과였다.

놈의 목 위로 뿜어져 올라오는 시커먼 핏줄기!

본래 그 자리에 있던 놈의 머리통은 이미 태영의 앞에 떨어져 있었고, 피를 뿜어 올리는 몸도 곧 천천히 기울어지며 쓰러졌다.

　-종합 평가 레벨이 상승했습니다!

　-종합 평가 레벨이 상승했습니다…….

동시에 눈앞에 주르륵 떠오르는 메시지!

"돼, 됐어!"

태영의 입에서 격앙된 목소리가 터져 나왔다.

힘겹게 일으키는 몸속에서 우적대는 소리와 함께 날카로운 통증이 느껴졌지만, 그래서 더 명확하게 실감할 수 있었다.

"해냈어! 놈을 쓰러뜨렸다!"

　-그래, 아슬아슬하기는 했지만, 우연한 승리 따위는 없지. 이길 만해서 이긴 거고, 전투는 그 결과가 전부다.

그리모어의 말대로다.

반은 도박이었지만, 그저 운에 맡긴 도박은 아니었다.

할 수 있다고 믿었고, 그 믿음을 이루기 위해서 모든 것을 쏟아부은 결과다.

어둠의 계곡에 들어온 것도! 놈을 쓰러뜨린 것도!

그러니 기뻐할 자격은 충분하지만.

─한 가지 의문은…… 이게 정말 도노반의 책에 나왔던 그 신대의 몬스터, 재앙이라는 놈이냐는 건데…….

그 부분은 아직 태영도 뭐라 확답할 수 없었다.

그러나 놈이 뭐든.

"지금 중요한 건 그게 아니지."

흥분을 가라앉힌 태영은 욱신대는 몸을 강제로 잡아끌듯이 움직이며 사체로 다가갔다.

─정말 초지일관이군.

그리모어가 웃음기 섞인 목소리로 말했다.

당연히 그래야 하는 일이다.

이계의 몬스터는 게임처럼 돈이나 장비품을 떨궈 주지 않으니까.

얻을 수 있는 건 소재뿐이고, 그건 조금이라도 빨리 해체해야 조금이라도 좋은 품질의 소재를 얻을 수 있다.

따라서 신속한 해체는 승자의 권리이자 의무!

위이이잉! 서걱!

오러를 뿜어 올리는 그리모어를 휘두르자 가죽이 별다른 저항감조차 없이 갈라졌다.

'죽은 뒤에는 강도가 떨어지는 게 당연하지만, 이건 격차가 꽤 심하군. 가죽의 질감은 잘해야 중급 몬스터 수준······.'

그러나 실망하기에는 아직 이르다.

가죽이 생각보다 약하다는 건 태영을 곤란하게 만들었던 방어력은 놈의 마력이 커버하고 있었다는 의미.

마석 쪽은 기대할 만하다는 말이다.

이에 태영이 일단 가죽 해체를 중지하고 마석이 있을 만한 부위로 시선을 돌릴 때였다.

쿵-!

어둠 속에서 울리는 굉음!

"이, 이 소리는······."

움찔하며 멈춰 선 태영의 입에서 불안한 목소리가 흘러나왔다.

-서, 설마····· 아니겠지.

그리모어의 목소리도 긴장감으로 굳어졌다.

쿵-!

그때 또다시 굉음이 울렸다.

조금 전 굉음이 울린 곳과 완전히 다른 방향에서.

-그, 그래. 설마 아니겠지. 그런 놈이 둘도 아니고····· 셋이나 될 리가 없잖아. 분명 조금 전 전투의 충격으로 어딘가가····· 어, 어이, 주인, 왜 그래? 뭐라고 대답 좀 해 봐.

태영도 그렇게 생각하고 싶었다.

그러나 헛된 희망이었다.

쿵! 쿵! 쿵! 쿵!

양쪽에서 빠르게 좁혀 오는 굉음!

– 빌어먹을! 말도 안 돼!

끄아아아아–!

그리모어의 욕설을 삼키며 울리는 괴성과 함께 시야 안으로 불쑥 들어오는 두 마리의 괴물!

정확히 말하면 놈들은 태영을 향해 뛰어온 것은 아니었다.

방금 태영이 쓰러뜨린 놈의 사체였다.

그러나 다를 건 없었다.

몇 번 사체를 흔들어 본 두 놈이 바로 태영을 향해 머리를 돌렸다.

조금 전 쓰러뜨린 놈보다 더 크고, 강렬한 적개심을 드러내는 두 마리의 괴물이!

– 한 놈도 간신히 쓰러뜨렸는데 두 놈이라니…… 더구나 이미 주인의 몸은…….

태영은 대답하지 않았다.

'확실히 몸의 대미지는 적지 않다. 하지만 움직이지 못할 정도로 대미지를 입은 곳은 없어. 팔도, 다리도 움직인다. 그리고 순환의 반지 덕에 아직 마력도 여유가 있어.'

빠르게 몸 상태를 점검하고 있었다.

'그래도 바로, 더구나 두 마리나 상대할 수 있는 상황은 아

니지만⋯⋯.'

끼에에엑−!

그때 한 놈이 괴성을 터뜨리며 돌진해 왔다.

사실 돌진이랄 것도 없었다.

놈의 긴 다리는 한 걸음 내딛는 것만으로도 10여 미터를 다가왔고, 그와 함께 휘두른 긴 팔은 이미 태영을 향해 날아들고 있었다.

"좋다! 어디 한번 해보자! 네놈들이 뭐든, 적어도 얌전히 먹히지는 않는다!"

태영은 '블링크'를 이용해 뒤쪽으로 물러나며 포션을 꺼내 들었다.

−주인, 위쪽이다!

그때 그리모어의 목소리가 파고들어 왔다.

태영은 그제야 '블링크'로 이동하는 사이에 눈앞에서 한 놈이 사라졌다는 것을 깨달았고, 머리 위에서 밀려드는 돌풍에 모든 상황을 이해했다.

'⋯⋯협공!'

"그리모어! 양손 도끼!"

태영이 황급히 그리모어를 들어 올리며 소리쳤다.

동시에 위쪽으로 향한 시선 속으로 팔을 휘두르며 떨어지는 놈이 보였다.

그 사이로 작은 병이 날아든 건 그때였다.

퍼펑! 화르르르!

그리고 폭음과 함께 터져 올라오는 백색 불길!

끄아아아아-!

불길에 휩싸인 놈이 비명 같은 괴성을 터뜨렸다.

그 덕에 팔의 궤도가 흔들리며 방패처럼 세운 도끼날을 스치고 지나갔지만, 그 충격만으로도 태영은 중심을 잃고 수 미터나 밀려났다.

그때 또다시 작은 병이 날아들었다.

펑! 화르르르-!

그 틈을 노리고 달려들던 놈이 불길이 터지는 머리를 흔들어 대며 물러났다.

"이쪽이다!"

뒤에서 그렉의 고함이 들려왔다.

반사적으로 고개를 돌린 태영은 놀라 버리고 말았다.

그렉의 목소리가 들려온 건 '나이트 비전'의 시야 너머였지만, 그럼에도 알아볼 수 있었기 때문이다.

일렁이는 검은 안개 저편에서 갈라지는 거대한 실루엣!

그게 뭔지 상상하기는 어렵지 않았다.

퉁-!

차지대시로 거리를 좁히자 눈과 귀로도 확인할 수 있었다.

쿠쿠쿠쿠-!

기관 장치처럼 보이던 벽이 톱니바퀴를 회전시키며 좌우

로 갈라지고 있었다.

"서둘러! 놈들이 따라붙고 있다고!"

팔을 흔들어 대던 그렉이 앞서 뛰어 들어가며 소리쳤다. 그리고 불과 몇 초 차이로 태영이 뛰어 들어갔을 때였다.

끼아아아–!

그 뒤를 따라 문틈으로 들어오는 놈의 팔!

"힉! 흐아아아–!"

문 뒤에 붙어 있던 그렉이 비명을 터뜨리며 주저앉았다.

그리고 엉덩이를 질질 끌며 다리를 버둥대는 것치고는 경이로운 속도로 물러났다.

게다가 그 와중에도 할 일은 한 모양이다.

쿠쿠쿠쿠–!

문에 박힌 톱니바퀴가 반대로 회전하며 닫히기 시작했다.

그러나 태영을 따라오던 놈은 그렉과 달리 물러날 타이밍을 놓치고 말았다.

어깨까지 팔을 들이밀고 미친 듯이 벽과 바닥을 긁어 대다가 좁아지는 문에 압박을 받고 황급히 뒤로 빼려고 했지만.

콰지지직! 쿵–!

문은 놈의 팔목 아랫부분을 그대로 짓뭉개며 닫혀 버렸다.

'오러 소드로도 끊어 내지 못한 팔인데……'

C-4 더미로도 흠집 하나 내지 못했던 문의 위력이었다.

물론 놈의 팔을 끊어 낸 건 문의 견고함보다는 그 문을 움직이는 기관 장치의 힘이라고 해야겠지만 어쨌든.

"덕분에 살았습니다. 설마 그사이에 해제 방법을 찾아낼 줄은 상상도 못 했습니다."

태영은 그제야 한숨을 불어 내며 그렉을 돌아보았다.

주저앉은 채 얼빠진 얼굴로 문 앞에 떨어진 팔을 바라보던 그렉이 퍼뜩 고개를 돌렸다.

"응? 어, 그, 그래. 뭐 못하면 죽는다고 생각하니 어떻게든 되더군."

태영이 '에어워크'를 성공시킨 것도 같은 이유였다.

다른 점이 있다면 그렉의 바지가 흥건히 젖어 있다는, 매우 사소한 차이뿐이었다.

물론 굳이 지적할 필요는 없었다.

"그나저나 큰일이군. 어찌어찌 문을 여는 방법을 찾아서 살았지만, 밖에 저런 놈들이 버티고 있으니…… 아!"

"왜 그러십니까?"

"젠장, 서두르다 보니 무적 1호를 밖에 두고 와 버렸어!"

"무적 1호?"

"여기까지 타고 왔으면서 이름도 모르고 있었나? 그 기관 차 말이야. 너를 도울 때 던진 게 그 기관차에서 빼낸 다올의 성유였어. 뭐, 기대만큼 효과가 있던 건 아니지만…… 돌아 버리겠군. 저 자식들, 동료를 잃은 데다 한 놈은 팔까지 떨어져 나갔으니 밖에서 이를 갈고 있을 텐데 다올의 성유마저 없다니…… 다 틀렸어! 망했다고!"

"그건 아직 모르죠."

"모르긴 뭘 몰라? 네가 한 놈을 해치운 건 대단하지만, 그래도 두 놈을 한꺼번에 상대하기는 힘들 거 아니야! 미리 말해 두지만, 난 아무짝에도 도움이 안 된다고!"

　─별걸 다 자랑하는 놈이군.

태영도 애초에 그런 건 기대도 하지 않았다.

그러나 그리모어의 잦은 유혹에도 불구하고 인내심을 발휘하며 데리고 오기를 잘했다는 생각은 들었다.

"글쎄요. 충분히 쉰 다음에 붙으면 어떻게 될지 모르겠지만……."

일단 그렉 덕분에 위기를 넘기기도 했지만.

"안에 뭐가 있는지에 따라 다르겠죠."

그건 그저 위기를 넘긴 것 이상의 의미가 있으니까.

"어? 가, 같이 가!"

몸을 돌린 태영이 안쪽으로 걸음을 옮기자 그렉도 허둥지둥 몸을 일으키며 뛰어왔다.

그러나 이내 다시 털썩 주저앉았다.

"이, 이건 대체 뭐……."

그리고 한 번 더 지릴 것 같은 얼굴로 떠듬거렸다.

　─음…….

그리모어는 침음성을 흘렸다.

"그래, 그렇겠지."

태영은 고개를 끄덕였다.

그 앞에 떠올라 있는 것은 괴물의 유해.

정확히는 이마에서 뒷덜미까지 9개의 뿔이 줄지어 박혀 있는 두개골이었다.

"이, 이건 악몽이야……."

그럼에도 그렉이 이런 반응을 보이는 건 그 크기 탓이다.

유해를 두개골이라고 표현한 건 그것밖에 보이지 않기 때문이다.

그것밖에 없다는 말이 아니라, 말 그대로 보이지 않았다.

두개골의 크기만 대략 20여 미터.

그러니 보일 리가 없었다. 레벨 2에 도달해 한층 넓어진 '나이트 비전'의 시야로도. 아니, 상상조차 되지 않았다.

나머지 몸이 그 뒤의 어둠 속 어디까지 뻗어 있을지는.

그러나 한 가지만은 알 수 있었다.

"이놈이군."

몬스터는 크다고 다 강한 건 아니다.

그러나 대부분 몸집과 강함은 비례한다고 할 수 있었다.

단순히 체급과 그 체급에서 발휘되는 파워를 말하는 게 아니다.

물론 그 역시 무시할 수 없는 힘의 기준이지만, 애초에 그처럼 막강한 피지컬을 갖게 되는 것도 육체적인 힘보다는 마력의 힘이라고 해야 한다.

이계에서는 같은 종임에도 다른 놈보다 큰 몬스터가 있다면 이유는 하나밖에 없다.

넘치는 마력에 의한 성장! 그리고 진화!

보통 그런 진화를 통해 거대화된 몬스터는 본래 그런 몸으로 태어난 몬스터보다 몇 배는 더 강하다.

힘과 마력, 그리고 경험도.

'이놈이 본래 어떤 종의 몬스터였는지는 모르겠지만, 고룡조차 이 정도 크기는 아니야. 다시 말해 다른 종에서 진화한 놈이라면 고룡보다 강하다는 의미다. 그렇다면 당연히 감당할 수 없었겠지, 신대 시대의 사람들도. 그래, 의심할 여지가 없겠지. 틀림없어. 바로 이놈이다.'

놈이 바로 재앙!

'그리고 놈이 이곳에 죽어 있다는 건 이곳에 보물이 있다는 말이겠지만…….'

태영이 주위를 둘러보았다.

도노반의 책에 그 아티팩트는 빛으로 표현되어 있었다.

더구나 이만한 몬스터를 쓰러뜨릴 정도라면 그 빛의 힘도 약하지는 않을 터.

그러나 주위에는 작은 불빛조차 보이지 않았다.

태영이 새삼 주위를 둘러본 이유도 그 때문이 아니었다.

주위의 바닥에 긁히고 파인 흔적이 있었다.

그리고 두개골 역시, 뿔이 돋아난 이마에서 턱까지 세로로 쪼개져 있었다.

생각할 것도 없이 전투의 흔적!

'다시 말해 이곳에서 전투가 벌어졌다는 말인데…… 대체 뭐와 싸웠다는 말이지? 놈을 쓰러뜨린 건 아티팩트의 힘이 아닌가? 가만? 그럼 설마…….'

"어, 어이!"

그때 뒤에서 그렉의 당황한 목소리가 들려왔다.

"여, 여기 사람이 있어!"

"사람?"

생각지도 못했던 말에 태영이 바로 그 방향으로 뛰어갔다.

─이건 사람이라기보다는…….

미라였다.

물론 그렇다고 붕대에 둘둘 말린 미라는 아니었다.

마치 크레이터처럼 움푹 파여 들어간 벽에 박힌 듯이 파묻힌 채 그대로 미라화돼 버린 시체다.

그리고 태영은 그 미라를 보는 순간.

"하아……."

입에서 한숨을 흘러나왔다.

─뭐야? 그 반응은? 갑자기 왜 한숨을 불어 내고 그래?

"보고도 모르겠어?"

그리모어의 말에 태영이 기운이 쪽 빠져 버린 얼굴로 대답했다.

"이곳에 남아 있는 전투의 흔적, 머리가 쪼개진 채 죽어 있는 저 몬스터, 그리고 이 벽에 박힌 채 죽어 있는 미라. 그 걸 다 보고도 아직 감이 안 와?"

"응? 나한테 묻는 건가?"

옆에서 불안한 눈알을 굴려 대던 그렉이 껌뻑대며 물어 왔지만, 대답할 기분도 들지 않았다.

앞서 늘어놓은 말들을 합쳐 보면 나오는 결론은 하나밖에 없어서다.

'신대의 지보(至寶)…….'

그건 태영이 기대하던 것과 같은 아티팩트가 아니었다.

바로 그 미라다.

이곳에서 재앙이라는 놈과 싸운 것도, 놈을 쓰러뜨린 것 도, 도노반의 책에 빛으로 표현되어 있던 것도.

'재앙이 그 힘을 알고 피해 다녔다고 적혀 있던 이유가 그 때문이었던 거야. 물건이 아닌 사람, 결국 지금까지 내가 한 일은 모두…….'

일단 생각은 여기서 멈췄지만, 머릿속에서는 이미 그 뒤에 어울릴 만한 단어가 떠오르고 있었다.

그러나 태영은 와락 머리를 흔들었다.

'아니, 아직 단정할 수는 없어! 내 추측이 맞더라도 저 사 람은 신대의 문헌에 지보라고 적혀 있을 정도의 전사! 당연히 상상하기 힘든 힘을 가지고 있었겠지만, 그게 전부는 아닐 거다. 전사는 그 격에 맞는 장비를 사용하는 법! 하물며 저런 괴수와 결전을 준비하며 빈 몸으로 왔을 리가 없어! 그가 아니라도 신대 사람들이 온갖 아티팩트를 주렁주렁 달아 줬을 터!'

태영의 생각대로였다.

일단 미라가 쥐고 있는 검부터 범상치 않았다.

갑옷도 무슨 소재인지는 알 수 없지만 일단 평범해 보이지는 않았다.

그러나 검은 손잡이만 남아 있었고 갑옷은 등 쪽에 타다 남은 옷가지처럼 흔적만 남아 있었다.

목걸이나 반지처럼 보이는 장신구도 조각조각 부서져 형태조차 알아보기 힘들었다.

―백금 조각, 메테오릭 나이트의 파편, 영화의 휘석 가루…….

'감정'으로 확인해 봐도 마찬가지.

그래도 그건 그것대로 돈이 될 만한 것들이라 일단 챙기기는 했다.

그러나 당연히 이런 귀금속 조각이나 바라고 여기까지 온건 아닌지라 결국 그 단어가 떠오르고야 말았다.

……삽질!

그것도 그냥 삽질이 아니다.

'밖에는 전력을 다해서 겨우 한 마리를 쓰러뜨린 놈이 아직 두 마리나 더 돌아다니고 있다. 휴식을 취하면 한 마리야 어떻게든 되겠지만, 동시에 두 마리라면…….'

제 무덤을 파는 삽질이었다.

이에 한숨을 불어 내던 태영의 얼굴에 쓴웃음이 번졌다.

'이미 경험한 것만 반복해서는 성장에 한계가 있다는 생각으로 기껏 찾아온 결과가 이거라니. 허탈하기도 하지만, 한심하다는 생각도 드는군. 홀로 저런, 얼마나 강한지 상상도 안 되는 괴수를 쓰러뜨린 전사 앞에서 고작 그 새끼만 한 크기도 안 되는 놈들을 걱정하며 한숨을 불어 내고 있으니 말이야.'

아마 그에게 밖의 놈들 따위는 피라미조차 되지 못했을 것이다.

그리고 그건 순수하게 그의 힘.

아티팩트마저 박살 날 정도의 전투를 치르고도 유해가 온전히 보존돼 있는 게 그 증거다.

그런 남자가 죽음과 맞바꿔 신대를 위협하던 재앙을 해치운 것이다.

'그래, 도노반의 책에 적혀 있던 말대로야.'

그는 틀림없이 보물.

더할 수 없을 정도로 장렬한 보물이다.

'나는 이 남자처럼 살 생각은 없지만, 그 포기하지 않는 정신만큼은 본받을 가치가 있지. 그래, 낙담할 이유는 없어. 이런 것도 과정이고, 얻은 게 없다고 할 수도 없어. 그러니 밖에 있는 놈들도 어떻게든…….'

몸을 돌리던 태영이 움찔하며 다시 유해를 돌아보았다.

미처 생각하지 못하던 것이 떠올라서다.

'어쩌면…….'

그 눈이 다시 기대감으로 반짝이기 시작했다.

빠르게 태영의 감정 변화를 캐치한 그리모어가 물었다.

–왜 또? 더 뒤져 보게?

그럴 생각은 없다.

이미 샅샅이 뒤져 보았고, 뭔가 있었다면 탐욕에 물들어 있던 태영의 눈에 놓쳤을 리가 없다.

그러나 되레 그 탓에 깨닫지 못하고 있었다.

'확실히, 크게 상한 부분은 찾을 수 없어. 직접적인 사인이 뭔지는 모르겠지만, 신대라면 약 천 년 전. 그만한 시간이 지났는데도 사체가 이렇게 온전하게 보존되고 있는 이유는 아마도 이 사람의 힘과 관련이 있겠지. 그렇다면 내부의 기맥도 아직 보존되고 있을지도 몰라.'

먼저 생각했어야 할 건 이거였다.

왜냐하면, 태영은 이미 경험이 있기 때문이다.

마경의 숲에 있던 늪지에서 마법 가방의 잠금장치를 해체하는 방법을 찾기 위해 유해의 마력 패턴을 읽었을 때.

비록 완전한 형태는 아니지만, 그가 익히고 있던 스킬을 습득했다.

다시 말해 기맥이 보존되어 있다면 이 미라, 홀로 재앙을 물리친 전사의 기술을 습득하게 될지도 모른다는 의미!

이에 태영은 바로 마력을 불어 넣었고.

'이건⋯⋯.'

당황해 버리고 말았다.

마력의 흐름이 막혀서가 아니다.

되레 그 반대, 너무나 막힘없이 몸 전체로 퍼져 나가기 시작해서다.

태영은 그런 식으로 마력이 퍼져 나가는 경험을 해 본 적이 없다.

이전 회귀까지는.

그런 마력을 흐름을 느껴 본 건 이번 회귀, 각성자의 몸은 얻은 다음이었다.

'어딘가 누수되고 있는 게 아니다. 틀림없이 제대로 기맥을 타고 흐르고 있어. 그럼 설마 이 사람도 나와 같은 각성자의 몸이었다는 말인가?'

거기까지 생각하자 퍼뜩 떠올랐다.

그것도 도노반이 훗날 발간하게 될 고대 문헌 안내서의 내용 중 하나다.

그 책에 도노반은 여러 자료를 종합해 볼 때 신대 사람들은 만능에 가까운 재능을 가지고 있었을 확률이 높다고 적어 두었다.

'그게 사실이고, 만약 그게 나와 같은 각성자의 몸을 의미하는 거라면…….'

분명 도노반은 펄쩍 뛰며 좋아할 것이다.

그러나 태영은 아니었다.

태영이 마력 패턴을 읽어 스킬 일부라도 습득할 수 있는 이유는 그게 고정된 패턴이기 때문이다.

반대로 모든 기맥이 개방되어 있다면 알아낼 수 있는 것도 그것뿐, 특정한 패턴이 없으니 당연히 스킬의 형태도 알아낼 수 없다.

'그래도 이 사람이 각성자였다면 나 역시 이 사람처럼 강해질 잠재력을 가지고 있다는 말이겠지. 일단 지금은 그런 가능성을 확인한 것만으로 만족하는 수밖에 없는 건가? 뭐 그래도 혹시 모르니 좀 더 확인해 봐야겠지만…….'

그렇게 태영이 반쯤 포기한 기분으로 마력을 불어 넣을 때였다.

'응? 뭐지?'

돌연 기묘한 감각이 느껴졌다.

태영의 마력이 미라의 단전으로 흘러들어 가자 뭔가가 꿈틀대는 것 같은 감각이 전해져 왔다.

태영은 그게 뭔지 확인하기 위해 좀 더 마력을 불어 넣어 보았다.

'헉!'

그때 생각지도 못했던 일이 벌어졌다.

그 뭔가, 아니 놀랍게도 그 정체는 마력이었다.

미라처럼 말라붙어 있던 마력이 태영의 마력을 흡수하듯 이 팽창하며 격렬하게 끓어오르기 시작했다.

화들짝 놀라 손을 떼려던 태영이 움찔하며 멈췄다.

'······공격적인 느낌은 아니다.'

이게 첫 번째 이유였고.

'마력은 죽음과 함께 빠르게 빠져나간다. 그건 몬스터도 사람도 예외는 없어. 다시 말해 인위적이라는 말이다. 어떤 방법을 사용했는지까지는 알 수 없지만, 이 사람이 죽기 전에 마력 일부를 보존 가능한 상태로 만들어 두었다고밖에 생각할 수 없어.'

그게 두 번째 이유다.

'그리고 죽음을 맞이하는 순간까지 힘을 쥐어짜 그런 행동을 할 만한 이유도 하나, 뭔가 전하고 싶은 게 있다는 말이다. 후세에, 아니 나에게!'

남은 문제는 태영이 이를 받아들일 생각이 있느냐다.

그러나 고민할 문제는 아니었다.

'신대 사람들이 모두 그런지는 모르겠지만, 적어도 이 사람은 나와 같은 각성자였다. 그럼 적어도 내 몸에도 악영향을 끼치지는 않을 터! 아니, 설사 악영향을 끼치더라도 이 마력…… 흡수해 버리겠다!'

태영은 한층 강하게 마력을 쏟아부었다.

그리고 미라의 단전에서 들끓는 마력을 이중, 삼중으로 휘감았다.

불의 정수를 흡수할 때와 같이.

일단 자신의 몸을 끌어들인 뒤에 천천히 융화시켜 나갈 의도였다.

그러나 그럴 필요조차 없었다.

같은 각성자의 몸이라서 그런지는 모르겠지만, 미라의 마력은 놀랍도록 위화감 없이 흡수되었다.

그러나 그 결과는 태영이 상상하던 것과는 달랐다.

$-\Psi \Upsilon Z X \nu \xi \pi \cdots\cdots$!

갑자기 머릿속으로 쏟아지듯이 들어오는 정보!

'맙소사! 이건…….'

처음 겪어 보는 일이 아니었다.

수없이, 그렇다. 정말 수없이 회귀할 때마다 겪어 본 일이었다.

―고대의 지식에 의해 전직이 시작됩니다.

아득해지는 의식 속에서 떠오른 메시지였다.

바스락.
두껍게 쌓인 낙엽이 들썩였다.
크르르르.
그 위에서 낮은 울림이 흘러나왔다.
자세를 낮추고 낙엽 위를 천천히 움직이는 검은 형체는 새도 울프. 그림자만 보일 정도로 빨라 붙은 이름으로 이 숲에서는 나름 상위 포식자로 군림하는 늑대다.
그 늑대가 오늘 식사로 찍은 건 말.
물론 아무리 새도 울프라도 말을 사냥하기는 쉽지 않다.
설사 그게 무리도 없이 홀로 이런 숲에서 어슬렁대며 풀이나 뜯어 대는 정신 나간 흑마라도.
그러나 이미 흑마와의 거리는 불과 3~4미터.
실패한 적이 없는 필승의 간격이다.
그리고 만반의 준비를 한 놈이 마침내 군침을 삼키며 도약을 준비할 때였다.
삐이이이―!

돌연 하늘에서 울려 퍼지는 울음.

흠칫 놀란 놈은 예상치 못한 방해꾼의 등장에 짜증 어린 눈빛으로 고개를 들어 올렸다.

그리고 그 순간!

콰직! 푸확!

목덜미가 찢어지며 피가 뿜어져 나왔다.

생각지도 못했던 상황에 늑대는 화들짝 놀라며 황급히 숲을 내달렸다. 아니, 그럴 생각이었지만, 채 몇 걸음 떼어 놓지도 못하고 비틀대다가 힘없이 쓰러졌다.

그리고 잠시 후.

삐이-!

그 위로 파란 깃의 매, 청영이 내려앉았다.

툭.

그러나 몇 번 부리로 건드리다가 그냥 내려왔다.

놈을 잡은 건 주인이 부탁한 말, 흑영을 지키기 위해서이기도 하지만, 식욕도 없었다.

그 주인을 며칠이나 보지 못해서다.

더구나 지금처럼 의식조차 연결되지 않기는 처음이다.

그래도 본능적으로 주인이 무사하다는 건 알 수 있었지만, 불안해지는 건 어쩔 수 없었다.

당연히 식욕도 생길 리가 없었다.

툭.

히히히힝! 푸르륵–!

슬쩍 밀어 주는 늑대의 사체에 고개를 흔들며 물러나는 걸 보니 흑영도 식욕이 없나 보다.

이에 청영이 한숨을 불어 낼 때였다.

"야! 정말 이쪽이야?"

"네, 그 촌락에서부터 따라왔고, 행상인에게 확인했으니 이쪽이 맞습니다! 행상인에게 들은 지점에서 여기까지 이어진 흔적은 하나뿐이었습니다."

"그것도 며칠 전이잖아!"

"그렇긴 합니다만, 현재로서는 다른 방법이……."

"빌어먹을! 그 자식은 뭘 이렇게 빨빨대며 돌아다니는 거야? 왈드 공작님도 그래. 내가 무슨 도적 길드 소속도 아니고 다짜고짜 남쪽 구석에 있던 용병 자식을 찾아오라니…… 젠장, 발트하츠에서 아니다 싶었을 때 바로 하쿠인 한 놈 잡아서 돌아갔어야 하는 건데…… 어이! 뭘 보고 있어? 빨리 찾지 않고!"

"네? 아, 네!"

"아! 백작님! 여기, 말발굽 자국이 있습니다! 몇 개를 대조해 보니 확실히 우리가 추적해 온 그 말발굽 자국이 맞습니다! 그것도 얼마 되지 않은 것 같습니다!"

"뭐? 그럼……."

"아직 이 근처 어딘가에 있을지도 모릅니다!"

"그럼 찾지 않고 뭘 하고 있어!"

뒤쪽에서 들려오는 목소리.

삐이!

청영은 흑영에게 경계 주의보를 울리며 날아올랐다.

그리고 근처의 나뭇가지로 올라가자 한 무리의 사람들이 숲으로 들어오고 있었다.

그때 한 사람이 청영을 발견하고 소리쳤다.

"백작님, 매입니다!"

"그게 뭐?"

"아니, 지금까지 진술한 사람들이 모두 얘기하지 않았습니까? 그 용병을 따라다니는 좀 특이하게 생긴 파란 매가 있었다고."

"가만? 호오…… 그래, 그러고 보니 파란 매군. 그럼 정말 그자도 여기 어딘가에…… 좋아, 일단 저 매부터 잡자!"

"네? 하지만 공작님께서 함부로 무력을 사용하지 말라고 하셨다고…….."

"멍청한 녀석. 네놈은 그러니까 내내 하급 기사인 거다. 모르겠나? 무력을 사용하지 말라는 건, 바꿔 말하면 그리 협조적이지 않은 놈이라는 의미다. 하지만 우리가 저 매를 잡으면 얘기가 달라지겠지. 물론 상처를 입혀서는 안 된다. 저 매는 어디까지나 협조를 구하기 위한 재료니까."

"하지만 매를 상처도 입히지 않고 무슨 수로…….."

"하! 정말 돌아 버리겠군. 저 매는 사람을 따르지 않나? 그건 사람에 대한 경계심이 없다는 말이고! 그럼 잘 꼬드기면 된다는 말 아니야! 내가 그런 것까지 일일이 다 설명해 줘야 하는 거냐? 에이! 됐다! 내가 보여 주지!"

그중 한 명이 성질을 내며 말에서 내려왔다.

"자, 요! 요! 요! 이리 와라."

그리고 해맑은 얼굴로 청영에게 손짓하며 다가왔다.

청영은 주인이 없을 때는 사람들이 무슨 말을 하는지 이해하지 못했다. 그러니 저 인간이 왜 저러는지는 모르겠지만, 문득 그런 생각이 들었다.

저 인간, 마음에 들지 않는다고.

"자, 봐라! 먹이다, 먹이! 내게 오면 이걸 주마. 어때? 맛있겠지?"

그때 그가 먹음직스러운 육포 조각을 꺼내 흔들었다.

순간 청영의 생각이 바뀌었다.

저 인간, 적이라고!

삐이이이―!

청영이 날카로운 울음을 터뜨리며 그를 향해 날아갔다.

"오! 온다! 봐라, 자식들아! 저딴 매 한 마리쯤은…… 윽! 뭐, 뭐야? 이 망할 매 새끼가 왜 이래?"

죽일 생각은 없다, 주인도 인간이니까.

그러나 이곳은 주인이 돌아올 때까지 기다려야 하는 장소.

더구나 그들이 말발굽 자국을 보고 숲으로 들어오고 있으니 흑영을 보호하기 위해서라도 쫓아낼 필요가 있었다.

"이런 빌어먹을! 네놈들은 대체 뭘 하는 거냐? 무슨 파리 쫓냐? 뭘 주변에서 얼쩡거리고 있는 거야?"

"아니, 하지만 상처를 입히면 안 된다고……."

"지금 상황을 보면서도 그딴 소리가 나오냐? 내가 고작 용병이 키우는 새 따위에게 상처를 입는다는 게 말이 되냐? 됐으니까 그냥 활이라도 꺼내서 쏴 버리라고 이 머저리 같은 놈들아!"

주변의 인간들이 허둥지둥 활을 꺼내 들었다.

그리고 길길이 날뛰며 소리치던 인간도 검을 뽑아 들었다.

설사 주인이 없어도 그게 무슨 의미인지는 알기에 청영의 눈에도 살기가 돌았다.

이에 발톱을 세우며 공세로 전환할 때였다.

히히히힝-!

숲에서 흑영이 뛰어나왔다.

그리고 그야말로 질풍처럼 돌진해 청영에게 검을 휘두르는 인간의 옆구리를 들이받았다.

이 기습에 인간은 수 미터나 날아가 바닥을 굴렀고.

"헉! 아, 안 돼! 으악-!"

검은 안개가 넘실대는 계곡으로 굴러떨어졌다.

"우, 울란 백작님!"

"맙소사! 저 계곡은…… 누구도 살아 돌아오지 못했다는 어둠의 계곡이야! 만약 이대로 백작님이 죽어 버리기라도 한다면…… 우리도 끝장이다!"

"빌어먹을! 그런 소리 할 때가 아니잖아! 저쪽! 그래, 저쪽은 경사도 완만하고 검은 안개도 없으니 일단 저쪽으로 내려가서 찾아보자!"

"그럼 저 매는……."

"지금 그딴 매 따위 알 바냐!"

그리고 남은 인간들은 황급히 말을 타고 달려갔다.

말했듯이 청영은 주인이 없으면 인간들이 무슨 말을 하는지 이해하지 못한다.

그러나 청영은 생각했다.

삐이– 삣삣삣삣!

이겼다고!

🌀

–직업 [엘더 슬레이어(라이트 세이버)]로 전직되었습니다.

먼저 이런 메시지가 떠올랐다.

이어 몸 전체의 근육이 경련을 일으키듯이 꿈틀대기를 잠시.

−특성 [라이트 세이버]를 습득했습니다.

−특성 [라이트 세이버]로 인해 광도에 따라 최대 30%까지 신체 능력
이 보정됩니다.

−특성 [라이트 세이버]로 인해 관련 마스터리가 개방되었습니다.

[엘더 슬레이어−라이트 세이버 Lv. 1] [각성자 Lv. 2]
근력 : 344⇒386(+15)
순발력 : 375⇒412
지구력 : 370⇒390(+15)
마력 : 346⇒369(+55)
종합 평가 레벨 : 138⇒148

이런 메시지가 뒤를 이었다.

그리고 다음 순간, 단전 깊은 곳에서 지금까지 느껴 보지
못한 열기가 전해졌다.

미라의 단전에 있던 마력과 같은……

−신체에 새로운 스텟 [광력 : 50]이 추가됐습니다.

태영은 그게 어떤 힘인지 이해했다.

그러는 사이에도 태영의 머릿속에는 무수한 영상과 정보
가 떠올랐다.

대부분은 태영이 이해할 수 없었고 또 그대로 스쳐 지나

갔다. 그러나 일부는 남았고, 흡수되듯이 기억으로 자리 잡았다.

　–[라이트 세이버] 마스터리의 스킬 [라이트 웨이브]를 습득했습니다.
　–[라이트 세이버] 마스터리의 스킬 [타키온]을 습득했습니다.
　–[라이트 세이버] 마스터리의 특성 스킬 [광합성]을 습득했습니다.
　–[라이트 세이버] 마스터리의 특성 스킬 [광화]를 습득했습니다.

　그때마다 떠오르는 메시지.
　머릿속을 흐르던 영상이 멈춘 건 마지막 메시지가 떠오른 다음이었다.
　그리고 잠시 후.
　"후–!"
　태영이 한숨을 불어 내며 눈을 떴다.
　– 어, 어이! 주인, 괜찮은 건가? 대체 무슨 일이야? 갑자기…….
　"어? 깨, 깼다! 어이, 너! 이제야 정신이 돌아온 거냐? 대체 이게 다 뭔 일이야? 갑자기 빛이 번쩍대는 것도 그렇지만, 그 검! 뭔가 수상하다는 생각은 하고 있었지만, 대체 그 검 정체가 뭐야? 아무리 불러도 대답이 없길래 다가가 보려고 할 때마다 쩡쩡 하는 소리가 울리는 바람에 얼마나 식겁했는지 알아? 그거 무슨 마검이라도 되는 거냐?"
　– 저 자식이 얻다 대고…….

겹치듯이 들려오는 그렉의 목소리에 그리모어가 울컥한 목소리로 중얼거렸다.

그 말로 대강의 상황을 이해할 수 있었다.

태영이 일러바치듯이 떠들어 대는 그렉의 방해를 받지 않고 몰입할 수 있던 게 그리모어가 애써 준 덕분이라는 것도, 또 그 정도로 많은 시간이 지났다는 것도.

그런 생각을 떠올리면.

'역시 믿을 건 이 녀석밖에 없군.'

그리모어에게는 애정이.

'확 그냥!'

그렉에게는 울컥 화가 치밀지만, 일단은 생명의 은인이고 미수로 그쳤으니 넘어가고.

"내가 얼마나 그러고 있었습니까?"

"온통 깜깜한데 그걸 내가 어떻게 알아? 하지만 못해도 하루, 아니, 이틀은 지났을 거야."

"이틀…….."

그 정도의 시간이 지났다는 실감은 없었다.

물론 인제 와서 그런 건 아무래도 상관없지만, 시간을 낭비할 생각도 없었다.

가장 먼저 해야 할 일이 뭔지는 알고 있다.

"대체 뭔 일이 있었는지는 모르겠지만, 일단 뭐라도 좀 줘라! 너 기다리다가 굶어 죽는 줄 알았다고!"

이런 게 아니다.

뭐 그래도 식량 조달은 태영이 책임지기로 했으니 주긴 줬지만, 태영은 바로 장비를 점검하고 몸을 일으키며 말했다.

"문을 열어 주십시오."

"……뭐?"

빵을 우물대던 그렉이 화들짝 놀라며 태영을 돌아보았다.

"무, 문을 열라니? 갑자기 그게 무슨…… 시간이 지났다고 밖에 있던 놈들이 다른 곳으로 갔다는 보장이 없잖아!"

"그야 확인해 보지 않으면 모르죠."

"아니, 그거야 그렇지만…… 아직 있으면? 말해 두지만, 난 굶어 죽으면 죽었지, 그딴 놈들에게 먹히고 싶지는 않아!"

물론 태영도 그럴 생각은 없었다.

그렇다고 그사이에 놈들이 다른 곳으로 갔다고 생각하는 것도 아니다.

그럼에도 문을 열라는 이유는 단순하게 그만한 자신이 생겼기 때문이다.

그리고 그 과정에서 알게 되었다.

─주인에게 뭔가 변화가 생겼다는 건 알고 있다. 하지만 주인은 좀 전에야 의식을 되찾았다. 뭔가 하더라도 충분히 휴식을 취하고 나서 생각해 보는 게 좋지 않겠나?

그럴 시간이 없다고.

'피할 수 없는 싸움이라면, 아니 피해서는 안 되는 싸움이다. 그렇다면……'

1분, 1초라도 빨리하는 게 유리하다.

그리모어나 그렉에게 일일이 설명할 시간 따위는 없다는 말이다.

"밖에서 열 수 있는 조작법만 알려 주면 내가 나간 뒤에 바로 문을 닫아도 됩니다. 아니, 닫아 주십시오. 저도 여러모로 그게 편하니까."

"저, 정말 나가겠다는 거야? 그럼 나도 진짜 조금만 열고 바로 닫는다? 혹시 네가 밖에서 열어도, 놈들이 남아 있으면 내가 닫아 버릴 거라고! 농담이 아니라 정말로!"

"네."

–뭐 주인이 대책 없이 나서겠다는 인간은 아니니 나도 더는 말리지 않겠다. 어디, 한번 해보지.

태영의 단호한 태도에 그리모어도 더는 말리지 않았고.

"젠장, 난 책임 못 져!"

느낌은 꽤 다르지만, 그렉도 일단 통과.

뜯던 빵을 옆구리에 끼워 넣고 문을 조작하기 시작했다.

쿠쿠쿠쿠–!

가볍게 진동하며 갈라지는 문.

"이렇게 된 이상 힘내라고! 응원할 테니까!"

태영이 그 틈으로 걸어 나가자 뒤에서 그렉의 목소리가 들려왔다.

쿠쿠쿠쿠- 쿵!

물론 곧바로 닫히는 문 뒤에서 마음속으로 응원하겠다는 말이다.

-저렇게 말과 행동이 일치하는 놈도 드물지. 저렇게 겁 많은 드워프를 볼 일이 더 드물다 싶기도 하지만…… 일단 놈들은 보이지 않는군. 근처에 있다면 이런 어둠 속에서 사는 놈들이 기척을 느끼지 못했을 리는 없고. 정말 포기하고 다른 곳으로 가 버린 건가?

"아니, 있어. 아마도 이미 알고 있겠지."

-뭐? 그럼 왜…….

"생각만큼 멍청한 몬스터는 아니라는 말이지."

태영이 걸음을 옮기며 대답했을 때였다.

쿵-!

뒤에서 굉음이 울렸다.

살짝 시선을 돌리자 스토커를 수십 배로 확대해 놓은 듯한 놈이 시야에 들어왔다.

돔 위에서 기다리다가 떨어지며 문을 막은 것이다.

쿵! 쿵! 쿵!

그리고 이번에는 앞에서 울리는 굉음.

다시 시선을 정면으로 향하자 다른 놈이 어슬렁대듯이 기어 나왔다.

-이 자식들…….

"같은 실수를 반복하지 않기 위해서 뭘 해야 하는지 정도의 생각은 할 수 있는 놈들이라는 말이지. 내가 다시 이 문으로 나올 수밖에 없다는 것도."

─그리 달가운 말은 아니군.

"그렇다고 달라질 것도 없어. 어차피 둘 중 하나다. 이런 곳에서 죽을 생각은 없으니……."

태영이 살짝 입 끝을 추켜올리며 그리모어를 뽑아 들었다.

"해치운다!"

쿵쿵쿵─! 쿵쿵쿵─!

동시에 앞뒤에서 잇달아 굉음이 울리며 다가왔다.

놈들이 자세를 낮추고 네발로 기듯이 달려들자 거리는 순식간에 좁아졌다.

콰콰콰콰─!

동시에 앞뒤에서 연이어 터져 올라오는 파편!

두 놈이 양팔을 내리찍을 때마다 바닥이 쩍쩍 갈라지며 돌조각이 튀어 올라왔다.

─어, 어이! 주인, 보고 있어? 이 두 놈 모두…….

양팔이 다 붙어 있었다.

어떤 놈인지는 몰라도 한 놈은 분명 문틈에 끼어 팔이 떨어져 나갔는데도.

그렇다고 다른 놈의 기척이 느껴지는 것도 아니었다.

그렇다면 답은 하나.

"그때 목을 날린 게 정답이라는 말이지."

팔 따위는 통째로 뜯어져 나가도 이틀 만에 재생이 된다는 말이다.

아마도 그게 네발로 기는 놈들이 정작 공격할 때는 상체를 세우고 팔만 이용하는 이유.

유일하게 재생하지 못하는 대가리를 적의 공격에 노출하지 않으려는 의도겠지만, 그것만으로도 충분히 위협적이었다.

그래도 한 마리일 때는 거리만 벌리면 쉽게 공격 범위를 벗어날 수 있었지만, 지금은 두 마리.

그때처럼 간격을 벌리며 역습할 기회를 노릴 수가 없다.

태영이 두 마리를 한꺼번에 상대하기는 힘들다고 생각했던 이유다.

'하지만 지금은……'

"광화!"

태영이 쏟아지는 팔을 피하며 소리쳤다.

순간 태영의 빛에 휩싸였고, 그대로 복잡한 궤적으로 발을 움직였을 때였다.

─이, 이건…….

"보면 알잖아. 새로운 스킬이지."

사실 태영도 직업에 대해 여러 번 고민해 보았다.

아니, 상태 정보창의 [---], 비어 있는 직업란을 볼 때마다 생각할 수밖에 없었다.

현재 태영은 각성자.

직업이 필요 없는 몸이지만, 그게 전직을 못 한다는 의미는 아니다.

되레 어떤 직업으로든 전직할 수 있었고 태영은 그 이점을 누구보다 잘 알고 있었다.

전직은 그저 레벨 제한을 해제하는 것만이 아니다.

바로 선택과 집중.

직업은 곧 특화, 관련 기술에 최적화된다는 의미다.

당연히 기술의 습득이나 숙달도 더 빨라진다.

그러나 이는 다른 가능성을 포기하는 대가로 얻어지는 것이다.

'나는 이미 각성자, 직업을 얻는다고 이미 열린 기맥이 닫히지는 않을 테니 아마도 다른 기술을 배울 수는 있을 거야. 그래도 영향이 없지는 않겠지. 생각할 수 있는 건 다른 기술의 습득이나 위력 저하. 특정 직업 전용 스킬을 얻고, 강화하는 대가로 그 외 모든 스킬의 습득과 위력이 저하된다면…….'

득보다는 실이 많다는 생각이 들 수밖에 없다.

그러나 미라는 태영과 같은 각성자, 이는 그의 직업 역시 각성자의 신체를 최대한 활용하는 구성으로 이루어져 있을 확률이 높다는 의미다.

태영이 망설임 없이 전직을 받아들인 이유가 그래서였고,

그 예상은 적중했다.

그 상징과도 같은 스킬이 방금 발동시킨 '광화'!

이름 그대로 다른 스킬을 태영이 전직한 '엘더 슬레이어-라이트 세이버'의 기본 속성, 광 속성으로 바꿔 주는 스킬이었다.

아니, 정확히는 광 속성을 추가해 강화하는 스킬!

화악-!

그 결과가 바로 이것이다.

빠르게 움직이며 분열되는 태영의 몸.

본래 새도 스텝 자체가 급제동과 급가속을 반복하며 공격을 회피하는 기술이라 익숙하지 않은 상대의 눈에는 잔상이 남는 것처럼 보이기도 한다.

그러나 지금은 그저 잔상이 아니었다.

말 그대로 분열!

일정 간격마다 태영을 휘감은 빛이 떨어져 나오듯 분신이 만들어졌고, 그 분신은 태영과 같은 스텝을 밟으며 사방으로 퍼져 나갔다.

끄아아아아-!

당연히 놈들은 대혼란!

퍼져 나가는 분신을 보며 당황했고, 분신을 내리찍은 뒤에 또 당황했다.

분신이 사라질 때 일으키는 폭광 때문이다.

대가리가 바닥에 처박혔다.

그리고 그때, 팔목을 관통한 태영은 버둥대는 놈의 몸을 밟고 위로! 요동치는 등줄기를 밟으며 단숨에 뒷덜미까지 뛰어갔다.

"라이트 웨이브!"

동시에 아래로 뿜어지는 빛의 검기!

검을 휘두른 건 한 번이었지만, 검기는 하나가 아니었다.

이름 그대로 웨이브!

마치 파도를 일으키는 것처럼 세 줄기의 검기가 연이어 뻗어 나왔다.

가죽을 찢고, 살을 가르고, 뼈가 끊어 내며!

재생할 틈도 없이 잘려 나간 놈의 머리가 아래로 꺾이며 수십 센티미터도 남지 않은 근육에 매달린 채 흔들렸다.

콰직! 텅-!

그리고 태영이 검을 세우고 그 사이로 뛰어내리는 것과 동시에 완전히 절단!

끼에에에에-!

순식간에 한 놈이 쓰러지자 남은 놈이 괴성을 터뜨렸다.

분노의 포효 따위가 아니었다.

좀 전과는 다른 두려움이 섞인 괴성이었고, 이를 증명하듯이 주춤주춤 물러나고 있었다.

그러나 이미 그 전에 움직이고 있었다.

번쩍−!

태영은 '광화'로 강화한 차지대시로 그야말로 빛의 속도로 놈의 측면으로 이동! 거기서 다시 직각으로 방향을 꺾으며 '타키온'으로 전환해 돌격!

굳이 한 번 방향을 꺾으면서까지 위치를 이동해 스킬을 발동시킨 이유는, 그래야 '타키온'의 진로에 놈의 두 다리를 모두 넣을 수 있기 때문이다.

위이이잉− 펑! 펑!

그래야 일격에 놈의 두 발목을 몽땅 날려 버릴 수 있을 테니까.

그러나 단순히 빨리 처리하고 싶어서는 아니었다.

− 어? 빛이⋯⋯.

"광자 에너지가 다 된 거야."

끄아아아아−!

태영이 다리를 잃고 버둥대는 놈을 향해 걸음을 옮기며 말했다.

엘더 슬레이어의 스킬이 소비하는 건 마력이 아니다.

광력이라는 이름의 광자 에너지다.

그리고 그 광력은 휴식이나 포션 따위로 회복할 수 없다.

광력을 회복하는 방법은 하나, '광합성'이라는 스킬로 빛을 흡수하는 방법뿐이다.

즉, 빛만 있으면 꾸준히 회복할 수 있다는 말이지만, 반대로 어둠 속에서는 조금씩 소모된다.

태영이 시간이 없다고 한 이유가 그것이다.

미라의 단전에 남아 있던 건 마력이 아닌 바로 그 광력.

방금 전직한 태영이 광력을 사용할 수 있던 이유가 그 덕분이지만, 동시에 보존 상태가 해제되어 조금씩 소모되기 시작한 것이다.

그리고 그때, 태영은 비로소 이 어둠의 계곡에 얽힌 모든 내용을 이해할 수 있었다.

"그는……."

그래서 이런 곳을 만든 것이다.

그를 피해 숨어 있는 재앙을 끌어들이기 위해 스스로 족쇄를 찬 것이다.

힘의 원천인 빛이 들어오지 않는 장소를 만들어서.

이에 재앙은 기회라고 생각하고 따라 들어왔고, 결과는 성 안에서 본 대로였다.

그리고 아마도 그 역시 그런 결과를 예상했을 것이다.

'그가 왜 그렇게까지 하면서 재앙을 물리치려고 했는지는 모른다. 그리고 설사 알게 된다고 해도 이해하지는 못하겠지. 다른 뭔가를 위해 자신의 목숨을 바치는 이유 같은 건 알고 싶지도 않다. 하지만…….'

태영이 낮아진 놈의 머리 앞에서 멈춰 양손으로 그리모어를 움켜쥐었다.

콰지지지-!

그 검에서 폭발적으로 증폭하는 오러!

"그는 힘도, 의지도, 존경받아 마땅한 남자다. 그리고 나는 그런 남자의 직업을 물려받은 거다. 비록 이제 겨우 첫걸음을 떼어 놓은 것에 불과하지만……."

펑! 콰콰콰콰-!

폭음과 함께 '와일드 오러'가 놈의 머리로 떨어졌다.

"자부심을 가질 만한 일이지."

그 말을 끝으로 태영이 그리모어를 챙겨 넣었다.

쿵-!

그 앞에서 울리는 둔탁한 울림.

성안에 있던 괴수처럼 세로로 갈라진 놈의 머리가 떨어지는 소리였다.

-종합 평가 레벨이 상승했습니다.

-종합 평가 레벨이 상승했습니다…….

"후-!"

한숨을 불어 내는 태영의 눈앞에 연이어 떠오르는 메시지.

그때마다 태영의 입꼬리도 실룩대며 점차 위로 추켜 올라

가다가…….

"우하하하! 해냈다! 해치웠다고!"

이내 폭소로 변했다.

－뭐야? 이제 무게 잡는 건 그만두기로 한 건가?

"무게는 무슨 얼어 죽을 무게야? 그런 거 잡은 적 없어. 그
냥 좀 진지해졌을 뿐이지."

－뭐가 됐든.

"그리고 불과 이틀 전만 해도 한 놈조차 상대하기 힘든 놈
을 한꺼번에 두 놈이나 해치우고도 그냥 히죽 웃고 말면 그
게 무게 잡는 거냐? 그냥 재수 없는 거지."

－큭큭큭, 그건 그렇군.

"그치? 사람은 감정에 솔직한 게 좋아. 좋은 일이든 나쁜
일이든 그냥 쌓아 두기만 하면 스트레스가 되는 법이니까."

－스트레스가 뭔지는 몰라도 일단 그 말에는 나도 동감이다
만…….

잠시 말을 끊은 그리모어가 피식대며 말을 이었다.

－당장은 주인이 좋아하는 모습보다 얼른 문을 닫아 버린 그 드
워프 자식이 이 장면을 보면 어떤 표정을 지을지 궁금해지는군.

태영도 궁금해졌다.

그러나 일에는 순서라는 게 있는 법.

태영은 일단 돔으로 피신하기 전에 쓰러뜨린 놈의 시체를
찾아보았다.

"빌어먹을!"

보자마자 욕이 튀어나왔다.

놈의 가슴 부근이 뻥 뚫려 있었기 때문이다.

ㅡ이건…….

"생각할 것도 없지. 마석이 있던 곳이었을 거야."

종종 이럴 때가 있다.

마석은 이름 그대로 마력 덩어리, 몬스터의 힘의 원천
이다.

그 때문에 때때로 영리한 몬스터는 마석을 노리고 다른 몬
스터를 사냥하기도 하고, 동족이 쓰러져도 지금처럼 마석을
빼내 먹어 치우기도 한다.

물론 그래도 그 마석의 힘을 온전히 자신의 힘으로 흡수
하지는 못하지만, 이 역시 꾸준히 쌓이면 레벨이 오르고 진
화에 이르기도 한다.

오래 묵은 몬스터일수록 더 강한 건 대체로 이런 이유다.

그런 걸 모르더라도 하위 몬스터를 잡아먹다 보면 자연히
그런 테크를 타게 되니까.

ㅡ들은 적은 있지만, 이런 식으로 마석만 빼 먹는 건 처음 보는군.
뭐 신대 시대부터 살아온 놈이라면 그런 지식을 가지고 있어도 이상
하지는 않지만, 그럼 이놈들도 결국 스토커가 진화한 놈들일 확률이
높겠군. 잘린 팔이 돋아 있던 것도 이 마석을 먹은 효과인가?

태영도 대강 그렇게 추측하고 있다.

그것도 꽤 잘나가던 연금술사라 당연히 그게 뭔지도 알고 있었다.

방금 마석에 마력을 불어 넣어 본 건 그걸 확인해 보기 위해서였고, 결과는 일단 OK!

"일단 보고 있어."

태영은 의기양양한 얼굴로 작업을 시작했다.

일단 첫 번째 작업은…….

붕붕붕! 붕붕붕!

몇 가지 약초를 잘게 다져 넣은 물통을 회전!

중급 포션을 만들 때처럼 원심분리의 원리로 엑기스를 추출하는 것이다.

양동이를 꽉 채울 만큼.

그리고 다음은 그걸 반으로 나눈 뒤에 각각의 양동이에 가루처럼 빻아 놓은 마석을 넣었다.

그러자 마석은 곧 물이 빠지듯 투명해지고, 대신 약초의 엑기스가 붉게 변했다.

－이건 마력 회복 포션 아닌가?

정답이다.

태영이 만든 약초 엑기스는 마석에서 마력을 추출할 때 사용하는 것이고, 이를 농축시키면 그대로 마력 회복제가 된다.

그러나 당연히 그냥 마력 회복제를 만들려고 이러는 건 아니다.

그런 건 작은 마석으로도 얼마든지 만들 수 있으니까.

뭐 그래도 만드는 과정은 같지만.

붕붕붕! 붕붕붕!

이걸 다시 원심분리로 농축시키면 결과는 전혀 다르게 나온다.

"자, 어때? 뭔가 다른 거 모르겠어?"

―글쎄…… 그렇게 말하니 뭔가 다르긴 하겠지만 그냥 본다고…… 어? 아니, 그러고 보니 물약 안에 뭔가 빛나는 알갱이가 떠다니는 것 같은데…… 가만? 이거 설마…….

"이제야 눈치챈 모양이군."

―마, 말도 안 돼! 정말인가? 그게 이렇게 간단하게 만들어지는 거라고?

"간단하지, 만드는 방법은."

그럼에도 제대로 알려지지 못한 데는 그만한 이유가 있다.

일단 '그런' 마석을 얻는 것 자체가 웬만한 마법 장비를 얻는 것만큼 힘들고, 설사 얻어도 '그런' 마석으로 회복제를 만드는 미친 짓을 하는 놈은 없어서다.

그리모어가 말했듯이 마석은 크기에 따라 가격이 곱으로 올라가는 물건이니까.

그러나 사실 그 가격은 대부분 거품이다.

분명 대형 마석이 더 가치가 높은 건 사실이지만, 대부분은 연금술사들이 일부러 가격을 부풀려 놓은 것이다.

그래야 어설프게 뭔가 해 볼 생각을 못 할 테니.

그렇게 연금술사들이 오랜 세월 동안 조직적으로 숨겨 온 이 물약의 정체는…….

"이런 스킬 포션도 말이야."

마석은 문자 그대로 몬스터의 마력 그 자체.

개중에는 마치 마법 술식처럼 몬스터의 스킬이 그대로 각인 될 때도 있다.

그리고 그 확률은 진화를 많이 한 몬스터일수록 높아진다.

즉, 한 번 진화한 몬스터에서 그런 마석이 나올 확률이 5%라면, 두 번은 10%, 세 번은 20%라는 식으로 말이다.

태영이 가격에 관심이 없다고 한 이유가 그래서다.

놈들이 정말 스토커의 진화형이라면 한두 번의 진화만으로 그렇게 되지는 않았을 테니까.

그 결과가 지금 태영의 손에 들려 있는 스킬 포션이다.

그러나 이름이 그렇다고 그저 마시는 것만으로 없던 스킬이 생기게 해 주는 건 아니다.

대신 같은 계열의 스킬이 있다면 마시는 것만으로 레벨 업! 그런 게 없을 때도 관련 계통의 속성 능력치를 상승시키는 효과를 발휘한다.

당연히 그 가치는 같은 크기의 마석 따위와 비교할 수 없는 수준.

"거대 마석의 수십 배 이상이야. 정작 만드는 방법은 마력 회복 포션과 같은데도 말이지. 뭐 그래서 연금술사들이 시세까지 조작해 가며 숨기고 있는 거지만, 그마저도 시장에서는 보기도 힘들어. 대부분 만들어지는 족족 귀족들이 쓸어 가니까. 일반 모험가들은 돈이 있어도 사지 못하는 물건이라는 말이야."

당연히 태영은 팔 생각이 없었다.

다른 스킬 포션도 그렇지만, 특히 이번에 만든 스킬 포션은.

어떤 스킬이 녹아 있는지 짐작이 되기 때문이다.

"자, 그럼……."

이에 태영은 바로 포션을 원샷!

차가운 물약이 목을 타고 넘어가자 이내 후끈한 기운으로 변해 퍼져 나갔고…….

─스킬 [회복력 상승]이 Lv. 2에서 Lv. 5로 승격되었습니다!

효과는 즉각적이었다.

'회복력 상승' 스킬이 단숨에 3단계 상승해 Lv. 5로!

태영이 망설임 없이 들이켠 이유가 바로 이런 결과를 예상했기 때문이다.

놈, 대형 스토커의 가장 큰 특징은 바로 몸이 곧 방패라고 불리는 트롤마저 능가하는 회복력!

따라서 마석에 붙어 있는 스킬도 같은 종류일 테고, 그게 생존에 얼마나 큰 도움이 될지는 굳이 말할 필요조차 없다.

당연히 돈 따위와 바꿀 수 있는 게 아니다.

설사 같은 게 2개라도!

"한 잔 더!"

태영이 남은 스킬 포션까지 입에 털어 넣었을 때였다.

　

−스킬 [회복력 상승]의 레벨이 최대치로 상승했습니다.

−레벨이 한계치를 넘어 상위 스킬로 전환됩니다.

−스킬 [고속 회복]을 획득했습니다!

　

이번에는 태영도 놀랄 만한 메시지가 떠올랐다.

'고속 회복!'

과거에는 회귀 후반, 그것도 레벨 400대가 되어야 겨우 익혔던 스킬이다.

그 효과는 이름 그대로.

치명상이 아닌 한 웬만한 상처는 며칠 만에 말끔하게 회복되는 능력이다.

물론 회복 포션까지 더해 주면 더 빨리 회복되고.

"처음 잡은 놈의 마석까지 챙겼다면 더 좋았겠지만……."

기대 이상의 성과에 태영이 되레 아쉬운 얼굴로 중얼거리자 그리모어가 질렸다는 듯이 한숨을 불어 내며 말했다.

－하아, 뭐랄까…… 이쯤 되니 천재고 뭐가 그냥 반칙 같은 느낌마저 드는군.

"나만 마시는 것도 아니잖아."

－그런 걸 직접 만들어 먹는다는 게 문제라는 생각은 안 드나?

안 든다.

태영도 공짜로 얻은 지식이 아니니까.

수많은 회귀만큼이나 많은 죽음을 겪으면서도 향학열을 잃지 않지 않았기에 배울 수 있던 지식!

이 정도 어드밴티지 정도는 받을 자격이 있는 것이다.

"뭘 새삼스럽게."

이에 태영은 가볍게 웃어 주며 패스.

한층 즐거워진 얼굴로 다시 그리모어를 빼 들었다.

－그래도 벗기는 거냐?

"벗겨야지."

자연스럽게 대형 스토커의 껍데기가 홀라당 벗겨졌다.

푼돈도 돈은 돈이니까.

태영은 그렇게 모든 일을 해치우고 나서야 다시 성으로 걸음을 옮겼다.

그리고 그렉에게 배운 대로 몇 개의 태엽을 조작해 문을 열었다.

정작 그렉은 보이지 않았지만.

"다 처리했습니다."

"저, 정말?"

태영의 목소리에 재앙으로 의심되는 거대한 두개골 속에서 툭 튀어나왔다.

-저 자식, 처음 들어왔을 때는 저거 보고 질질 싸 대지 않았어?

태영도 기억난다.

그런데 허둥지둥 뛰어오는 그렉의 손에는 그때는 못 봤던 랜턴이 들려 있었다.

"뭡니까, 그 랜턴은?"

"응? 아, 저 녀석 머리뼈에 들어갔더니 있더라고. 혹시 기관차의 램프 대신 성유를 넣어 사용할 수 있을까 싶어서 주운 건데, 아예 기름을 넣는 곳조차 없어. 이것도 신대 시대의 물건이었을 테니 뭔가 다른 연료를 사용했을지도 모르지만…… 어쨌든 여기서 찾는 건 다 네가 가지기로 약속했으니 필요하면 받든가."

그렉은 관심 없다는 듯이 툭 던져 주었다.

그러나 태영은 아니었다.

[???의 랜턴]

※해당 물건에 대한 정보를 알아낼 수 없습니다.

반사적으로 사용한 '감정' 스킬에 이런 메시지가 떠올랐기 때문이다.

평범한 랜턴이라면 이런 메시지가 떠오를 리가 없다.

뭔가 있다는 말이다.

'재앙의 입속에 있었다면 십중팔구 저 미라의 소지품 중 하나였을 확률이 높아!'

이런 생각은 기대감을 한층 높여 주었다.

물론 미라나 재앙의 정체도 모르는 그렉에게 굳이 내색할 일은 아닌지라 일단 덤덤하게 가방에 챙겨 넣었다.

그때 그렉이 한숨을 불어 내며 중얼거렸다.

"대체 어떻게 그런 놈들을 해치웠는지는 모르겠지만, 대단하군. 하지만 마냥 좋아할 수는 없겠어. 일단 점검을 해 봐야겠지만, 무적 1호가 저 꼴이 돼 버렸으니…… 만약 다올의 불꽃도 켜지 못하는 상황이라면 돌아 나가는 것도 큰일이지 않나?"

"그렇긴 하죠."

고개를 끄덕인 태영이 다시 걸음을 옮기며 말했다.

"그럼 기관차 좀 살펴봐 주십시오."

"넌 뭐 하게?"

"이 랜턴도 아까는 못 찾았던 것 아닙니까? 아직 그런 게 더 있을지도 모르죠."

─하! 완전 뽕을 뽑으려 드는구먼.

뽕은 이미 뽑고도 남았다.

그러나 조금이라도 더 뽑아 볼 여지가 있다면 당연히 뽑아야 한다.

그게 모르는 곳을 찾아왔을 때의 묘미니까.

수상한 전쟁

"후-!"

태영이 짧은 한숨을 불었다.

그 옆에서 그렉이 검은 안개가 넘실대는 계곡을 바라보며 중얼거렸다.

"이렇게 보니 저기서 열흘 넘도록 헤매고 있었다는 게 믿어지지 않는군. 아마 직접 경험해 보지 못한 사람은 이해하지도 못하겠지. 이제 그럴 수 있는 사람도 없을 테고. 그렇게 생각하니 뭔가 굉장한 일을 한 것 같기도 하고, 아닌 것 같기도 하고…… 기분 참 묘하네."

태영도 같은 기분이다.

―어이, 주인, 얘기해 줘라. 그런 고민할 필요 없다고. 네놈이 한

일은 그저 먹고 자고, 퍼질러 앉아 질질 싸 댄 것밖에 없다고.

　그러나 그리모어가 없는 말을 하는 것도 아닌지라 그냥 퉁치듯 같은 기분이라고 말해 버리면 꽤 손해 보는 느낌이지만 어쨌든.

　일단 결과적으로 말하면 대형 스토커를 해치우고 시작한 유적 탐사는 허탕이었다.

　그러나 아무런 소득이 없던 건 아니었다.

　유적지 끝부분에서 지하로 이어진 계단을 발견했고, 들어가 보니 작은 제단 같은 것이 있었다.

　게다가 그 제단은 원반과 딱 들어맞는 홈이 파여 있었다.

　'이거 어쩌면…….'

　당연히 이 대목에서 태영은 잔뜩 기대하게 되었다.

　번쩍-!

　원반을 끼워 넣자 이런 빛까지 뿜어져 나왔으니까.

　그러나 그뿐이었다.

　아니, 정확히는 그뿐은 아니었지만, 그게 뭔지 알게 된 것은 한참 뒤였다.

　"됐어! 다행히 주요 부품은 많이 상하지 않았어! 그래! 그래야 무적 1호지! 이 정도면 어렵지 않게 고칠 수 있겠어! 아직 성유도 꽤 남아 있으니 걱정하지 않아도 되겠어!"

　그렉이 뚝딱뚝딱 고친 기관차를 앞세우고 돌아 나올 때.

　그 앞에 경사가 나타났다.

물론 계곡 안이었으니 경사가 있는 건 당연하다.

그러나 들어갈 때는 본 적이 없었다.

어느 방향으로 가든 끝없는 자갈밭만이 이어졌을 뿐이다.

그렇다면 답은 하나밖에 없다.

'이 원반이 성까지 안내해 주는 나침반이자 이 계곡의 결계를 해제하는 열쇠이기도 하다는 말이겠지. 그걸 나도 모르게 해제해 버린 거고.'

그로 인해 미로처럼 얽혀 있던 계곡 내부의 공간이 원상태로 돌아갔다는 말이다.

그러나 검은 안개는 조금 열어졌을 뿐이었다.

애초에 이 계곡의 자체가 대기가 잘 순환되지 않는 구조인 탓이다.

그래도 이제 결계가 해제되었으니 차차 사라지겠지만.

"덕분에 우리는 쉽게 나오기는 했지만, 이 계곡 안에는 그 시커먼 놈들이 득실대지 않나. 그놈들이 밖으로 나오기라도 하면 골치 아픈 일이 벌어지지 않을까?"

그런 걱정은 하지 않았다.

"이 근처에는 아스탈로드 영지가 있습니다."

"그건 나도 알아. 난 그 아스탈로드 영지와 인접한 노블핸드에 살고 있으니까."

"아, 노블핸드 출신이었습니까?"

"그래, 그러니까 걱정하는 거야. 혹시라도 놈들이 노블핸드로 몰려오기라도 하면……."

"마침 잘됐군요."

"뭐?"

"아니, 그쪽 말고요. 어쨌든 걱정하는 일은 벌어지지 않을 겁니다. 스토커가 불빛에 몰려드는 건 먹잇감을 찾느라 그런 거고, 본래는 빛을 싫어합니다."

"그래도 이 상태라면 어차피 검은 안개도 머지않아 사라질 것 아닌가?"

"그 전에 소문이 퍼지겠죠."

태영이 걸음을 옮기며 대수롭지 않은 얼굴로 말을 이었다.

"보물이 숨겨져 있다는 소문이 무성한 어둠의 계곡의 안개가 옅어지고 있다고요. 그리고 여기서 멀지 않은 아스탈로드 영지는 제법 큰 규모의 헌터 길드가 있죠. 그럼 무슨 일이 벌어지겠습니까?"

"헌터가 몰려들겠군."

아마 한동안은 발 디딜 틈도 없을 것이다.

물론 그들은 모두 허탕을 치겠지만, 그때는 이미 스토커는 대부분 전멸한 다음일 테고.

그제야 이해한 그렉이 고개를 끄덕이며 뒤따라왔다.

"그럼 저 안에서 있었던 일은 한동안은 비밀로 해 두는 편이 좋겠군."

"떠들고 다닐 생각이었습니까?"

"그건 아니지만…… 흠, 뭐 됐지. 그래, 그럼 이제 너는 어디로 갈 생각이지?"

"같습니다."

"같다니? 나? 그럼 노블핸드? 아니, 왜?"

"급한 일은 아니지만, 어차피 다음 목적지로 가는 노선에 겹치니 잠깐 들러서 몇 가지 알아보고 가려고요."

태영이 잘됐다고 말한 이유가 그 때문이었다.

노블핸드는 드워프의 광산 도시.

그리고 드워프는 폐쇄적인 성향이 있어 다른 종족을 쉽게 받아 주지 않는다.

그러나 완전히 배척하는 것도 아니라 안면이 있는 사람이라면 딱히 문제가 되지 않는다.

그렉과 함께 가면 문제가 되지 않는다는 말이다.

태영은 그런 의미를 담은 눈으로 그렉을 바라보았고, 그렉은 꽤 곤혹스러운 표정을 지었다.

"왜 그러십니까?"

"응? 아니, 뭐, 첫인상은 별로였지만 이런저런 일이 있었으니까, 나도 이대로 헤어지기는 좀 심심하다는 생각이 들긴 하지만…… 음, 그러니까…… 같이 가는 건 상관없는데……."

−이 자식, 갑자기 똥 마려운 강아지처럼 왜 제 혼자 낑낑대고 있어?

그리모어가 그렉의 반응을 매우 적절한 비유로 표현하며

의문을 제기할 때였다.

핑─!

돌연 찌릿한 감각이 머릿속을 파고들어 왔다.

익숙하지만, 익숙하지 않은 감각!

'……뭐지?'

태영이 퍼뜩 고개를 들어 올렸다.

순간적으로 태영의 눈동자가 금색으로 물들었다가 본래대로 돌아왔다.

퉁─!

동시에 앞으로 폭사!

"엇? 어, 어이! 갑자기 그렇게 빨리 가면 어떻게 해! 난 너처럼 뛰면서 날아가는 재주가 없다고!"

"앞에서 기다리겠습니다!"

태영은 이런 말을 남기며 한층 속도를 높였다.

그리고 단숨에 작은 언덕을 넘어 넓게 펼쳐진 숲 앞까지 도착했을 때였다.

삐이이이─!

그 숲에서 청영이 솟아 올라왔다.

히히히힝! 두두두두─!

그 뒤를 따라 흑영도 수풀을 헤치며 뛰어나왔다.

그리고 청영이 와락 달려들듯이 태영의 어깨에 앉고 흑영이 그 옆으로 다가섰을 때.

와작대는 소리와 함께 한 무리의 사내들이 쏟아져 나왔다.

청영을 쓰다듬던 태영이 시선을 돌렸다.

"네놈들은 뭐냐?"

그 입에서 살벌한 목소리가 흘러나왔다.

"윽, 뭐, 뭐야?"

"저 매가 어깨에…… 게다가 아스토리아인…….."

"그럼 혹시 저 사람이…….."

움찔하며 멈춰 선 사내들이 웅성대기 시작했다.

그때 조금 늦게 숲에서 나온 사내가 그들을 밀치며 앞으로 나왔다.

귀족 복장의, 여기저기 붕대를 칭칭 감은 중년인이었다.

"혹시 네놈이 레온이라는 용병인가?"

"나를 아나?"

"아나? 지금 그 말, 나에게 한 거냐? 용병 따위가 감히…… 아니, 됐다. 용병 놈들이 못 배워 먹은 거야 새삼스러운 일도 아니니 넘어가도록 하지. 하지만 네놈의 어깨에 앉아 있는 그 빌어먹을 새 새끼! 아무리 관대한 나라도 그놈까지 용서해 줄 수는 없다!"

"빌어먹을 새 새끼?"

"그래, 그 빌어먹을 새 새끼! 그 자식이 나에게 무슨 짓을 했는지 아는가!"

당연히 태영이 알 리가 없었다.

"청영, 뭔가 했냐?"

그래서 물어보았고, 청영이 고개를 끄덕였다.

태영은 빙긋 웃으며 쓰다듬어 주었다.

"잘했다."

"뭐, 뭐야? 네놈, 지금 뭐라고 지껄였냐?"

"너한테 한 말은 아닌데, 들렸나?"

"저, 저 자식이……!"

중년인이 바들바들 떨어 대며 검 자루를 움켜쥐자 옆의 사내가 황급히 바짝 달라붙었다.

"배, 백작님, 진정하십시오!"

"진정? 네놈은 눈도 귀도 없냐? 지금 내가 진정하게 됐어?"

"아니, 하지만 공작님께서……."

이어지는 말에 태영의 미간이 살짝 좁아졌다.

사실 지금 태영은 꽤 화가 나 있었다.

그렉과 동행하고 있을 때 태영의 머릿속으로 파고들어 왔던 감각은 며칠 만에 접한 청영의 신호였다.

그런데 왠지 다급한 느낌이라 바로 시야를 공유했고, 그때 목격했다.

놈들이 화살을 날리며 청영과 흑영을 추격하는 장면을.

그런 짓을 하고도 놈들이 아직 태영의 앞에서 떠들어 댈 수 있는 이유는 하나, 붕대를 칭칭 감은 중년인이 보란 듯이 드러내고 있는 두 개의 문장 때문이다.

그중 하나는 아르키네아 제국 문장.

그 문장을 금장으로 새겨 달 수 있는 건 제국의 귀족뿐이었다.

'그리고 다른 문장도 본 적이 있다 싶었는데…….'

아직도 모르겠다.

그러나 공작이라는 칭호를 듣고 왜 그런 생각이 들었는지는 알게 되었다.

아르키네아 제국에 공작은 단 2명.

그러나 그중 한 명은 오래전에 성직자가 되어 추기경이라고 불린다. 따라서 현재 제국에서 공작이라는 칭호로 불리는 사람은 단 하나.

'왈드 공작의 부하들인가?'

자연스럽게 떠오르는 이름과 함께 머리가 복잡해졌다.

'이 상황에서 왈드 공작의 이름을 들먹이는 걸 보면 그의 지시를 받고 나를 추적해 왔다는 말인데…… 이미 카자드에게 노출된 적이 있으니 왈드 공작이 내 존재를 알고 있는 건 이상하지 않아. 문제는 그가 나에 대해 얼마나 알고 있는지다. 거기에 따라서…….'

그러나 복잡하게 생각할 필요는 없었다.

더 깊게 생각하기 전에 중년인이 먼저 입을 나불대며 친절하게 설명해 주었다.

"좋다. 기회를 주지. 먼저 내 용건을 말하겠다. 나는 왈드 공작님의 명을 받고 너를 찾아온 울란 백작이라고 한다. 공작님께서는 네게 관심이 있으시다. 우연이라고는 하나 노웨인 영지 측에 참전해 그 카자드 경이 지휘하던 베라틴 영지군과 대등한 전투를 벌였으니, 관심이 생기실 만도 하지. 무슨 말인지 알겠는가?"

덕분에 이해했다.

왈드 공작은 아직 태영과 그라디오스 후작의 관계까지는 모른다고.

"네놈의 출셋길이 열릴지도 모른다는 말이다."

그래서 고민이 되었다.

왈드 공작은 말할 것도 없이 적이다.

그러나 굳이 태영이 먼저 나서서 자극할 필요는 없다.

되레 지금은 최대한 피해야 할 일이다.

그가 직접 움직이면 여러 면에서 제약이 따를 테고, 아직 태영은 해야 할 일이 많으니까.

'울란 백작…… 분명 그 이름도 들어 본 적이 있는…… 아, 그래! 기억났다. 그 녀석이었군. 금붕어 똥처럼 항상 왈드 꽁무니에 붙어 다니던 그…….'

문제는 이제야 기억난 그놈이다.

왈드 공작의 말이라면 멍멍 짖기도 할 놈이 얌전히 물러날 리가 없다.

그렇다고 죽여 버리기에는 이것저것 걸리는 게 많다.

'나를 추적하던 놈들이 갑자기 사라지면…… 역시 의심을 피하기는 힘들겠지. 그럼 죽이는 건 곤란하고…… 왈드 공작을 적대시할 생각은 없다는 인상을 주며 놈들을 떼어 낼 수 있다면 그게 베스트인데…….'

태영의 머리가 다시 복잡해졌다.

그러나 그 역시 고민할 필요가 없는 문제였다.

"하지만 내 말 한마디에 그 출셋길이 닫힐 수도 있지. 아니, 용병 짓조차 못 해 먹게 만들 수도 있다. 하지만 지금이라도 그 새 새끼를 내놓고 날 따라나선다면 네 죄는 묻지 않겠다."

그때 울란이 우쭐한 얼굴로 히죽대며 적당한 빌미를 만들어 주었기 때문이다.

이렇게까지 판을 깔아 주면 그에 맞춰 주는 게 도리.

"그건 싫은데?"

태영이 슬쩍 미간을 찌푸리며 한 걸음 내디뎠다.

"……헉!"

울란과 부하들이 동시에 헛바람을 들이켰다.

발을 내딛는 순간 태영은 이미 울란 앞에 도착해 있었기 때문이다.

그러나 태영은 그들의 반응 따위는 신경 쓰지 않고 기겁하는 울란에게 얼굴을 바짝 들이대며 말을 이었다.

"나도 왈드 공작님을 존경해 왔다. 물론 그 밑에서 출세할 수 있다면 더 바랄 게 없겠지. 하지만 그 조건이 내 형제와 같은 존재의 목숨이라면 당연히 거절한다."

"혀, 형제?"

"그래, 이 매는 내 혈육과 같은 존재다."

삐이—!

청영이 감격에 겨운 눈으로 태영을 돌아보며 울었다.

태영은 잠시 멈췄던 걸음을 다시 성큼성큼 옮기며 말을 이었다.

"넌 지금 나와 내 형제, 둘을 동시에 모욕한 거다."

"이, 이 자식이 어디다 더러운 얼굴을 들이밀고…… 머, 멈춰! 정말 뒈지고 싶은 거냐? 내가 누군지 몰라?"

"귀족이지. 그게 어쨌다는 거냐?"

"이, 이 자식이……."

울란이 와락 인상을 쓰며 검 자루를 움켜쥐었다.

그러나 뽑아 들지 못했다.

태영이 그럴 공간을 주지 않고 있기 때문이다.

검을 쥔 놈의 팔과 어깨, 허리나 다리의 움직임을 몸으로 봉쇄하며.

당연히 그만한 실력과 고도의 순발력이 필요한 일이지만, 그렇다고 어려운 일도 아니었다.

제국의 귀족은 보통 레벨 200대가 넘지만, 대부분 '도련님 키우기'의 결과.

부하들이 떠먹여 주는 경험치로 올린 레벨이라 그에 어울리는 능력을 갖춘 귀족은 드물다.

1의 마소라도 더 흡수하기 위해 바닥을 벅벅 기는 헝그리 정신이 없어서다.

당연히 실전 능력도 형편없는 경우가 많다.

이에 울란은 속수무책으로 밀린 끝에 결국 숲의 가장자리, 계곡으로 이어진 가파른 경사까지 몰려 버리게 되었다.

"머, 멈춰! 멈추라고! 이 병신 같은 자식들! 뭘 보고만 있는 거냐?"

"이, 이 자식! 멈춰라!"

울란의 고함에 부하들이 검을 뽑아 들었다.

사고가 벌어진 건 그 탓이다.

부하들이 이렇게 나오면 태영도 어쩔 수 없이 몸을 돌릴 수밖에 없었고.

툭.

"헉! 뭐…… 아, 안 돼! 으아아아―!"

우연히, 정말 우연히도 그리모어의 검집에 걸린 울란이 경사 아래로 굴러떨어져 버린 것이다.

고개를 돌린 태영이 머리를 긁적였다.

"아, 실수."

―……실수냐?

"실수지."

"배, 백작님! 네, 네놈, 무슨 짓을…….."

따라서 울란의 부하들이 무슨 말을 하든 어쩔 수 없는 일이다.

"실수다. 봤잖아."

태영이 어깨를 으쓱이며 대답했다.

"실수라고? 미친놈! 이게 그런 말로 넘어갈 수 있는 일이라고 생각하나?"

"그렇게 말해도 어쩔 수 없잖아. 그리고 그런 말이나 하고 있을 때도 아니지 않나? 너희들 저 녀석의 졸개잖아. 그럼 먼저 저 녀석을 구하러 가 봐야 하는 거 아니야? 아니면…….."

위이이잉-!

"나와 해볼 테냐?"

태영이 오러를 줄기줄기 뿜어내는 그리모어를 뽑아 들었다.

"오, 오러 소드……!"

사내들이 창백한 얼굴로 주춤주춤 물러났다.

"촌구석 놈들이 뭣도 모르고 떠들어 대는 말이라고 생각하고 있었는데…… 노웨인 영지에서 들은 게 헛소문이 아니었다는 말이야?"

"마, 말도 안 돼. 용병이 마스터급이라니? 들어 본 적도 없다고!"

"하지만 분명…….."

"오러 소드만이 아니야. 나는 방금 저자가 백작님에게 다가가는 모습을 제대로 보지도 못했어."

줄기줄기 뿜어지는 오러와 함께 태영의 주가가 수직선을 그리며 상승했다.

덕분에 결론이 나오기까지는 오래 걸리지 않았다.

"우리가 감당할 상대가 아니다."

"그, 그럼…….."

숙덕대던 놈들이 마른침을 삼키며 태영을 바라보았다.

"나에 대해 꽤 많이 아는 모양이군. 그런데도 이런 무례라…… 지적하고 싶은 부분이 한두 군데가 아니지만, 일단 넘어가지. 나도 왈드 공작 같은 권력자를 적으로 돌릴 만큼 겁 없는 놈은 아니니까."

태영은 일단 확실하게 선을 긋고 나서 덧붙였다.

"단, 왈드 공작에게도 분명하게 전해 줬으면 좋겠군. 정말 내게 관심이 있다면 최소한의 예의 정도는 갖출 줄 아는 사람을 보내 달라고 말이야. 그래도 명색이 마스터급의 용병인데 저딴 귀족의 협박 몇 마디에 졸래졸래 따라갈 수는 없잖아. 안 그래?"

"그…….."

"잡소리 집어치우고 둘 중 하나만 해라. 해볼 테냐, 아니면 주인을 구하러 갈 테냐? 충성스러운 부하라면 고민할 여지가 없는 일인 것 같은데?"

태영이 한 걸음 내디뎠다.

놈들이 화들짝 놀라며 주춤주춤 서너 걸음이나 물러났다.

"그, 그래! 백작님의 구출이 먼저다!"

"백작님은 얼마 전에도 저기서 굴러떨어졌어! 그때 부러진 팔도 아직 낫지 않았는데 다른 곳이 더 부러지기라도 하면…… 불사조 같은 백작님이라도 어떻게 될지 모른다!"

"저자에게 신경 쓸 때가 아니야! 서둘러라!"

그리고 그럴듯한 이유를 떠들어 대며 황급히 뛰어갔다.

삐이! 삐이!

그때 청영이 어깨로 날아와 볼을 툭툭 건드렸다.

뭔가 할 말이 있는 눈치다.

의식을 공유하자 청영이 떠올리는 내용이 대략적인 이미지로 전달되었다.

"아까 그놈은 너와 흑영도 떨어뜨린 적이 있다고? 그것도 여기서? 흠, 놈들이 불사조니 뭐니 떠들던 말이 그거였군."

가장 강한 이미지는 이거였고, 알고 나니 후회된다.

"역시 어둠의 계곡 결계를 해제한 건 실수였던 모양이군. 놔뒀으면 저 녀석을 만날 일도 없었을 텐데. 뭐 지난 일이니 할 수 없지. 어쨌든 괜찮아. 아니, 잘했다. 앞으로도 너희들에게 화살 같은 걸 쏴 대는 놈들이 있으면 떨어뜨리든 굴리든 맘대로 해. 뒷일은 내가 책임진다."

삐이—!

태영의 말에 청영이 밝아진 기색으로 볼을 비비며 울었다.

그때 그리모어가 살짝 울컥한 목소리로 말했다.

—화살이라고? 저놈들이 퍼렁이와 까망이에게? 이런…… 그럼 주인은 그걸 알고도 저놈들을 놔뒀다는 말인가?

"호오, 네가 웬일이냐? 청영과 흑영의 일로 화를 다 내고. 평소에는 신경도 쓰지 않잖아."

—내가 신경을 쓰지 않는 것과 다른 놈들이 무시하는 건 다르지. 뭐가 됐든 나와 같은 주인을 두고 있는 존재. 그렇다고 동급이라는 생각은 눈곱만큼도 하지 않지만, 그런 녀석들을 다른 놈들이 건드리는 걸 참고 넘어갈 정도로 속이 좋지는 않아.

"그런 생각은 마음에 드네."

태영이 피식 웃으며 끄덕였다.

"그래서 고생 좀 하게 해 줬잖아. 결계가 해제됐다고 만만한 곳은 아니니까."

—죽어 주지도 않겠지.

"죽으면 되레 내가 곤란해. 저 녀석들이 떠들어 대는 왈드 공작의 영향력은 상상 이상이니까. 그와는 적이 될 수밖에 없겠지만, 고작 저런 놈들 몇 명 죽이자고 앞당겨 적으로 만드는 건 멍청한 짓이야."

—뭔 소리인지는 대강 알겠다만, 그런다고 저놈들이 정말 포기하고 네 말대로 공작이란 놈에게 돌아가 주겠냐?

"아니겠지."

당연히 한층 더 이를 갈아붙이며 따라붙을 것이다.

그러나 이제부터 그건 울란의 개인적인 원한. 조금 전과는 상황이 다르다.

물론 그렇다고 놈을 내키는 대로 베어 버릴 수 있게 됐다는 말은 아니다.

또 상황에 따라서는 더 귀찮아질지도 모른다.

"웅? 무슨 일인가? 저 인간들은 또 뭐고?"

"일단 타십시오. 가자!"

태영은 그제야 도착한 그렉을 흑영에 태우고 내달렸다.

─결국, 도망치는 건가?

"도망이 아니라 회피야. 똥이 무서워서 피하냐? 더러워서 피하지."

─그거나 이거나.

다르다. 그 탓에 목적지도 달라졌고.

어둠의 계곡의 결계가 해제됐으니 울란은 하루도 지나지 않아 구출될 터.

그 전에 흔적을 지울 필요가 있었다.

'노블핸드는 안 돼. 인간이라는 것만으로도 눈에 띄니까. 그러니 지금은 일단 아스탈로드로 가는 편이 나아. 흑영의 편자를 바꾸고 왕래가 잦은 도로를 이용해 추적을 떨어 낸 뒤에 바로 드루이드 부족을 찾아간다. 어차피 노블핸드에서

볼일은 노웨인 영지의 미스릴 처리와 묶여 있는 일이니, 조금 늦어져도 지장은 없어.'

그렇게 방향을 결정한 태영은 그렉에게 대강의 상황을 전해 주었다.

"그래? 뭐 그렇다면 할 수 없지."

왠지 모르게 그렉은 꽤 반기는 눈치였다.

어째 좀 수상하지만, 지금은 그런 걸 따질 때가 아닌지라 태영은 꾸준히 말을 달렸다.

그리고 얼마 지나지 않아 아스탈로드 영지와 노블핸드의 경계 근처에 도착.

"그럼 여기까지군."

그렉이 주위를 둘러보며 말했다.

"뭐 여러 가지 일이 있었지만, 인간과 함께한 모험치고는 나쁘지 않았다. 다음에 들르면 연락해라. 다른 말은 하지 말고 그냥 그렉을 만나러 왔다고 해. 그럼…….'"

"기다리십시오."

태영이 바로 뛰어내리려는 그렉을 제지했다.

그리고 다시 천천히 흑영을 몰아 수풀을 가로질렀다.

"응? 뭐 하는 건가?"

태영도 그걸 고민하는 중이다.

'나무 위에 하나, 주위의 수풀에 넷…… 다섯 명인가?'

주위에서 전해지는 미세한 기척.

'예리한 감각'이 없었다면 느끼기 힘든 수준의 기척이었다.

숙달된 자들이라는 의미고, 좋은 의도가 아닐 확률이 높다는 의미기도 하다.

'설마 그새 울란의 졸개들이 앞질러 왔을 리는 없고. 이런 곳에 숨어 있는 무리라면…… 도적인가? 오늘은 이래저래 귀찮은 일이 많이 생기는 날이로군.'

태영이 한숨을 불었다.

그리고 다시 크게 숨을 켜는 순간.

히히히힝—!

"헉!"

그렉이 비명을 터뜨렸다.

흑영이 갑자기 투레질하며 숲을 내달리기 시작했기 때문이다. 그리고 기겁하며 납작 엎드린 뒤에야 알아챈 모양이다.

"어? 뭐, 뭐야?"

태영은 이미 그 자리에 없었다.

흑영이 투레질하는 것과 동시에 블링크를 발동시켜 사라졌고, 다시 나타났다.

흑영이 스쳐 지나가는 나무 위, 정확히는 그 나뭇가지에 몸을 숨기고 있던 사내의 뒤에서.

"헉!"

한 박자 늦게 태영의 기척을 감지한 사내가 비명을 터뜨리며 몸을 돌렸다.

그러나 놀란 건 그렉과 그 사내만이 아니었다.

'……뭐지?'

태영도 움찔하며 눈매를 좁혔다.

사내의 복장 때문이다.

너무나 익숙한, 아니 익숙하다기보다는…….

그때 사내의 손이 빠르게 아래로 내려갔다가 올라왔다.

그리고 앞으로 뻗어 나오는 나이프!

'빠르군.'

그러나 그뿐이다.

태영은 살짝 뽑았던 그리모어를 다시 넣으며 발을 굴렀다.

가벼운 동작이었지만, 팔목보다 두꺼운 나뭇가지가 활처럼 휘며 출렁거렸다.

사내의 몸이 위태롭게 흔들리며 움직임이 둔해졌다.

그러나 태영의 몸은 미동조차 없었다.

발은 마치 자석처럼 나뭇가지에 붙어 있었고, 그대로 사내를 향해 미끄러져 나갔다.

그리고 황급히 다시 나이프를 들어 올리는 사내의 어깨를 움켜쥐었다.

그때 태영은 또 한 번 놀라게 되었다.

정전기가 일어나는 듯한 느낌과 함께 전해지는 반탄력!

'마력이다. 게다가 그냥 마력을 가지고 있는 것만이 아니야. 제대로 방어에 활용하고 있어. 초보적인 기술이 아닌데 대체 어디서 이런 기술을…….'

물론 그게 문제가 될 일은 아니다.

잠시 움찔하던 사내가 바로 태영의 손목을 향해 나이프를 휘둘렀지만, 그건 태영이 적당히 힘을 조절해 주어서다.

우두둑-!

"크헉!"

조금만 힘을 더 줘도 이렇게 된다.

손가락이 어깨를 파고들자 사내가 비명을 터뜨리며 나이프를 떨궜다.

끝났다고 생각했지만, 아니었다.

사내는 떨어지는 나이프를 왼손으로 받아 들고 태영의 허벅지를 찔러 왔다.

'하, 이거 참…….'

대단하다고 해야 할지, 끈질기다고 해야 할지 모르겠다.

그러나 뭐가 됐든 찔릴 생각은 없었기에.

탁-!

태영은 그의 무릎을 걷어찼다.

사내의 다리가 나뭇가지 위에서 퉁겨져 날아갔다.

그사이 반대쪽으로 움직인 태영은 아슬아슬하게 중심을 잡는 사내의 남은 다리도 걷어찼다.

"큭! 이, 이런……."

두 다리가 모두 허공에 떠 버린 사내는 당연히 추락.

태영도 그를 따라 뛰어내렸다.

그리고 지면에 뒤통수를 박으며 떨어진 사내의 가슴을 밟으며 내려섰을 때였다.

"멈춰─!"

고함과 함께 네 방향의 수풀에서 사내들이 솟아 올라왔다.

태영이 감지했던 나머지 네 명이다.

나무 위에서 격투를 벌이는 사이 포위망을 구축하며 접근해 온 것이다.

그러나 태영이 그들을 돌아보는 순간.

펑! 펑! 펑! 펑!

불길이 폭발하며 그들의 손에 들린 무기가 날아갔다.

"큭! 뭐……."

"그래, 멈추는 게 좋을 거다."

태영이 그들을 향해 왼팔을 뻗은 자세로 말했다.

웅! 웅! 웅! 웅!

그 팔목에서 원을 그리며 회전하는 불길.

나무 위에서 뛰어내릴 때 장전해 둔 파이어 애로였고, 아직 네 발이 남아 있었다.

"크……!"

그리고 오른손에 들린 그리모어는 발아래에서 신음을 흘

리는 사내의 목에 닿아 있었다.

　－싱겁군.

그렇게 말할 일은 아니었지만.

　－그런데 설마 이번에도 그냥 겁만 주고 끝내는 건 아니겠지?

그건 어떤 대답이 나오냐에 달려 있다.

태영이 천천히 훑어보는 군복에 방탄조끼, 얼굴에 위장 크림까지 바른 그, 한국 군인으로밖에는 보이지 않는 사내들에게서 말이다.

"한국 군인이 왜 숨어서 내게 접근한 거지?"

당연히 질문은 한국어였고.

"하, 한국어?"

반응은 즉각적이었다.

ↄ

"후－!"

카자드가 한숨을 불어 내며 몸을 돌렸다.

시종이 기다렸다는 듯이 뛰어가 수건을 두 손으로 떠받치듯이 건네주었다.

적당히 땀을 닦아 낸 카자드는 그 앞의 테이블로 걸음을 옮겼다. 그리고 쥐고 있던 검을 던지며 의자에 앉자 맞은편에서 웃음이 흘러나왔다.

"검사는 검을 그렇게 취급하지 않네."

"전 검사가 아닙니다."

"그런 것치고는 꽤 열심히 수련에 매진한다고 하던데? 진척도 있고 말이야. 채 한 달도 되지 않아 그 정도 검기(劍技)를 익힌 자네가 검사가 아니라고 한다면, 다른 검사들은 뭐가 되나?"

"고약한 취미로군요."

"취미라기보다는 일이지. 자네처럼 마법에도, 검에도 재능이 없는 나 같은 늙은이가 자리를 지키려면 잘 보고, 잘 듣는 수밖에 없는 게지."

그, 왈드 공작이 피식 웃으며 대꾸했다.

그리고 천천히 찻잔을 기울이며 지나가는 투로 물었다.

"하지만 그렇게까지 할 줄은 몰랐군. 솔직히 말하면 난 지금까지 자네가 땀을 흘리는 모습은 상상도 못 해 봤네."

"마법을 익히는 것도 쉬운 일이 아닙니다."

"그야 그렇지만…… 그렇게 신경 쓰이나? 그 노웨인에서 봤다는 레온이라는 검사가? 확실히 소드 마스터는 흔하지 않고, 하물며 용병 중에서는 찾아보기 힘들겠지만……."

"그런 문제가 아닙니다."

"무슨 말인가?"

"그는……."

잠시 말을 끌던 카자드가 이내 고개를 저었다.

"그자에 대해서는 저도 뭐라고 딱 잡아 말하기가 힘들군요. 꽤 복합적인 느낌을 받아서 말입니다. 직접 보고 판단하십시오. 공작님도 그럴 생각이시지 않습니까?"

　"알고 있었나?"

　"발트하츠에서 헤매던 울란 경이 갑자기 노웨인으로 간다면 다른 이유가 있겠습니까?"

　"나에게 고약한 취미니 뭐니 할 처지는 아닌 것 같군."

　"공작님에 비하면 흉내나 내는 수준이죠."

　카자드가 대수롭지 않은 얼굴로 찻잔을 들어 올리며 말을 이었다.

　"하지만 이번만큼은 그다지 현명하지 못한 판단을 하신 것 같습니다. 그가 순순히 울란 경을 따라오는 모습은 저로서는 상상하기 힘들군요."

　"그야 모르지. 애초에 나는 그에 대해 아무것도 모르지 않나? 하지만…… 그래, 자네 말대로라면 확실히 울란에게는 무리겠지."

　"알고 보내셨다는 말입니까?"

　"사람의 본성은 기쁠 때보다 화가 났을 때 더 명확하게 드러나는 법이지. 그가 어떤 힘을 가지고 있고, 또 어디까지 가능한지도 말이야."

　"울란 경은 아직 쓸모가 있는 사람입니다."

　"나도 그렇게 믿고 있네. 울란도 이번만큼은 나를 실망시키지 않을 거야. 그래, 어떤 식으로든 말이네."

"역시 고약한 취미라고밖에는 말씀드리기 힘들군요."

"어쩔 수 없는 일이라고 하지 않았나."

카자드의 말에 왈드 공작이 눈가에 주름을 만들며 웃었다.

그리고 다시 찻잔을 기울이며 말을 이었다.

"고약한 취미라는 말이 나와서 말인데, 근래 서부 지역에서 무슨 일이 있었는지 들었나?"

"그라디오스 후작이 하쿠인을 제국 시민으로 인정한 일 말입니까?"

"자네는 어떻게 생각하나?"

"나쁘지 않은 방법이라고 생각합니다. 아니, 선수를 빼앗겼다는 생각마저 듭니다."

"꽤 후한 평가로군."

"그들이 세웠던 도시나 사용하던 물건을 보면 알 수 있습니다. 분명 지금 그들은 난민에 불과하지만, 적응기를 지나면 무시할 수 없는 세력이 될 겁니다. 그라디오스 후작의 수완이 더해진다면 그 시기는 더 빨라지겠죠. 그래서 저도 준비는 하고 있습니다만……."

"오늘 찾아온 용무가 그거네."

왈드 공작이 고개를 끄덕이며 카자드의 말을 끊었다.

"자네가 하쿠인 집단과 진행하던 얘기는 일단 보류해 두도록 하게."

"네? 하지만……."

"중지가 아니라 보류네. 마음이 급해지는 건 이해하지만, 그렇다고 어딘가의 애송이처럼 그게 약인지 독인지도 모르고 삼킬 수는 없지 않나."

"그게 무슨 말입니까?"

"이런 말이지."

왈드 공작이 한 장의 서신을 던져 주었다.

카자드는 의아한 얼굴로 서신을 꺼내 읽었고, 이내 살짝 눈살을 찌푸리며 고개를 들었다.

"이건……."

"세상일은 어떻게 될지 모른다는 거지. 그라디오스는 그걸 몰랐고. 물론 결과는 두고 봐야 알겠지만, 분명한 건 그라디오스가 꽤 곤란한 상황이 되리라는 것이지."

왈드 공작이 웃음을 지으며 끄덕였다.

"그래, 뭣보다 제국의 앞날을 걱정하는 내가 그냥 넘어가지 않을 테니까."

🌀

"하, 한국인입니까?"

발에 눌린 사내가 당황한 얼굴로 물었다.

태영은 시선을 내리며 조금 더 강하게 발을 내리눌렀다.

"질문한 사람은 나다."

"큭! 자, 잠깐! 경계하지 않으셔도 됩니다! 그쪽이 한국 사람이라면, 아니, 한국 사람이 아니라도 위해를 가할 생각은 없었습니다!"

"목에 칼을 들이대면 대부분 비슷한 말을 하지. 조금 전 나무 위에서 휘둘러 대던 나이프는 모조품이었나?"

"그, 그건 놀라서……."

─놀라서 사람을 죽일 뻔하다니, 재미있는 농담이군.

그리모어가 피식 웃으며 중얼거렸다.

그러나 그렇게 말하는 그리모어도 알고는 있을 것이다.

처음 공격은 분명 급소를 노리고 있었지만, 그 뒤는 아니었다. 치명상이 될 만한 부위를 피해 얕은 상처만 입힐 각도로 날아왔다.

물론 제대로 치명상을 노리고 휘둘러 댔다면 이렇게 떠들고 있지도 못하겠지만, 그게 꾹꾹 눌러 대는 발까지 치워 줄 이유는 되지 않는다.

"너희들의 행동을 어떻게 판단할지는 내가 결정할 일이다. 자, 다시 묻지. 왜 몸을 숨기고 나에게 접근했지?"

"당신에게 접근한 게 아닙니다."

"나를 너무 우습게 보는군."

"저, 정말입니다!"

삐이─!

그때 뒤에서 청영의 울음이 들려왔다.

태영의 지시로 물러나 있다가 상황이 정리되어 돌아온 것이다.

당연히 흑영도 함께였고.

"어이! 대체 뭔 일이야? 갑자기 사라지지를 않나…… 응? 그 괴상한 사람들은 또 뭐야? 한 놈은 왜 밟고 있어?"

그 등에는 그렉이 타고 있었다.

이에 머리를 꺾어 그 모습을 바라보던 사내가 다시 태영을 올려다보며 물었다.

"저 드워프와는 어떤 사이입니까?"

"대답해야 하나?"

"대체 어느 나라 말이야? 어이, 레온, 네 발에 깔린 그 괴상한 놈, 드워프라는 말이 섞여 있는 걸 보니 날 두고 하는 말 같은데 대체 뭐라는 떠들어 대는 거야?"

그때 그렉이 답답한 얼굴로 소리쳤다.

한국어니 당연히 알아들을 리가 없었고, 그렉이 떠들어 대는 말은 이계어니 태영의 발밑에 깔린 사내도…….

"혹시 저 드워프, 저희를 처음 봤다고 말하는 겁니까?"

"이계어를 할 줄 아나?"

"단어 몇 개만 알아듣는 수준입니다."

"그래, 조금 다르기는 하지만, 대충 그런 말이지. 하지만 너희와 저 드워프를 소개해 줄 생각이 들지는 않는군. 슬슬 인내심도 바닥을 드러내고 있고 말이야."

"우리는……."

머뭇대던 사내가 말을 멈췄다.

그리고 주위를 둘러보다가 다시 입을 열었다.

"자초지종을 설명하려면 얘기가 길어질 텐데 일단 자리를 옮기면 안 되겠습니까? 이곳은 오래 머물러 있기에는 위험합니다."

"위험?"

"그 부분을 포함해서, 듣고 나시면 모두 이해하실 수 있을 겁니다. 여기서 20~30분 거리에 저희 병영이 있습니다."

"나에게는 그쪽이 더 위험할 것 같은데?"

"두 분의 안전은 제가 책임지고 보장하겠습니다. 믿지 못하시겠다면 오해가 풀릴 때까지 저희를 인질로 잡고 있어도 상관없습니다."

"흠……."

태영은 고민했지만, 길지는 않았다.

"그럼 그렇게 하지."

─괜찮겠나? 좀 전까지 칼을 휘둘러 대던 놈의 말만 믿고 따라가도?

확실히 그렇게 풀어서 말하니 좀 뭐한 감이 있긴 하다.

그러나 태영도 무턱대고 결정한 건 아니다.

일단 사내가 대충 둘러대는 것처럼 보이지도 않지만, 묘하게 신경이 쓰이는 구석이 있었다.

그리고 거기까지는 그냥 감이라고 해야겠지만.

'이곳은 아스탈로드 영지와 노블핸드의 경계, 앞으로의 일을 생각하면 양쪽 모두 내게 중요한 곳이다. 그런 곳에 한국 군인이 부대 단위로 주둔하고 있다면 그냥 넘어갈 일은 아니지.'

현실적인 문제도 있었다.

그러나 일단 최소한의 안전 조치를 해 둬야 하니 당연히 무장 해제.

"포박하셔도 상관없습니다."

그래도 그렇게까지 하기는 좀 뭐한지라.

"묶지는 않겠지만, 나와 5미터 이내의 간격을 유지해라. 그 거리라면 5명 정도는 1초도 안 걸리니까. 명심해라. 5미터다. 이동할 때도 절대 그 범위를 벗어나지 마라. 난 한 번 머리에 입력하면 몸이 자동으로 움직이는 사람이라 무심코 죽여 버릴 수도 있으니까."

대신 이렇게 말해 주었다.

그리고 그 말의 의미는 지나치게 잘 전달되었다.

"응? 뭐야? 좀 전까지 밟고 밟히더니 그새 사이가 좋아진 거냐? 뭐 사내놈들이야 원래 싸우고 친해지고 하는 거긴 하지만, 아무리 그래도 사내놈들끼리 그렇게 바짝 붙어서는…… 하여간 인간들은 도통 이해할 수가 없다니까."

그렉이 혀를 차며 중얼거릴 정도로 바짝 붙었다.

태영도 그렇게까지 하라고 한 말은 아니었지만, 따지기도 귀찮아 그냥 출발.

30분 정도 숲을 가로질렀을 때였다.

"이건……."

눈앞에 꽤 진귀한 장면이 펼쳐졌다.

숲 안쪽의 공터에 둥그렇게 모여 있는 10여 개의 천막.

이건 태영이 밟던 사내, 이 중위에게 들었던 것이라 새삼스러운 일은 아니었지만, 문제는 그 병영에 모여 있는 병사들이었다.

'저 문장은 아스탈로드, 이 지역 영주 문장이다. 어째서 아스탈로드 영지군이 한국 군인의 병영에 같이 있는 거지? 게다가 저 분위기는…….'

어느 정도 거리를 두고 있기는 했지만, 총기를 소지하는 군인들처럼 아스탈로드 병사들도 갑옷이나 검, 활 따위를 손질하고 있었다.

'동맹이라도 맺은 건가? 그럼 이자는 대체 뭐가 위험하다고 한 거지?'

태영이 복잡한 눈으로 이 중위의 뒤통수를 바라볼 때였다.

"이 중위님!"

한 사병이 경계를 붙이며 다가왔다.

그리고 태영과 흑영, 그리고 유난히 그렉을 눈여겨보며 물었다.

"그 뒤의 분과 저 드워프는……."

"사정이 있어서 모시고 왔다. 쓸데없는 관심은 끄고. 대대장님은 안에 계시냐?"

"네, 그 레진이라는 기사와 함께 있습니다."

"들어가 봐도 되겠습니까?"

이 중위가 태영을 돌아보며 물었다.

고개를 끄덕이자 사령실로 보이는 들어갔다가 몇 분 뒤에 돌아 나왔다.

"대대장님이 직접 뵙고 싶다는데 괜찮으십니까?"

여기까지 와서 새삼 고민할 일도 아니다.

이에 막사 안으로 들어가자 지도가 펼쳐진 탁자 좌우에 두 명의 중년인이 보였다.

한 명은 중령 계급장이 붙은 전투복 차림의 군인, 다른 한 명은 아스탈로드 문장이 새겨진 판금 갑옷을 입은 기사였다.

먼저 입을 연 사람은 중령이었다.

"이 중위에게 대강의 상황은 보고받았습니다."

"그럼 불필요한 얘기는 건너뛸 수 있겠군요."

"듣던 대로 한국어가 유창하시군요. 아니, 유창하다고 말할 일은 아니군요. 배워서 나올 발음이 아니니."

"네, 한국인입니다, 일단은."

"일단이라……."

중령이 쓴웃음을 지었다.

"하긴 이런 상황에서 한국인인지 이계인인지 따지는 것도 의미가 없겠죠. 하지만 우리 군인들도 마냥 손 놓고 있는 것만은 아닙니다. 정부도…… 네, 여러모로 방안을 모색하고 있을 겁니다."

태영의 대답을 이상한 의미로 받아들인 모양이다.

그러나 관심사는 그쪽이 아니다.

태영이 슬쩍 시선을 돌리자 기사가 한 걸음 다가오며 입을 열었다.

"인사가 늦었습니다. 저는 레진 리드란, 아스탈로드 영주님을 모시는 퍼스트 나이트입니다. 혹시 저희 말도 할 줄 아십니까?"

"레온입니다."

"방금 이쪽, 중령과 말하는 걸 얼핏 들으니 하쿠인이라고 말씀하시는 것 같던데, 이름은 다른 하쿠인과 어감이 꽤 다르군요. 되레 우리 쪽 이름 같습니다."

"이곳에서 지은 이름입니다."

이어지는 대답에 중령과 기사, 레진이 놀란 얼굴이 되었다.

"이계어도 꽤 자연스러우시군요."

"배우지 않으면 안 되는 상황이니까요. 그쪽 두 분도 그런 거 아닙니까?"

"아직은 아닙니다. 틈틈이 공부하고 있지만, 딱히 교재가 있는 것도 아니라 꽤 애를 먹고 있습니다. 이쪽이 몇 마디, 저쪽이 몇 마디 배워 간신히 의사소통만 하는 수준이죠. 하지만 문법도 꽤 다르다 보니 오해가 생길 때도 많습니다."

"그런데도 별다른 문제는 없어 보이는군요, 더구나 군인이. 쉬운 일은 아니었을 텐데……."

"네, 쉬운 일은 아니었죠."

중령이 고개를 끄덕이며 말을 이었다.

"이 중위가 레온 씨를 모시고 온 건 그런 이유도 있습니다."

"통역이라도 해 달라는 말입니까?"

"그야 잠깐이라도 짬을 내서 해 주시면 좋겠지만……."

중령이 말끝을 흐렸다.

그리고 잠시 미간에 주름을 만들며 생각하다가 다시 입을 열었다.

"먼저 이쪽 상황을 제대로 말씀드릴 필요가 있겠군요. 통역이든 다른 쪽 일이든, 그간의 상황을 제대로 설명해 두지 않으면 원만하게 얘기가 진행이 안 될 테니. 다만 얘기가 좀 길어지게 될지도 모르는데 괜찮으시겠습니까?"

애초에 그걸 알아볼 생각으로 이 중위를 따라온 것이다.

태영이 끄덕이자 중령의 설명이 이어졌다.

일단 이번 사태 직후의 상황은 어디든 비슷하니 넘어가고 그, 최정이라고 소개한 중령은 휘하 부대의 움직임을 최대한 자제하고 있었다.

정찰을 통해 인근에 병력을 보유한 영지의 존재를 확인한 탓이다.

이는 그 영지, 아스탈로드도 마찬가지였다.

양쪽 모두 무력 충돌을 피하고자 조심스럽게 접근하는 방법을 택한 것이다.

그러나 얼마 지나지 않아 문제가 발생했다.

이계의 도적단이 30여 명의 한국인을 납치한 사건이다.

"대한민국 국군의 최우선 사명은 국민을 지키는 일. 국민을 지키지도 못하는 군대는 존재할 가치가 없죠."

최 중령은 그 말을 실천했다.

보고를 받자마자 휘하 부대를 이끌고 출격, 채 하루도 되기 전에 도적단의 본거지를 찾아내 괴멸시켜 버렸다.

"그때 저 기사가 등장했죠."

최 대령이 고개를 돌리자 레진이 살짝 미간을 찌푸렸다.

"대강 무슨 얘기를 하는지 알겠는데, 그 대목에서 그렇게 말하면 꼭 내가 도적단의 일원인 것처럼 보이지 않습니까? 그때는 정말 중령님 부대가 양민을 학살하는 살인마로밖에 보이지 않았단 말입니다. 놈들도 그런 식으로 말했고."

"그렇게 길고 빠르게 말하면 모른다고. 살인마라는 말밖에 못 알아들었어."

최 대령이 웃으며 말했다.

그러나 태영은 알아들었고 대강의 상황도 짐작되었다.

"전투가 벌어진 겁니까?"

"그건 아닙니다. 저도 칼에서 섬광을 뿜어내며 총을 두부처럼 썰어 대는 사람과 싸울 용기는 없습니다. 지금이야 그게 뭔지 알지만, 그때는 정말 괴물로밖에 보이지 않았습니다."

"그럼……."

"별수 있습니까? 도망치는 수밖에."

최 대령의 진가가 발휘된 건 그다음이었다.

상대의 전력을 파악한 최 대령은 그 말대로 일단 퇴각.

소수 정예의 팀을 꾸려 밤을 틈타 영지로 잠입해 불과 한 시간 만에 영주와 각 부대장을 몽땅 생포해 버렸다.

"저도 지금이야 웃으며 말하지만, 그때는 정말 등골이 서늘했습니다. 뭔가 할 새도 없이 잡혀 버렸으니까요. 심지어 그때 그 병사들이 마력이 뭔지도 모르고 있었다는 얘기를 들었을 때는 자괴감마저 들 정도였습니다."

그중 한 명이었던 레진의 회고다.

그러나 이계에서도 마력이 절대적인 힘의 기준은 아니다.

레벨이나 마력은 어디까지나 지표.

실전에서는 그와 반대되는 결과가 나오는 상황도 비일비재하다.

이는 개인이 아닌 집단에서 더 자주 발생하고, 전략 전술까지 범위를 넓히면 완전히 다른 차원의 문제가 돼 버린다.

그리고 현대 군대의 전술은 무수한 전쟁의 역사를 보내며 발전되어 온 것.

아직 중세 수준에 머물러 있는 이계의 영주성을 점령하는 것도 충분히 가능한 일이다.

적어도 좀 전에 만난 이 중위와 최 대령의 부대라면.

UDT/SEAL.

그들의 어깨에 이런 마크가 새겨져 있으니까.

해군 특전단 UDT.

잠입과 주요 타깃 제거, 혹은 생포 전문의 특수부대다.

그리고 최 중령과 UDT 대원들이 그 실력을 유감없이 발휘한 직후 바로 상황은 종료되었다.

이유는 크게 두 가지였다.

첫째는 몸짓까지 동원한 최 중령의 필사적인 해명.

둘째는 그 직후에 영주가 받은 보고다. 영주와 군 지휘관들이 모두 생포됐는데도 양쪽 진영의 병사 중 한 명의 사상자도 발생하지 않았다는.

이에 영주는 대한민국 군인의 역량에 경의를 표하며 협력으로 방향을 전환한 것이다.

"대단하시네요."

"운이 좋았다고 해야겠죠. 중세 귀족이라면 앞뒤가 꽉 막힌 이미지만 가지고 있었는데, 이곳 영주는 그렇지 않더군요."

태영의 기억에도 아스탈로드 영주는 꽤 융통성이 있는 귀족이다.

"하지만 그런 사람만 있는 건 아니더군요."

"무슨 말이죠?"

"그게……."

아스탈로드는 꽤 넓은 영지다.

그러나 대부분 험난한 지형으로 이루어져 실제 마을은 몇 되지 않았다.

그리고 보통 그런 곳에는 몬스터가 둥지를 트는 법.

그 때문에 영주가 개척을 장려하는 정책을 펴도 지지부진할 수밖에 없었고, 되레 나날이 헌터만 늘어나는 실정이었다.

그러나 한국인을 받아들이게 되면서 상황이 바뀌었다.

인구가 늘어나 개척은 필수 조건이 되었고, 최 중령 부대의 합류로 전력도 확보.

이에 영주는 연합군을 조직해 대대적인 몬스터 토벌을 시작했다.

그게 문제의 시발점이었다.

최 중령 부대의 역량이 발휘되는 건 대인전.

아스탈로드와 합병해 레벨과 전직에 대해 알게 됐지만, 몬스터를 상대로는 초보에 불과했다.

따라서 부족한 전력을 메우기 위해 중화기를 동원하게 되었고…….

"얼마 전 꽤 강한 놈과 마주치게 됐습니다. 레진 경, 그놈을 뭐라고 불렀었지?"

"그놈? 아, 스톤이터 말이군요."

"네, 스톤이터. 바위를 뚫고 다니는 놈이라더군요. 그래서 놈이 다니는 길목에 C-4를 대량으로 설치해서 폭파한 적이 있었는데, 위치가 안 좋았던 모양입니다."

"위치가 안 좋았다니요?"

"며칠 뒤 노블핸드라는 곳에서 한 드워프가 찾아왔습니다. 그 폭발로 갱도가 무너져 엄청난 피해를 받았으니 배상하라고요. 보름 안에 배상하지 않으면 전쟁을 각오해야 할 거라고 하면서 말입니다."

"그럼 이 중위님이 제게 접근하던 이유가…….."

"태영 씨와 동행하던 드워프가 있다고 들었습니다. 이런 시기에 아스탈로드와 노블핸드의 경계 지점에 드워프가 나타났으니 예민하게 반응할 수밖에 없었던 거죠."

"그는 이번 일과 관련이 없습니다."

태영이 단호하게 말했다.

실제로 그렉은 그런 내용은 전혀 모르고 있었고, 얼마 전까지 어둠의 계곡에 있었으니까.

최 중령도 고개를 끄덕였다.

"네, 이 중위에게 들었습니다. 우리를 처음 봤다는 말을 들었다고 말입니다. 노블핸드에 있던 드워프라면 그런 반응을 보이지 않았겠죠. 얘기가 꽤 돌아가게 됐지만, 이 중위가 두 분을 모시고 온 이유가 그 때문입니다. 두 분이 꽤 친분이 있어 보인다고 들었습니다."

"친분이랄 것까지는 없지만……."

최 중령이 무슨 말을 하고 싶어 하는지는 짐작이 되었다.

"일단 기한이 이틀 앞으로 다가와 준비는 하고 있습니다만, 전쟁만은 피하고 싶습니다. 그런데 저희 말은 들어 줄 생각조차 하지 않더군요. 하지만 같은 드워프라면 최소한 들어 주기는 하지 않겠습니까?"

기대하기는 힘들다.

드워프는 다혈질에 고집불통, 이 두 가지 말을 형상화해 놓은 것 같은 종족.

한번 귀를 막아 버리면 어떤 설득도 통하지 않는다.

아스탈로드는 그 탓에 곤란해진 것이고.

'돌겠군.'

태영도 곤란해졌다.

태영이 노블핸드에 들르려고 했던 이유는 노웨인 영지에서 생산될 미스릴을 처리할 주요 거점으로 그곳을 찍어 두고 있었기 때문이다.

'그런데 밑도 끝도 없이 전쟁이라니…… 전쟁의 결과가 어떻게 되든 인간과 드워프가 적대 관계가 되면 내 계획 자체가 무산된다. 다른 후보지가 없는 건 아니지만, 비밀리에 유통하기에는 노블핸드만 한 곳이 없는데…….'

생각지도 못한 폭탄을 얻어맞은 기분이다.

'그나마 그렉과 동행하던 도중에 알게 된 게 다행이라고 해야겠군. 쉽진 않겠지만, 최 중령의 말대로 최소한 대화 정도는 시도해 볼 수 있겠지.'

그러나 태영은 상상도 못 하고 있었다.

"아, 그런데 대체 노블핸드 측이 요구한 배상이 뭡니까? 받아들이기 힘든 요구니 사태가 이 지경까지 왔겠지만, 그게 뭔지는 알아야 중재든 협상이든 할 거 아닙니까?"

그때 레진이 인상을 찌푸리며 소리쳤다.

"그런 건 구실에 불과합니다. 드워프는 그 전부터 우리가 개척지를 넓히는 걸 곱지 않은 눈으로 바라봤습니다. 그러다 이번 일로 억지를 부리는 거죠. 그러지 않고야 갱도가 무너질 때 다올의 성유니 뭐니 하는 듣도 보도 못한 게 없어졌다며 5천만 골드를 내놓으라는 생떼를 부릴 리가 없지 않습니까?"

그렉, 폭탄은 바로 그놈이었다.

각자의 시간

"하아―."

태영이 한숨을 불었다.

최 중령은 씁쓸한 미소를 지으며 끄덕였다.

"그런 반응을 보이시는 것도 무리는 아니죠. 길 가던 사람을 붙잡고 갑자기 이런 얘기라니, 제가 생각해도 어이가 없으니까요. 하지만 저희는 어떻게든 전쟁만은 피하고 싶습니다. 애초에 이번 사태는 우리 군의 부주의로 인해 벌어진 일. 하다못해 그 책임을 우리에게⋯⋯."

"아직도 그런 말을 하는 겁니까?"

레진이 살짝 미간을 찌푸리며 최 중령을 돌아보았다.

"영주님은 노블핸드에서 온 드워프 놈과 회담할 때도 영지군과 최 중령의 부대를 따로 떼어 말씀하신 적이 없습니다. 저 또한 마땅히 그래야 한다고 생각합니다. 시작이 어찌 되었든 우리 사이에는 신의가 생겼고, 그건 어려움이 닥쳤다고 저버릴 수 있는 것이 아닙니다. 적어도 영주님과 저는 그렇게 믿고 있습니다."

"그렇게 길게 말하면 무슨 말인지 모른다고."

최 중령은 그렇게 말하면서도 다 알아들은 얼굴이었다.

레진이 얼굴만 봐도 알 수 있을 것 같은 표정을 짓고 있으니까. 뭐랄까, 바라보는 시각에 따라서는 꽤 훈훈해지는 장면이기도 하지만.

"무슨 말인지는 알겠습니다."

태영은 그 훈훈한 분위기에 동참할 생각이 없었다.

"하지만 이 자리에서 즉답할 문제는 아니군요. 일단 그놈…… 아니, 드워프와 얘기를 해 봐야 할 것 같은데 잠시 기다려 주시겠습니까?"

"물론입니다."

태영은 최 중령의 대답을 뒤로하고 막사를 나왔다.

"어이, 너 인마! 밖에다 사람을 세워 두고 뭔 수다를 그렇게 오래 떨다가 이제야 기어 나오는 거야?"

와락!

그리고 보자마자 짜증을 부려 대는 그렉의 멱살을 와락!

"뭐, 뭐야? 갑자기 왜 이래?"

"어? 저, 저기⋯⋯."

"안에서 대강의 상황은 전해 들었습니다. 잠시 저희 둘이 얘기 좀 나눠 봐야 할 것 같으니 중위님은 따라오실 필요 없습니다."

"뭐라고 떠들어 대는 거야? 내 멱살은 왜 잡는데? 어? 어? 어딜 끌고 가는 거야?"

그대로 질질 끌고 숲으로 들어갔다.

병영에서 멀리 떨어진 으슥한 곳에 내던지듯 몰아넣었다.

동시에 참 여러 가지 생각이 떠올랐다.

- 팰 건가? 죽일 건가? 난 개인적으로 후자를 추천한다만⋯⋯.

압축하자면 그 둘로 좁아지지만.

"일단 들어 보죠."

"듣다니? 뭘? 다짜고짜 이런 곳에 끌고 와서 뭔⋯⋯."

"다올의 성유."

태영의 말에 툴툴대던 그렉이 움찔하며 입을 다물었다.

그리고 잠시 찜찜한 눈으로 태영을 훑어보다가 퉁명스러운 목소리로 되물었다.

"다올의 성유가 뭐? 대체 무슨 의도로 갑자기 그 얘기를 꺼내는 건지는 모르겠지만, 괜한 기대는 하지 않는 편이 좋아. 그건 조금 친분이 생겼다고 인간에게 떠들어 댈 정도로 가벼운 물건이 아니야."

"알고 있습니다."

"뭐?"

"다올의 성유 제조에는 상당한 시간과 자금이 필요하죠. 노블핸드 같은 대도시에서도 1년에 작은 병 몇 개 분량밖에 제조하지 못할 정도로. 당연히 제조법은 물론 성유도 외부 유출이 엄금. 도시에 위협이 될 만한 사태가 벌어졌을 때나 장로회의 허가를 받아 사용할 수 있죠."

"그, 그걸 어떻게……."

그렉의 눈이 휘둥그레졌다.

본래 다올의 성유는 다른 종족에게 이름을 말하는 것조차 금기시되어 있다.

노블핸드와 인접한 아스탈로드의 기사 레진조차 다올의 성유를 듣도 보도 못한 것이라고 말하던 이유다.

그럼에도 태영이 이처럼 자세히 아는 이유는 두 가지.

과거 장인으로 방향을 잡았을 때 드워프 도시에 꽤 오래 머물렀던 적이 있었고, 그때 방금 말한 것과 같은 도시에 위협이 될 만한 사건이 벌어진 적이 있어서다.

그러나 지금은 그보다…….

그때 황망한 얼굴로 바라보던 그렉이 와락 태영의 멱살을 움켜쥐었다.

"네놈! 정체가 뭐냐?"

"그건 내가 묻고 싶은 말입니다. 그런 다올의 성유를 어떻게, 그것도 열흘 가까이 사용하고도 남을 양을 가지고 나온 겁니까?"

"그, 그건……."

뒤이은 질문에 그렉의 눈이 불안하게 흔들렸다.

그러나 그것도 잠시, 이내 와락 인상을 구기며 소리쳤다.

"네가 상관할 바가 아니잖아!"

"그렇죠, 저도 그래서 지금까지 캐묻지 않았던 거고."

"그런데?"

"상황이 달라졌죠."

태영이 그렉의 손을 풀어 내며 설명해 주었다.

일단 그도 뭐가 어떻게 돌아가는지 정도는 알아야 대화가
될 테니까.

역시나 그렉은 전혀 모르고 있었는지 꽤 충격을 받은 얼굴
이 되었다. 그리고 설명이 끝난 뒤에도 잠시 말없이 생각에
잠겨 있다가 이내 탄식을 터뜨렸다.

"내가 없는 사이에 그런 오해가……."

"오해?"

"그래, 그건 정말 말도 안 되는 오해야. 대체 어쩌다 그렇
게까지 돼 버렸는지는 모르겠지만, 자칫하면 돌이킬 수 없는
일이 벌어질 뻔했군. 하지만 이제 걱정하지 않아도 돼. 내가
가서 설명하면 간단하게 해결될 일이니까. 편한 마음으로
기다리고 있어. 내 금방 해결하고 오지."

툭툭 털고 일어난 그렉이 그렇게 말하며 몸을 돌렸다.

빡―!

그 뒤통수에서 시원한 타격음이 터져 나왔다.

"으악! 무슨 짓이야, 이…….."

픽 쓰러졌던 그렉이 뒤통수를 부여잡고 고개를 돌리다가 움찔하며 입을 다물었다.

그 앞으로 태영이 얼굴을 바짝 들이밀었다.

"오해?"

"그, 그래, 오해라고…….."

철컥.

그렉의 대답과 동시에 그리모어가 살짝 뽑혀 나왔다.

"다시 한번 말해 봐라."

"어? 바, 반말? 그…… 아니, 뭐 따지자는 건 아니고……
그러니까…….."

"뒈질래?"

번뜩이는 태영의 시선을 피해 이리저리 굴러다니던 그렉의 눈알이 이어지는 말에 곧바로 제자리로 돌아왔다.

"아, 아니! 아닙니다!"

"네가 지금 너한테 질문을 하는 것 같냐?"

"네? 그, 그건…….."

"똑바로 앉아."

"넵!"

그렉이 얼른 일어나 앉았다.

그리고 태영의 서슬 퍼런 얼굴을 힐끔대며 슬금슬금 무릎 꿇은 자세로 바뀌었다.

─이제야 대화할 분위기가 잡히는군. 이게 주인답기도 하고.

태영도 그렇게 생각하던 참이다.

어둠의 계곡 탐사가 꽤 만족스러웠던 탓에 너무 부드러워진 면이 있었다고.

"이제 읊어 봐."

"그, 그게 그러니까…… 접니다."

"제대로!"

태영이 그리모어를 탁 내리치자 그렉이 화들짝 놀라며 소리쳤다.

"제, 제가 훔쳤습니다! 아, 아니! 훔친 건 아닙니다! 저절로 나왔다고요! 그때, 펑 소리가 나고 갱도가 무너질 때! 성유 보관소가 갈라지며 졸졸 새 나왔어요! 난 우연히 그걸 발견해 받았을 뿐이라고요!"

"우연히?"

살짝 걸리는 부분이 있었지만, 그런 건 딱히 중요하지 않다.

"그래서? 그런 똥을 싸질러 놓고 다른 드워프야 전쟁으로 죽어 나가든 말든 혼자 튀려고 했다 이거냐?"

"그럴 생각은……."

"그럼 어쩔 생각이었는데?"

태영이 눈살을 찌푸리자 그렉이 얼른 입을 다물었다.

─굳이 물을 필요도 없지 않나? 뭐가 됐든 이걸로 끝난 거잖아. 일단 진술은 확보했고, 그냥 이대로 꽁꽁 묶어서 그 노블핸드라는 곳에 던져 주면 끝나는 거 아닌가?

침묵이 이어지자 그리모어가 심드렁한 목소리로 말했다.

그러나 그렇게 단순한 문제는 아니다.

"레, 레온 님도 어둠의 계곡에서 성유 덕을 봤잖아요! 따지고 보면 공범이라고요! 게다가 내가 도와준 적도 있잖아요! 기억나죠? 그 유적에서 커다란 놈이 둘이나 나타났을 때! 그러니까 한 번만 봐주십시오! 이대로 노블핸드로 끌려가면 저, 죽는다고요! 진짜 죽어요!"

그렉이 이렇게 바짓가랑이를 붙잡고 늘어져서도 아니다.

뭐 그렉이 없는 말을 하는 것도 아니니 좀 찜찜하기는 하다. 그런 말을 노블핸드에서 떠들어 대면 태영도 꽤 곤란해질 테니까.

그러나 그보다 더 신경 쓰이는 건 드워프의 종특이다.

말했듯이 드워프는 다혈질에 고집불통, 거기에 하나 더 추가하자면 자기 잘못을 인정하지 않는 성격이다.

'그래도 이 녀석과 그 무적 1호인지 뭔지를 세트로 묶어 던져 주면 인정할 수밖에 없겠지. 하지만……'

드워프가 순순히 사과하고 화해하는 장면을 떠올리기는 힘들다.

게다가 일단 그 폭발로 갱도가 무너진 건 사실인 모양이고, 그렉이 성유를 훔치는 빌미를 제공한 것도 그 폭발이다.

하물며 원래 사이가 좋지 않았다면 오해가 풀려도 원만한 교류가 이루어지리라는 생각은 들지 않았다.

즉, 전쟁은 막더라도 태영에게는 좋을 게 없다는 말이다.

그러니 그렉은 일단 최후의 방법으로 남겨 두고.

'아니, 최후의 카드라고 해야겠군. 뭐가 됐든 적어도 전쟁을 막을 방법은 가지고 있는 셈이니까. 확실히, 생각하기에 따라서는 이건 꽤 강력한 카드야. 그럼 지금 생각해야 할 일은……'

조금이라도 태영에게 유리한 방향으로 해결할 방법이다.

태영이 침묵하는 이유가 그래서다.

아스탈로드 영지와 노블핸드는 과거에도 태영과 밀접한 관련이 있던 곳이다.

이에 태영은 머릿속에서 두 곳에 대한 정보를 긁어모으며 여러 상황에 맞춰 각종 시뮬레이션을 돌려 보고 있었다.

'하지만 이번에는 아스탈로드와 노블핸드, 두 곳만 얽혀 있는 게 아니야. 과거에는 없던 한국 군인이 있고, 애초에 이번 문제가 일어난 원인을 제공한 것도 그들이다.'

변수는 그것만이 아니다.

틀림없이 꽁무니에 따라붙을 올란 일당도 꽤 거치적대는 존재다.

따라서 이 두 가지 변수까지 더해지자 상황은 한층 복잡해지기 시작했고, 그만큼 태영의 고민도 깊어지고 있을 때였다.

딸깍!

갑자기 태영의 머릿속에서 이런 소리가 울렸다.

그 모든 것들이 하나로 연결되며 원하던 답을 떠올리는 소리였다. 모두가 해피하고, 특히 태영은 더 해피하게 이번 일을 정리할 방법이!

'……!'

태영이 퍼뜩 고개를 들어 올렸다.

그리고 그 앞에서 덩달아 고개를 들어 올리는 드워프, 그렉을 바라보았다.

순간 지금부터 해야 할 일도 명확해졌다.

"네가 도와줄 일이 있다."

"시, 싫어! 싫다고요! 안 돼요! 정말 죽는다고요!"

"노블핸드로 가라는 말이 아니야."

"그, 그럼……."

미친 듯이 머리를 흔들어 대던 그렉이 움찔하며 다시 태영을 바라보았다.

그리고 이어지는 설명에 어리둥절한 얼굴로 되물었다.

"네? 왜 그런……."

"일단 대답부터 해. 찾을 수 있어, 없어?"

"그야 찾아보면 있기는 하겠지만, 대체 뭘 하려고……."

"몰라서 묻냐?"

태영이 힐끔대는 그렉을 쨰려보며 말했다.

"네가 싸질러 놓은 똥을 치워 주겠다는 거다. 그러니 군말 말고 하라는 대로 해. 늦어도 개전 하루 전, 그때까지 찾아내지 못하면 나도 널 노블핸드로 집어 던지는 수밖에 없으니까."

"아, 아니, 하지만……."

"걱정하지 마. 나도 튀려던 놈을 혼자 돌아다니게 놔둘 생각은 없으니까. 이쪽에 부탁해 병사들을 붙여 주지."

"그럼 너, 아니 레온 님은……."

삐이이이-!

상공에서 청영의 울림이 들려온 건 그때였다.

올 때가 됐다고 생각하고 있었다.

"나는……."

태영이 고개를 들어 올렸고, 그 눈이 금색으로 물들었다.

"그 전에 해 둬야 할 일이 있다."

와작, 와작.

어둠이 내린 숲속.

세 명의 사내가 넝쿨을 거칠게 밟아 대며 걷고 있었다.

"젠장, 대체 이게 뭔 고생이야?"

"새삼스럽게 뭘 떠들어? 한두 번 경험해 본 것도 아니잖아. 백작님과 동행하는 게 편했던 적이 있냐?"

"그런 건 바라지도 않아!"

"야, 인마. 목소리 줄여. 우리 정찰 중이라고."

"쳇, 이런 곳에 누가 있다고."

"백작님이 있잖아. 들리기라도 하면 어쩌려고 그래? 겪어 봤잖아. 무슨 일이 벌어질지."

"빌어먹을."

사내가 잔뜩 인상을 찌푸렸지만, 목소리는 꽤 낮아졌다.

"나도 명색이 수습 기사다. 내 밑에 딸린 부하만 스물이 넘는다고. 그래도 보초나 정찰에, 수발까지 들어야 하는 건 어쩔 수 없다고 쳐도 말이야. 툭하면 정강이를 까이고 따귀까지 맞는다는 게 말이 돼?"

"뭔 말인지는 알겠는데, 넌 그나마 나아. 난 일전에 코 찔찔 흘리는 신병들 앞에서 두들겨 맞은 적도 있어."

"왜?"

"나야 모르지."

사내가 한숨을 불며 대답하자 나머지 사내들의 입에서도 한숨이 흘러나왔다.

"그저 눈에 띄지 않는 게 최선이야."

"지금은 그럴 수도 없잖아."

"그렇지. 그러니까 얼른 그 레온인지 뭔지 하는 놈을 잡아 돌아가는 수밖에 더 있냐?"

"그게 되겠냐? 너도 봤잖아. 그 자식 소드 마스터라고."

"그러니까 이러고 있는 거 아니야, 바로 앞에 놈이 있다는 걸 알면서도. 그나마 다행이지. 백작님이 눈이 뒤집혀서 당장 잡아 오라고 날뛰지 않는 게 말이야."

"그야……."

빠각─!

그때 뒤에서 이런 소리가 울리며 말이 끊어졌다.

"뭐……."

이에 앞서가던 두 사내가 몸을 돌릴 때.

빠각─!

다시 한 명이 허물어졌다.

남은 사내가 반사적으로 검 자루를 움켜주었다.

빠각─!

그리고 그대로 피를 뿜으며 쓰러졌다.

─뭐 이건 이것대로 시원하다만, 그냥 해치워 버리는 게 여러모로 깔끔하지 않겠나?

그리모어의 말이었고.

"당장은 그렇겠지. 문제는 뒤가 꽤 지저분해진다는 거고."

대답하는 사람은 당연히 태영이었다.

그리고 그 앞에 널브러진 사내들은 조금 전 청영이 찾아낸, 예상을 조금도 빗나가지 않고 쫄래쫄래 따라붙은 울란 일당이다.

본래 태영은 놈들을 적당히 떨어낼 생각이었다.

그러나 상황이 달라졌고, 놈들이 찝쩍대면 귀찮아지므로 이렇게 몸소 찾아온 것이다.

"살인이 취미도 아닌데 뻔히 귀찮아질 걸 알면서도 할 필요는 없잖아."

－죽이지 않는다고 귀찮아지지 않는 것도 아니겠지.

"그러니 대화를 해 봐야지."

－대화라…… 일단 이 녀석들은 이런 걸 할 수 있는 처지가 아닌 것처럼 보이는데?

"이 녀석들과 대화하러 온 게 아니니까."

태영이 피식 웃으며 시선을 돌렸다.

수풀 너머로 모닥불과 그 주위에 모여 있는 사내들이 눈에 들어왔다.

그러나 다른 놈들은 볼 것도 없다.

이런 야심한 밤에 일부러 찾아와 깊은 대화를 나눠 보고 싶은 사람은 한 명, 울란이다.

태영은 이미 이번 일에 대해 충분히 생각해 보았다.

그 결과 나온 방법은 두 가지, 쉬운 방법과 어려운 방법이 있었다. 그리고 대부분의 일이 그렇듯이 쉬운 방법보다 어려운 방법이 더 얻을 게 많다는 결론에 도달했다.

'그렇다면…….'

당연히 좀 귀찮더라도 더 많은 걸 얻는 방법 쪽이 좋다.

울란에도 같은 생각이 적용되었다.

처리하는 건 간단하지만, 그래서는 득보다 실이 많다. 그래서 귀찮더라도 조금 돌아가려는 것이다.

그편이 더 얻는 게 많아질 테니까.

"뭣보다 저 녀석은 살아 있는 편이 훨씬 도움이 돼. 지금도 그렇지만, 앞으로도."

-그건 또 무슨 말이야?

"보면 알아."

태영이 그, 울란을 돌아보며 씨익 웃었다.

"자, 주위도 대강 정리했으니 이제 대화를 하러 가 볼까?"

계획은 이미 시작되었다.

❧

툭, 투툭.

태영이 가벼운 동작으로 넝쿨을 걷어 냈다.

시야가 넓어지며 넓은 공터와 모닥불, 그 주위에 모여 있는 울란 일행이 정면으로 보였다.

넝쿨 사이로 몸을 빼낸 태영은 그들을 향해 걸어갔다.

-어째 영 찜찜하군.

"뭐가?"

─내 몸 말이다. 아까부터 뭔가 무지근해지는 게 아무래도 곧 비가 올 모양이다.

"나 참, 무슨 신경통이냐?"

　─섬세한 거지. 이럴 때는 대기 중의 마력도 꽤 묵직한 느낌으로 변하지만, 습도도 꽤 올라가니까. 아티팩트라도 일단은 검이니 습기가 좋을 리가 없잖아. 뭐 그래도 잠시 오러 소드를 뿜어 대면 말끔하게 해결되겠지만.

"뭔 말인가 했더니 결국 그거였군. 갑자기 왜 그렇게 살인을 못 해서 안달이야?"

　─오해할 말은 하지 마라. 나도 나름 지성을 갖춘 존재고, 주인처럼 살인이 취미도 아니야. 그저 저 녀석들이 마음에 안 드는 거지.

"청영과 흑영을 괴롭혀서?"

　─뭐 꼭 그런 건 아니다만, 조금은 이유가 되겠지.

"빼기는……."

태영이 가볍게 웃어 주며 하늘을 올려다보았다.

확실히 별이 흐린 게 곧 비가 올 조짐이 보이기는 한다.

물론 그렇다고 딱히 그리모어처럼 질색할 일은 아니지만, 좀 아쉬운 감은 있었다.

"기왕 내릴 거 개전 일에 맞춰 내려 주면 좋았을 텐데……오늘 밤부터 내리기 시작한 비가 모레까지 이어져 주기를 기대하기는 힘들겠지."

　─그런다고 뭐가 달라지나?

"그야……."

말을 멈추며 시선을 내린 태영이 피식 웃었다.

"달라질 건 없지."

맞은편에서 한 사내가 태영을 바라보고 있었다.

그리고 잠시 그대로 멀뚱멀뚱 바라보다가 화들짝 놀라며 옆의 사내를 툭툭 쳤고, 그 역시 같은 반응을 보이며 다시 옆으로 전달.

"뭐야? 왜…… 헉!"

고기를 뜯던 울란이 벌떡 몸을 일으킨 건 그다음이었다.

-반응 속도하고는…….

"그 정도는 이해해 줘야지. 연락하고 온 것도 아니고, 밥 먹던 중이었잖아."

-주인이 할 말은 아니지.

"나도 바쁜 사람이야. 그리고 봐. 저쪽도 크게 신경 쓰지 않는 눈치잖아."

"퉤-!"

확실히, 울란은 씹던 고기까지 뱉어 내며 넘치는 의욕을 보여 주었다.

-반기는 분위기는 아닌데?

"그건 내가 할 말이지. 저쪽은 날 쫓아온 거고, 난 그게 싫어서 찾아온 거니까."

태영은 태연한 얼굴로 대꾸하며 걸어갔다.

"네놈이 제 발로……."

"아, 잠깐."

그리고 팔을 들어 올리는 순간.

텅—!

그 손끝에서 한 사내의 턱이 퉁겨져 올라갔다.

"헉! 뭐, 뭐야?"

주위에서 당혹성이 터져 나왔다.

그러나 정작 울란과 나머지 사내들의 눈은 반대 방향으로 향해 있었다.

놈들이 시선을 돌린 게 아니다.

태영이 '블링크'를 발동시켜 이동해 왔기 때문이다.

머리를 위아래로 흔들어 대다 침을 질질 흘리며 주저앉아 버리는 사내 앞으로.

"뒤, 뒤다! 놈이 뒤에 있어! 랄프가 당했다!"

"어, 어떻게……."

"마법이다! 놈이 마법을 사용하고 있어!"

"마, 마법? 소드 마스터가 마법까지 사용한다니…… 그런 말은……."

"백작님을 보호해라!"

한 사내가 검을 뽑아 들며 소리쳤다.

텅—!

그리고 곧바로 침을 질질 흘리며 주저앉았다.

"병신 같은 녀석들! 주먹에 맞고 쓰러지면서 뭔 마법에 소드 마스터 타령이냐? 정찰 나갔던 놈들은 대체 뭘 하고 자빠져 있는 거야? 놈은 혼자다! 포위해서 공격해!"

울란이 성난 목소리로 소리쳤다.

무리한 요구였다.

울란이 떠들어 대는 정찰병은 그 말대로 숲 여기저기에서 자빠져 있었고, 모닥불 근처에 남아 있던 부하도 이미 둘로 줄어 있었다.

텅ー!

그리고 그마저도 바로 한 명이 더 줄었고.

"으으⋯⋯."

남은 한 명도 창백한 얼굴로 신음을 흘리고 있었다.

자신이 마지막까지 남게 된 건 다른 동료보다 실력이 출중해서가 아니라는 것을 알고 있어서다.

그저 순서가 뒤로 밀렸을 뿐이고, 그럼에도 선택의 여지 따위는 없다는 것을 말이다.

"으아아아아ー!"

이에 곧 비명 같은 기합을 터뜨리며 돌격!

빠각ー!

태영은 팔꿈치로 턱을 돌려주었다.

그리고 그대로 몸을 돌리며 뒤로 돌아섰을 때였다.

파캉ー!

바로 앞에서 섬광이 폭발했다.

수 미터 떨어진 곳에서 썩은 얼굴로 바라보는 울란이 날린 검기였다.

당연히, 그 검기에 태영이 피를 토하며 쓰러졌다면 그런 표정을 짓고 있을 리가 없었다.

펑-! 펑-!

태영의 뒤에서 연이어 올리는 폭음.

반쯤 뽑혀 나온 그리모어에 갈라지며 날아간 검기가 일으킨 폭발이다.

"나쁘지 않은 기습이었다."

태영이 피식 웃으며 칭찬해 주었다.

울란은 얼굴을 일그러뜨리며 태영의 뒤에서 침을 흘리며 주저앉은 사내를 노려보았다.

"쓸모도 없는 놈 같으니……."

"너무하는군. 그래도 나름 애쓰는 것처럼 보이던데 말이야. 뭐 그렇게 보였을 뿐이지만."

"닥쳐라!"

"그건 곤란하지. 난 대화를 하러 왔다고."

"대화?"

"그래, 보다시피."

주위를 주욱 둘러본 태영이 어깨를 으쓱이며 대답했다.

"안 죽였잖아."

"네놈이 지금 무슨 짓을 하고 있는지 자각이나 하고 지껄여 대는 건가?"

"원만한 대화를 위한 분위기를 조성했지."

울란의 입술이 비틀어졌다.

"두 번 말하지 않을 테니 똑똑히 들어라. 네놈의 그 비루한 대가리를 하루라도 더 오래 붙여 두고 싶다면 지금 당장 바닥에 처박아라. 그렇게 시작하는 것이다. 네놈 같은 용병 나부랭이와 대아르키네아 제국의 귀족 사이의 대화라는 것은 말이다."

- 뭐야, 저 인간은?

그리모어가 황당한 목소리로 중얼거렸다.

그러나 태영은 피식 웃어 주었다.

"귀족이라서 그래."

- 그냥 눈치가 없고 머리가 나쁜 건 아니고?

"에이, 설마. 그래도 명색이 귀족이잖아. 나름 배운 것도 많을 텐데 그 정도로 머리가 나쁘겠어? 아마 좀 전까지 고기를 뜯어 대던 중이어서 그런 거겠지. 원래 사람은 배가 빵빵해지면 머리가 제대로 돌아가지 않는 법이거든."

"네놈, 뭘 혼자서 중얼거리고 있는 거냐! 당장 대가리를 처박지 못하겠나!"

- 그런 문제가 아닌 것 같은데?

"아니, 그런 문제야."

태영이 가볍게 대답하며 성큼성큼 걸음을 내디뎠다.

"머, 멈춰라!"

울란이 움찔하며 소리쳤다.

그러나 태영은 멈추지 않았고, 주춤주춤 물러나던 울란이 와락 검을 치켜들었을 때였다.

그 앞에서 태영의 몸이 고속으로 회전했다.

자기류 회피기 스파이럴.

그리모어를 찾은 직후에 익힌 기본기 중 하나였다.

그리고 검 좀 들어 봤다 싶은 검사라면 누구나 알고 있는 기술이기도 하지만, 본시 기술이란 사용하는 사람에 따라 달라지는 법.

태영은 이미 그때와 같은 태영이 아니었고, 기술도 마찬가지였다.

파파파팍―!

그 주위로 폭죽처럼 터져 올라오는 무수한 빛무리.

모든 기술에 '엘더 슬레이어―라이트 세이버'의 광 속성을 추가해 주는 '광화'가 덧씌워져 만들어 내는 효과였다.

"큭! 이, 이게 무슨……."

흠칫 놀란 울란이 황급히 뒤로 물러났다.

위이이잉―!

그러나 태영, 아니 빛의 회오리는 몇 배나 빠른 속도로 따라붙었다.

"큭!"

팔목을 스치자 울란이 비명을 터뜨리며 검을 떨궜고.

"헉!"

몸을 스치자 허리가 숙여졌고.

"크헉!"

완전히 뒤로 돌아가자 무릎이 꺾이며 두 팔로 바닥을 짚고 엎드린 자세가 되었다.

그리고 태영이 회전을 멈췄을 때.

"욱! 우웨에에엑-!"

쩍 벌린 입으로 배 속의 내용물을 쏟아 내기 시작했다.

-이래저래 정말 봐 주기 힘든 놈이군.

그리모어가 불평을 터뜨렸다.

그리고 그 말대로, 여러모로 보기 좋은 장면은 아니지만, 태영은 이해해 주었다.

사람이 아프면 이럴 때도 있는 거다.

태영은 부드러운 손길로 울란의 등을 쓸어 주며 말했다.

"뭐 너는 대체로 머리 쪽이 아파 보이는 하지만, 원래 사람 몸은 다 이어져 있는 거야. 한번 시원하게 비워 내면 머리도 맑아질 거야. 그럼 상황도 좀 더 또렷하게 이해되겠지. 어떤 자세로 대화에 임해야 하는지도 알게 될 테고 말이야."

"네, 네놈이 감히……."

울란이 벌겋게 달아오른 눈으로 태영을 돌아보았다.

"서두르지 마."

태영은 빙긋 웃어 주었다.

퍽―!

동시에 울란의 몸이 기역 자로 꺾이며 위로 들썩였고.

"컥! 욱! 우웨에엑―!"

다시 꾸역꾸역 쏟아 내기 시작했다.

"거봐. 아직 이렇게나 많이 남아 있잖아. 체면 같은 것도 생각할 필요 없어. 내가 왜 네 부하를 재워 뒀겠어? 다 너를 위한 배려라고. 난 그런 부분까지 신경 쓸 줄 아는 섬세한 사람이고, 급한 성격도 아니야. 얼마든지 기다려 줄 수 있어."

"이런 짓을 하고도……."

"어허, 서두르지 않아도 된다니까 그러네."

퍽―!

"꾸엑! 컥! 우웩!"

이미 두 번이나 쏟아 낸 뒤라 위액밖에 나오지 않았다.

그러나 태영은 얼굴만 봐도 안다.

아직 남아 있다.

이를 갈아붙이며 돌아보는 울란의 머릿속이든 배 속이든, 아직 이런저런 것들이 꽤 많이 남아 있는 게 분명하다.

퍽―!

─주인, 정말 이 녀석하고 대화할 생각이 있긴 한 건가?

"물론이지."

퍽—!

"그래서 이렇게 애쓰고 있잖아. 대화란 서로 마음을 터놓고 하지 않으면 백 마디를 떠들어 대도 진심이 전해지지 않는 법이니까 말이지."

—마음을 터놓기 전에 위장이 먼저 터져 버리지 않겠냐? 아니, 이미 터졌을지도 몰라. 좀 전부터 빨간 게 섞여 나오고 있다고.

"나도 팔 아파."

"헉! 자, 잠깐! 그, 그래, 좋다! 일단 들어 보마! 대체 네놈이 뭘······."

퍽—!

"흐억—! 컥! 컥!"

"그래도 어쩌겠어? 이 귀족님이 아직 대화할 생각이 없다는데."

—······방금 무슨 소리 들리지 않았나?

"글쎄? 뭔가 들린 것 같기도 하지만 잘 모르겠네. 내 귀에는 필터가 붙어 있어서 이놈 저놈 하는 말들은 자동으로 걸러지거든."

태영이 심드렁하게 대꾸하며 다시 팔을 들어 올릴 때였다.

울란이 퍼뜩 고개를 들어 올리며 소리쳤다.

"그, 그만! 알았다! 아니, 알겠습니다! 대화! 네, 이제 대화할 준비가 됐습니다!"

드디어 머리가 좀 맑아진 모양이다.

태영의 눈길에 황급히 시선을 내리까는 걸 보면 마음의 준비도 된 것 같다.

"그럼 일단 제대로 앉아 봐."

"네⋯⋯."

"그렇다고 무릎까지 꿇을 필요는 없어. 좀 전에 네가 그랬잖아. 나 같은 용병 나부랭이는 바닥에 대가리를 처박아야 귀하신 귀족님과 말이라도 섞어 볼 수 있는 거라고. 내가 그런 자세를 취하지 않는 것만으로도 감지덕지해야겠지. 안 그래?"

이어지는 말에 다소곳이 무릎을 꿇고 앉는 걸 보니 말귀도 잘 알아듣게 된 모양이다.

─흠, 확실히 주인의 말대로군. 싹 비워 놓으니 각이 딱 잡히는 모양새야. 좀 번거롭기는 하지만, 이런 것도 꽤 좋군.

그리모어가 흥겨운 목소리로 중얼거렸다.

태영은 그런 성원에 보답하는 의미로 한층 살벌한 눈으로 울란을 바라봐 주었다.

"왜 나를 쫓아오는 거지?"

"네? 그, 그야⋯⋯."

"분명 어둠의 계곡 근처에서 네 부하에게 말했을 텐데? 널 따라서 왈드 공작을 만나러 갈 생각은 없다고 말이야. 그런데도 계속 쫓아온다면 나로서는 둘 중 하나라고밖에 생각할 수 없지. 날 납치하거나, 혹은 앙심을 품고 죽이려고 한다고 말이야."

"아, 아닙니다!"

"그럼?"

바쁘게 굴러다니던 울란의 눈알이 부하들에게 향했다.

"듣지 못했습니다! 네! 레온 경이 그런 말을 했다는 건 지금 처음 듣습니다! 저놈들이 제대로 전해 주지 않은 겁니다!"

"깨워서 확인해 보면 되겠군."

"네?"

"하지만 귀찮으니 넘어가지."

화들짝 놀라던 울란이 이어지는 말에 안도의 한숨을 불었다.

태영이 그 앞으로 스윽 얼굴을 들이밀며 말했다.

"그럼 이번에는 네게 직접 얘기해 주마. 왈드 공작에게 돌아가 전해라. 때가 되면 내가 알아서 찾아갈 테니 귀찮게 하지 말아 달라고 말이야."

"하, 하지만……."

떠듬대던 울란이 흠칫하며 입을 다물었다.

태영이 온몸에서 살기를 뿜어 올리며 말을 이었다.

"나는 진심을 담아서 말하고 있는 거다. 그런데도 제대로 전해지지 않는 건가?"

"아, 아닙니다! 알아들었습니다!"

"내가 다시 이런 말을 할 일은 없을 거다. 이렇게까지 성의를 다해 말해 줬는데도 무시당한다면 나도 더는 대화할 생각이 없어질 테니까. 무슨 말인지 알아들었겠지?"

"네, 네!"

울란이 황급히 고개를 숙였고.

빠각—!

그대로 바닥에 얼굴을 처박았다.

─……뭐지?

"뭐가?"

─그게 다야? 여기까지 와서 이 난리를 피워 놓고 이걸로 끝?

"달리 할 말이 뭐가 있어?"

툭툭 털고 일어난 태영이 피식 웃으며 대가리를 처박은 울란을 돌아보았다.

─설마 저 녀석 말을 믿는 건 아니지?

"그럴 리가."

─그런데?

"시간은 벌 수 있겠지. 지금은 그거면 돼. 이 녀석은 아직 쓸모가 있으니까."

그 앞에서 울란이 꿈틀대고 있었다.

↻

"늦었어."

그라디오스 후작이 미간을 찌푸렸다.

그 앞에서 나날이 어수선해지는 집무실을 둘러보던 모어가 시선을 돌렸다.

"뭐가 말입니까?"

"아스탈로드 영주가 보내온 전서네."

후작이 읽던 서신을 내려놓으며 한숨처럼 중얼거렸다.

"선전포고를 받았다고 하는군."

"네? 뜬금없이 그게 무슨 말입니까? 아스탈로드는 국경과 인접한 곳도 아니지 않습니까? 게다가 주변 영지의 영주들도 모두 후작님과 뜻을 같이하는 파벌의 귀족들뿐인데 대체 어디서 선전포고를 해 왔다는 말입니까?"

"노블핸드다."

"아니, 하지만…… 드워프 연합과 제국은 이미 수십 년 전에 불가침 협약을 맺지 않았습니까?"

후작이 피식 웃으며 고개를 저었다.

"자네는 불가침 조약이라는 걸 좀 잘못 이해하고 있는 모양이군."

"네?"

"불가침 조약이란 건 약속이 아니라 경고네. 이런저런 일이 생기기 전에는 싸우지 않겠다는 말은, 그런 일이 생기면 싸우겠다는 의미지."

"그럼……."

"그런 일이 생겼다는 말이다. 그리고……."

후작이 방에 흩어져 있는 잡동사니를 주욱 훑으며 말을 이었다.

"덕분에 상황이 매우 복잡해졌지."

"어쨌든 전쟁이 일어나도록 놔둘 수는 없지 않습니까?"

"개전일은 내일이다."

후작이 늦었다고 말한 이유가 그 때문이다.

발트하츠와 아스탈로드 영지는 전서구도 하루 이상 걸릴 정도로 떨어져 있었다.

즉, 개전일 전에 연락할 방법조차 없다는 말이다.

"선전포고하면서 며칠의 여유도 주지 않았다는 말입니까?"

"아니, 열흘의 시간이 있었다는군."

"그런데 어째서……."

"이 서신에 적혀 있는 내용 그대로지."

후작이 책상에 펼쳐진 서신의 끝머리에 적혀 있는 내용을 가리켰다.

저는 마지막까지 해결법을 찾아볼 생각입니다.

하지만 만약 결국 전쟁이 일어나게 된다면, 후작님은 어떤 조치도 취하지 말아 주십시오.

"왜……."

"생각이 너무 많으신 탓이지. 나는 쓸데없이 너무 많은 걸 짊어지고 있고 말이야."

후작이 몸을 일으켰다.

그리고 천천히 방을 가로지르기 시작했다.

그 아래로 몇 개의 영지 이름이 지나가고, 아스탈로드 영지의 이름이 나타났다.

걸음을 멈춘 후작이 그 옆에 세워진 갑주를 툭툭 쳤다.

"내가 이걸 건드리면⋯⋯."

후작이 빙글 몸을 돌리며 말을 이었다.

"저것들도 움직이겠지."

그 눈이 향한 곳은 방, 아니 중앙 대륙의 지도 곳곳에 세워져 있는 갑주.

바로 제국 안에 있는 드워프의 도시들이다.

"지금은 아스탈로드와 노블핸드 사이의 분쟁이지만, 내가 끼어들면 얘기는 달라진다. 상황에 따라서는 드워프 연합과 제국의 전면전으로 확대될 위험도 배제할 수 없겠지."

"설마 그렇게까지⋯⋯."

"물론 실제로 그런 일이 벌어질 확률은 높지 않다. 하지만 드워프가 제국의 경제에 미치는 영향력은 절대 적지 않아. 그 사이에서 알력이 생기게 되는 것만으로도 제국은 적지 않은 타격을 받게 될 것이다. 그럼 책임 소재를 따질 수밖에 없게 되고, 누가 지목될지는 자명한 일이지."

"……후작님의 입장을 배려해서 그런 거란 말이군요."

"아스탈로드 자작님은 남다른 배려심을 가진 분이다. 나역시 그런 면은 존경하고 있지. 하지만 그런 배려심 탓에 때때로 시야가 좁아지시는 게 그분의 단점이지."

후작이 쓴웃음을 지었다.

"하긴, 나도 그런 말을 할 주제는 못 되지만."

"네?"

후작이 갸웃거리며 되묻는 모어를 돌아보며 말을 이었다.

"어제 황도에서 온 연락을 기억하나?"

"물론입니다. 후작님이 직접 명령하지 않았습니까? 귀족회의의 일정을 보름 뒤로 앞당겨 개최한다는 연락이 왔으니준비하라고 말입니다."

"그랬지."

후작이 고개를 끄덕였다.

"상황이 상황이니만큼 일정이 앞당겨진 것 자체는 이상하지 않아. 하지만 지금까지 아무런 말도 없다가 갑자기 보름 뒤로 잡힌 게 이상하다 싶었는데, 이제야 제대로 상황이파악되는군."

"다른 이유가 있다는 말입니까?"

"아스탈로드 영지와 노블핸드 사이에 일어난 분쟁의 원인을 제공한 건 하쿠인이다."

"하, 하쿠인?"

"그래, 서신에는 오해라고 적혀 있지만, 그런 건 중요하지 않지. 왈드 역시 그런 건 신경 쓰지 않을 테고 말이야."

"그럼 귀족 회의를 앞당긴 게……."

"왈드다."

그리고 왈드 공작이 모를 리가 없다.

밤낮으로 황제파 귀족들의 동향을 감시하는 인간이니, 아스탈로드 영지에서 일어나는 일도 그라디오스 후작보다 더 자세히 알고 있을 것이다.

이를 연결하면 귀족 회의를 앞당긴 이유는 바로 나온다.

"귀족 회의가 열릴 때는 한창 전쟁이 벌어지는 중일 테니 왈드에게는 좋은 얘깃거리가 되겠지. 서부 지역의 영주들에게 그 전쟁의 원인을 제공한 하쿠인을 적극적으로 받아들이라고 지시한 사람이 나니까."

"그럼 후작님은……."

"어느 쪽이든 책임을 피하기는 힘들다는 말이네."

후작이 미간을 찌푸렸다.

"하지만 문제는 내가 아니다. 이번 사태는 서부 지역에 집중되어 있다. 중앙이나 동부, 뭣보다 황제 폐하께서는 실태를 몰라. 하쿠인이 어떤 사람들인지, 또 얼마나 많은지도. 그럴 때 왈드가 이번 일을 빌미로 하쿠인을 위험 분자로 몰고 간다면……."

"위험한 사태가 벌어지겠군요."

"그렇겠지. 하쿠인에게도, 또 제국에도."

"막을 방법이 없는 겁니까?"

모어의 말에 잠시 생각하던 후작이 살짝 고개를 끄덕이며 대답했다.

"알게 해 드려야겠지."

후작이 몸을 돌려 문을 향해 걸으며 말했다.

"모어, 머뭇거리고 있을 시간이 없다! 지금 바로 황도로 출발한다! 서둘러 채비를 갖춰라!"

"알겠습니다."

"아스탈로드 영지에는 에단을 보낸다. 연락을 받는 즉시 정예 기마병으로 부대를 편성해 최대한 빨리 이동하라고 전하라!"

"하지만 아무리 빨리 이동한다고 해도……."

"싸우라고 보내는 게 아니다. 먼저 중재를 시도하되, 실패할 경우 양측의 사상자를 최소화할 방법을 모색하라고 전하라. 지금 우리에게 필요한 건……."

잠시 멈춰 선 후작이 낮은 목소리로 중얼거렸다.

"시간이다."

"밤이군."

태영의 입에서 한숨이 흘러나왔다.

슬쩍 시선을 돌리자 그렉이 불안하게 눈알을 굴리며 웅얼거렸다.

"하, 하루 전까지 찾으면 된다고……."

그렇게 말하기는 했다.

그게 자정을 넘기기 직전까지라는 말은 아니었지만.

"아니, 저는 놀았습니까? 보세요! 봐! 이런 돌산을 돌아다니는 게 얼마나 빡센지 압니까?"

당연히 안다.

태영도 날아서 온 건 아니니까.

"그냥 오는 것하고 찾아 헤매는 건 다르다고요! 게다가 어제는 내내 비까지 내렸잖아요! 미끄러지고! 까지고! 축축하고! 질척대고! 정작 그럴 때는 어디에 처박혀 있다가 이제야 설렁설렁 기어 나와서는……."

침을 튀기며 떠들어 대던 그렉이 움찔하며 입을 다물었다.

물끄러미 바라보는 태영을 보고 뒤늦게 그건 좀 아니었다 싶었던 모양이다. 이에 지레 겁먹은 얼굴로 주춤주춤 물러나다가 곧 그것도 아니라는 생각이 든 모양이다.

"나도 명색이 드워프입니다!"

다부진 얼굴로 다시 한 걸음 내디디며 소리쳤다.

"다리가 짧다고요!"

- 이제껏 들은 말 중 가장 설득력 있는 말이로군.

태영도 같은 생각이다.

－주인, 여기서 더 뭐라고 하면 너무 슬퍼지지 않겠나?

뭐라고 할 생각도 없었다.

굳이 그렉이 자폭하며 떠들어 대지 않아도 알고 있다.

아스탈로드와 노블핸드가 위치한 이 지역은 대부분이 암산(巖山)으로 이루어져 이계에서도 험하기로 악명 높은 곳이다.

그리고 그건, 공교롭게도 현대 쪽도 마찬가지였다.

이곳은 아르키네아 제국에서 보면 서부지만, 대한민국으로 보면 동부.

산이 많기로 유명한 대한민국에서도 가장 험하다는 태백산맥이 지나는 지역이다.

그리고 이계의 암산과 만나 시너지 효과를 발휘.

보는 것만으로도 땀이 샘솟을 정도로 스릴 넘치는 지형으로 바꾸어 놓았다.

태영은 그런 환경 요소를 무시하고 결과만 가지고 구박할 정도로 속 좁은 인간이 아니다.

아니, 되레 칭찬받아 마땅하다.

"후－! 후－!"

옆에서 이 중위 일행이 이러고 있으니까.

현역 UDT 대원들이 헉헉댈 정도 부지런히 돌아다녔다는 말이다.

'썩어도 드워프는 드워프라는 건가.'

그럼에도 멀쩡한 얼굴로 떠들고, 움찔하고, 자폭해 대는 그렉을 보니 대단하다 싶기도 하지만, 칭찬해 주고 싶은 생각은 들지 않았다.

애초에 이번 일 자체가 그 썩은 드워프 탓에 시작된 일이니까.

"위치는 확실하겠지?"

"네, 지형이 달라져서 찾는 데 애먹기는 했지만, 여기가 틀림없습니다. 그때 꽤 큰 소동이 일어나 똑똑히 기억하고 있습니다."

"당연히 그래야 할 거다. 아니라면 나는 짜증이 날 테고, 좀 더 쉬운 해결 방법을 생각하게 될 수밖에 없으니까."

쏘아붙이듯이 말한 태영이 이 중위를 돌아보며 물었다.

"바로 출발해도 되겠습니까?"

"물론입니다."

"꼭 따라오실 필요는 없습니다. 아시다시피 이런 일은 인원이 많다고 좋은 것도 아니고, 성공 확률이 높다고 말하기도 힘듭니다."

"압니다."

이 중위가 피식 웃었다.

"하지만 관계도 없던 레온 님이 이렇게까지 하시는데 정작 우리가 잘 다녀오라고 손을 흔들고만 있을 수는 없지 않습니까?"

관계가 없진 않다.

태영은 자원봉사 기질 같은 건 1도 없는 사람이니까.

그리고 이미 여기저기 돌아다니며 이것저것 약속도 받아 뒀기에 의욕도 넘치는 중이다.

"어차피 전쟁이 벌어지면 저희가 아군 진영에 있어 봤자 크게 달라질 것도 없습니다. 그럼 차라리 레온 님에게 조금이라도 도움이 되는 편이 낫다는 게 중령님의 판단입니다. 저 역시 그렇게 생각하고 말입니다. 이래 보여도 제가 이런 일은 꽤 경험이 있습니다."

이 중위는 그 의욕을 좀 다르게 해석하는 모양이지만.

"믿어 달라는 말은 하지 않습니다."

철컥.

"보여 드리겠습니다."

이렇게까지 말하는데 굳이 해명할 이유는 없다.

"알겠습니다."

태영은 고개를 끄덕이며 몸을 돌렸다.

"따라와."

그리고 이어지는 말에 멀뚱멀뚱 바라보던 그렉의 눈이 동그래졌다.

"저, 저요?"

"그럼?"

The Final

"제, 제가 왜……."

"이제 와서 뭔 소리를 하는 거야? 내가 왜 이런 곳을 찾으라고 했는지 몰라?"

태영이 정면으로 보이는 바위틈을 가리키며 물었다.

"모르겠는데요."

뭐 태영도 설명해 준 적은 없다.

그렉에게 지시할 때 말해 준 건 하나뿐이다.

드워프는 광석을 좋아하고, 보통 그렉과 달리 제정신 박힌 드워프는 성실하게 광산을 뚫어 채광한다.

따라서 드워프의 도시가 자리 잡은 지역은 대부분 갱도가 미로처럼 얽혀 있었다.

그리고 그러다 보면 종종 예상치 못했던 일이 벌어지기 마련이다.

예를 들면 몬스터가 득실대는 던전과 연결되는.

과거 태영이 드워프 도시에 체류할 때 겪어 봤다는 사태가 그것이었다.

당시 상당한 고렙 몬스터가 던전에서 광산으로, 광산에서 도시로 몰려나와 난리가 벌어졌다.

다올의 성유를 사용해 놈들을 몰아내고 던전과 연결된 통로를 무너뜨려 봉쇄할 때까지 말이다.

물론 그렇게 다올의 성유까지 사용해야 할 정도로 큰일은 좀처럼 일어나지 않는다.

그러나 그런 상황 자체는 꽤 자주 일어난다.

'그러니 여기도 있겠지.'

그렉이 찾은 바위틈, 아니 그 안쪽에 있을 던전이 바로 그런 곳이다.

드워프의 광산과 연결되었던 던전.

"내가 이런 곳을 찾으라고 한 이유는 뻔하잖아. 그 연결되었던 통로만 찾으면 드워프 광산, 즉 노블핸드로 잠입할 수 있다는 말이니까. 그러니 당연히 너도 같이 가야지. 우리보다는 네가 그 위치를 더 정확히 찾을 수 있을 거 아니야."

"아, 그렇군요."

그제야 그렉이 고개를 끄덕였다.

그러나 곧 다시 고개를 갸웃거렸고, 이내 펄쩍 뛰며 태영의 멱살을 움켜쥐었다.

"자, 잠깐! 뭐, 뭐라고? 너 지금 뭐라고 했어? 잠입? 지금 내가 찾아 준 곳으로 노블핸드에 숨어들어 가겠다고? 나를 동족을 배신한 쓰레기 같은 놈으로 만들겠다는 말이냐?"

"무, 무슨 일입니까?"

이 중위 일행이 화들짝 놀라며 뛰어왔다.

"별일 아닙니다."

태영은 빙긋 웃으며 고개를 저었고, 같은 얼굴로 그렉을 돌아보았다.

"뒈질래?"

그렉도 화들짝 놀랐다.

"내가 왜 이러고 있는지 몰라? 아니, 애초에 네가 배신 운운할 자격이나 있냐? 내가 지금 널 두들겨 패고 노블핸드에 던져 버리면 드워프들이 네게 뭐라고 할 것 같냐? 외적의 침입을 막아 준 영웅이라고 떠받들어 주기라도 할 것 같냐?"

"어…… 아니, 그래도……."

그렉이 당황한 얼굴로 떠듬거렸다.

그래도 여전히 멱살을 쥐고 있었지만, 눈알은 태영의 시선을 피해 분주히 굴러다니고 있었다.

─안쓰럽구먼.

좀 그런 느낌이 있긴 하다.

이에 태영은 얼굴을 풀고 씨익 웃으며 말해 주었다.

"그래서 만들어 주겠다는 거다. 너를, 드워프의 영웅으로 말이야."

잠입

"어디냐?"

백발이 성성한 노인이 소리쳤다.

복장조차 제대로 갖추지 못한 채 뛰는 듯한 걸음으로 복도를 가로지르는 노인은 뮤엘 아스탈로드 자작, 아스탈로드의 현 영주였다.

"일단 접객실로 모셨습니다."

외투를 들고 뒤따르는 시종이 대답했다.

"무슨 일이라더냐?"

"모르겠습니다. 들어와서 지금까지 내내 당장 영주님을 불러오라고 호통을 쳐 대고 있습니다. 밖에서 대기하는 자들도 상당히 험악한 분위기입니다."

"수행원 말이냐?"

"수행원이라기에는 숫자가 꽤 많았습니다. 무장도 그렇고, 마치 전쟁에 나가는 병사들 같아 보였습니다. 혹시 저희 영지의 소식을 듣고 도와주러 오신 건 아닌지……."

"험악한 분위기라고 하지 않았나?"

"그렇기는 합니다만."

"괜한 기대는 하지 말게. 야심한 시각에 불쑥 찾아오는 손님은 대체로 좋은 소식을 가지고 오지 않는 법이니까."

영주가 접객실 앞에서 걸음을 멈췄다.

그제야 종종걸음으로 따라오던 시종이 그의 어깨에 외투를 걸쳐 주었다.

영주는 그 상태로 잠시 멈춰 있다가 문을 열고 들어갔다.

안에는 두 명의 사내가 있었다.

한 명은 잔뜩 찌푸린 얼굴로 소파에 앉아 있었고, 갑옷 차림의 다른 한 명은 그 옆에서 고개를 숙이고 있었다.

그들을 둘러보던 영주의 얼굴이 당혹감에 물들었다.

"자, 자네 얼굴이 왜 그런가?"

갑옷의 사내는 얼굴 곳곳이 멍들어 있었고, 입가에 핏기도 비치고 있었다.

"나는 눈에 안 들어오시오?"

그때 소파에 앉은 사내가 한층 불쾌한 기색을 드러내며 말했다.

"그럴 리가 있겠습니까?"

몸을 돌린 영주가 살짝 허리를 숙였다.

"경황이 없어 인사가 늦었습니다. 이런 야심한 시각에 손님을 맞아 보기는 처음이라…… 대체 무슨 일로 그리 급하게 저를 찾으셨는지 여쭤봐도 되겠습니까?"

"습격을 당했소."

"네? 스, 습격? 누구에게 말입니까?"

"내가 먼저 묻지."

사내가 영주의 말을 끊으며 물었다.

"내가 누군지 아시오?"

"물론입니다. 제가 어찌 울란 백작님을 모르겠습니까?"

"내가 누군지 안다면 내가 어떤 지위에 있는지도 알 터. 그런 내가 어젯밤, 바로 이 영지에서 괴한의 습격을 받았다고 말하고 있는 것이오. 그럼 경이나 이 영지의 병사들이 할 일이 뭐라고 생각하시오?"

"그야 당연히 체포 명령을 내리겠습니다만……."

"물론 그래야겠지."

그, 울란이 벌떡 몸을 일으키며 말했다.

그리고 그대로 옆에 서 있는 기사를 향해 와락 몸을 돌리며 팔을 휘둘렀다.

짝―!

기사의 입술이 찢기며 피가 튀었다.

황망한 얼굴로 바라보던 영주가 거친 목소리로 소리쳤다.

"울란 경, 지금 이게 무슨 짓입니까?"

"무슨 짓?"

울란이 입술을 비틀어 올리며 중얼거렸다.

"그런 질문을 받을 사람은 내가 아니라 경의 부하인 것 같은데?"

"무슨……."

영주가 시선을 돌리자 기사, 레진이 고개를 숙이며 입을 열었다.

"아무래도 울란 백작님이 말한 괴한이라는 사람이 얼마 전 제가 고용한 용병을 말하는 것 같습니다."

"용병?"

"네, 이번 노블핸드와의 문제를 해결하는 데 도움이 될 것 같아서……."

"도통 무슨 말을 하는 건지 이해할 수가 없군. 그런 용병이 어째서 울란 백작님을 습격했다는 건가? 그리고 또, 그게 어째서 경이 뺨을 맞을 일이고? 설마 경이 그런 사실을 알고도 그를 고용했다는 건가?"

"그건 아닙니다만……."

"내가 왜 경을 찾아왔는지 모르겠는가?"

울란이 거친 목소리로 끼어들었다.

"놈은 나를 암살하려다가 실패한 직후 저자의 병영으로 숨어들었다. 물론 내 추적을 피하려는 수작이었겠지. 하지만 나는 알아냈고, 당연히 이자에게 놈을 내놓으라고 요구했다. 그런데 이자가 말하더군. 내 앞에서 고개를 빳빳하게 들고 말이야. 그럴 수는 없다고."

"그게 사실인가?"

영주의 물음에 레진이 고개를 끄덕였다.

"그럼 그자가 아직도 우리 진영에 있다는 말인가?"

"네, 하지만……."

"묻는 말에만 대답하게."

"병영에 있는 건 아니지만, 어디에 있는지는 알고 있습니다."

"음……."

영주가 침음성을 흘리며 미간을 좁혔다.

울란이 눈살을 찌푸렸다.

"이건 또 의외의 반응이로군. 그런 말을 듣고도 이렇게 차분한 반응이라니, 나로서는 나쁜 의미로밖에 보이지 않는군."

"무슨 말입니까?"

"모르겠는가? 지금 경의 부하들은 나를 암살하려던 놈을 숨겨 주는 것이다. 그렇다면 이 모든 게 경이 꾸민 일이 아니라고 단정할 수도 없다는 의미지."

"어, 어찌 그런……."

"충분히 말이 된다고 생각하는데?"

"오, 오해입니다! 자세한 전후 과정까지는 모르겠으나 레진 경은 일군의 지휘관, 더구나 저희 영지는 노블핸드의 드워프와 분란을 겪는 중입니다. 비록 용병이라도 휘하에 있는 자를 제대로 확인조차 해 보지 않고 체포할 수는 없어 막아섰던 것일 뿐일 겁니다."

"뭐라?"

울란의 눈썹이 바짝 치켜져 올라갔다.

"그래, 이제야 알겠군. 주인이 이따위니 아랫것들까지 그런 게지."

"말씀이 과하십니다!"

레진의 얼굴이 붉게 달아올랐다.

짝—!

그 위로 다시 울란의 손바닥이 날아들었다.

"울란 경!"

"내 뒤에 누가 있는지 모르는가!"

울란이 놀란 얼굴로 다가오는 영주를 향해 와락 고개를 돌리며 소리쳤다.

그리고 슬쩍 입술을 비틀어 올리며 말을 이었다.

"뭐 이런 협박 같은 건 통하지 않겠지. 경의 뒤에도 그라디오스 후작이라는 든든한 후원자가 있으니까 말이야. 아니, 어쩌면 그라디오스 후작도 이번 일에……."

"닥치시오! 감히 누구를 어디에 갖다 붙이는 것인가! 지금

경이 얼마나 무례한 말을 내뱉고 있는지 모르는가!"

"상황 파악을 못 하는 건 당신 쪽이다, 아스탈로드 자작."

울란이 영주에게 다가가며 말했다.

"내가 이곳을 지나던 이유는 왈드 공작님의 밀명을 수행하기 위해서였다. 그런데 경계를 넘자마자 괴한의 습격을 받았고, 경의 부하는 그자를 잡으려는 나를 막아섰지. 자, 이제 말해 보시오. 이에 경이나 그라디오스 후작이 관여되지 않았다고. 나와 왈드 공작님을 이해시킬 수 있을 만한 해명을 할 수 있다면 말이야."

"그……."

"잘 생각해 보고 말하는 게 좋을 거요. 그 말 한마디에 경과 이 영지의 운명이 달라질 수도 있을 테니까."

영주가 움찔하며 입을 다물었다.

그리고 입술을 꾹 깨문 채 울란을 바라보다가 천천히 레진을 향해 시선을 돌렸다.

"레진 경, 지금 그자는 어디에 있나?"

"그게……."

입술을 깨물던 레진이 한숨을 불어 내며 말했다.

"병영에서 2킬로미터가량 떨어져 있는 계곡에 있는 동굴로 간다고 들었습니다."

"동굴?"

"왜 그곳에 갔는지는 정확히 모릅니다. 단지 잘만 풀리면 저희와 노블핸드 사이에 얽힌 오해를 풀 수 있게 될지도 모른다고 말했습니다."

"어떻게 말인가?"

"저도 그 이상은 듣지 못했습니다."

"알 수가 없군. 자네처럼 신중한 사람이 알게 된 지 얼마 되지도 않는 용병의 말만 믿고 일을 맡겼다는 말인가?"

"그건 그럴 만한 사정이……."

울란이 미간을 찌푸리며 레진의 말을 끊었다.

"놈이 무슨 말을 했건 모두 거짓이다. 내가 그 사실을 알고 있는 게 경에게는 다행스러운 일이겠지. 경이나 나를 막아선 이놈도 그저 놈에게 속았을 뿐이라고 생각할 수 있으니까. 하지만 생각이 깊어지면 다른 의심이 고개를 들게 되겠지."

당장 결정하라는 압박이다.

영주가 결국 한숨을 불어 내며 끄덕였다.

"레진 경, 울란 백작님을 그 동굴까지 안내해 드리게."

"하지만 내일이면 전쟁이 시작될 겁니다. 이미 병력을 모두 배치해 둔 상태라 부대 단위의 병사를 움직이기는……."

"누가 네놈의 도움을 받자고 했나? 네놈은 안내만 하면 된다!"

울란이 와락 몸을 돌리며 소리쳤다.

"놈은……."

성큼성큼 문을 향해 걷는 그의 얼굴이 벌겋게 달아올랐다.

"그래, 당연히 다른 놈의 손에 넘길 수는 없지."

‌‌🌀

"대, 대화?"

그렉이 황당한 얼굴로 되물었다.

"그래, 아스탈로드와 노블핸드 사이에 생긴 문제의 발단은 결국 오해지. 그래서 직접 찾아가려는 거다. 대화를 해 보려고 말이야."

태영이 빙긋 웃으며 고개를 끄덕였다.

"물론 이 모든 사태가 네가 싸질러 놓은 똥이라는 말을 할 생각이라면 이렇게 어렵게 갈 필요는 없겠지."

"그럼 무슨 말을……."

"뭐 그건 가 보면 알 테고, 넌 그냥 선택만 하면 돼. 전쟁을 일으킨 범인이 될지, 전쟁을 막은 영웅이 될지. 후자를 추천하지만, 전자라도 상관없어. 나야 어차피 달라질 것도 없으니까."

당연히 이건 사실이 아니다.

태영은 어차피 달라질 것도 없는 일에 공연한 수고를 들일 정도로 한가한 사람이 아니다.

물론 남 좋은 일이나 해 줄 생각도 없다.

다시 말해 태영은 이 방법이 자신에게 더 이득이 된다고 판단했다는 말이고, 태영이 그렇게 생각한 이상 그렉에게 선택의 여지 따위는 없었다.

그리고 다행이랄지 그렉도 자신의 처지를 잘 이해하고 있는 모양이다.

"넌 많이 달라지겠지만."

"아, 알았어요! 합니다! 한다고요! 하면 될 거 아닙니까!"

이렇게 질겁하며 대답하는 걸 보면 말이다.

"단, 조건이 있습니다!"

그 뒤에 이런 말을 덧붙일 줄은 몰랐지만.

"나도 내가 잘못했다는 건 압니다! 하지만 나라고 이렇게 될 줄 알고 그랬겠습니까? 몰랐다고요!"

"그래서 뭐? 어쩌라고?"

"뭔 말을 할 때마다 협박하듯이 말하는 건 좀 그렇다는 겁니다! 게다가 이번 일은 제 역할이 가장 중요하다면서요? 그럼 그만한 대우를 해 줘야 하는 거 아닙니까?"

"업어 주기라도 하라는 거야, 뭐야?"

"그런 건 아니지만…… 뭐랄까…… 아마 나이도 내가 한참 위일 텐데…… 정작 처음에는 치고받기까지 했던 저 인간들하고는 평범하게 대화하는데, 나만 굽실대며 존대해야 하는 건 좀 이상하달까……."

웅얼대던 그렉이 와락 고개를 들어 올리며 소리쳤다.

"그렇잖아요!"

"그렇긴 뭐가 그래, 인마! 내가 언제 존댓말 하라고 시킨 적 있어?"

"어? 아, 안 해도 돼?"

태영의 고함에 움찔하던 그렉이 눈을 반짝이며 되물었다.

"그러니까 누가 하랬냐고!"

"정말이지? 나중에 딴말하면 안 된다? 그럼 좋아, 가자고!"

– 정말이지 저 녀석은…….

무슨 말을 하고 싶은지는 알겠지만, 뭐가 됐든 의욕이 생긴 모양이니 됐다 싶다.

그런 변화는 바로 확인할 수 있었다.

"자, 그럼 가시죠."

"네! 진입!"

태영이 이 중위 일행과 동굴로 들어갔을 때였다.

"잠깐 기다려!"

그렉이 일행을 제지하며 앞으로 나섰다.

그리고 예리한 눈빛으로 주위를 둘러보다가 자세를 낮추며 손으로 바닥을 쓸었다.

모래 사이로 크고 작은 뼛조각들이 나왔다.

"역시…….”

그렉은 노련한 모험가와 같은 얼굴로 다시 고개를 들어 올렸다.

빠악-!

태영은 힘차게 뒤통수를 갈겨 주었다.

"으악! 뭐 하는 짓이야, 인마!"

"내가 할 말이다, 인마! 지금 뭐 하자는 거야?"

"보면 몰라?"

그렉이 뒤통수를 부여잡고 일어나며 소리쳤다.

"대체 밖에서 뭘 들은 거야? 얘기했잖아! 갱도가 이 동굴과 연결됐을 때 소동이 있었다고! 왜겠어? 몬스터라고, 몬스터! 애초에 여기에 몬스터가 없었으면 폐쇄할 이유가 없잖아! 우린 지금 몬스터의 둥지나 다름없는 곳에 들어와 있는 거라고!"

"누가 너보고 그런 걱정 하래?"

당연히 태영은 그렉에게 그런 걱정까지 시킬 생각이 없었다.

치치치치-!

특히 이런, 슬금슬금 다가오는 몬스터를 앞에 두고 바닥이나 쓸고 있는 녀석에게는.

"힉! 나, 나왔다!"

그렉이 잽싸게 태영의 뒤로 숨으며 소리쳤다.

"저놈이야! 저 망할 거미 자식들 때문이었다고! 역시 아직도 있었어!"

물론 망할 거미가 그 몬스터의 이름은 아니다.

3미터 가까이 되는 몸집의 거미는 케이브 스파이더. 그리고 그렉이 펄펄 뛰며 소리치는 것처럼 확실히 여러모로 귀찮은 몬스터이기는 하지만.

"나도 보여, 인마."

태영이 한 걸음 내디디며 그리모어를 움켜쥐었을 때였다.

"전방에 거미형 몬스터 출현!"

잽싸게 태영의 뒤로 몸을 숨기는 그렉의 반응도 눈부실 정도였지만, 이 중위와 대원들의 반응 속도도 못지않았다.

"전투 대형!"

물론 다른 방향으로.

이 중위의 손짓에 5명은 태영과 그렉의 주위로, 나머지 5명은 그보다 조금 앞으로 나선 위치로 자리를 잡으며 소총을 들어 올렸다.

"사격!"

투투투투-!

그 끝에서 뿜어지는 불길!

이에 태영은 이 중위 일행을 돌아보며 입을 열려다가 그만두었다.

케이브 스파이더가 귀찮은 이유는 두 가지다.

하나는 놈들의 습성 탓이고, 다른 하나는 놈들의 표피.

놈들은 거의 철갑 수준의 갑각에 싸여 있어 웬만한 검격으로도 흠집조차 내기 힘들 정도다.

당연히 여기서 말하는 웬만한 검격이란 마력이 담긴 검.

'이러니저러니 해도 물리력에서는 검보다 탄환이 강하다. 하지만 담을 수 있는 마력의 양은 현저히 적어. 그 탓에 결과적으로 검보다 약한 무기가 돼 버리는 거야. 몬스터는 대부분 표피에 마력을 두르고 있으니 그런 차이도 더 두드러질 수밖에 없지.'

즉, 탄환도 통하지 않는다는 말이다.

칭-! 칭-!

실제로 탄환은 불똥만 튀어 올릴 뿐이었다.

그러나 이 중위 일행의 얼굴에는 당황하는 기색이 없었다.

초탄이 튕겨 나가자 바로 타깃을 전환, 케이브 스파이더의 몸에서 튀어 오르는 불똥이 마치 약속이나 한 것처럼 일제히 머리 쪽으로 이동했다.

푸확-! 푸확-!

그 앞에 다닥다닥 붙어 있던 눈알이 연이어 터져 나갔다.

대응 속도와 사격 모두 놀라운 수준이었다.

그 뒤로도 마찬가지였다.

크아아아아-!

"눈은 모두 파괴했습니다!"

"사격 중지! 방심하지 마라! 어둠 속에서 사는 놈이니 시력 이상으로 예민한 감각을 지니고 있을 확률이 높다! A팀은

돌발 상황에 대비하며 근접전으로 전환! B팀은 후방에서 경계와 엄호를 담당한다!"

이 중위가 단검을 뽑아 들고 발광하는 놈에게 접근하며 소리쳤다.

그 이상의 지시는 필요치 않았다.

팍! 콰직! 파팍—!

놈의 몸 곳곳에서 튀어 오르는 노란 체액.

좌우에서 전진과 후퇴를 반복하며 놈의 다리를 피하는 움직임도, 사이사이 갑각 틈에 박히는 검도 한 치의 오차를 찾아보기 힘들었다.

5명의 대원이 마치 하나의 정밀 기계처럼 보일 정도의 조직력!

놈의 다리가 하나둘 떨어져 나갔다.

푸화아아아—!

그리고 곧 턱 아래로 체액을 콸콸 쏟으며 축 늘어졌다.

불과 몇 분 사이의 일이었다.

─흠, 저 녀석들도 보기만큼 맹탕은 아니었던 모양이군.

그러나 그렇게 말할 일은 아니었다.

던전에 들어오기 전에 확인해 본 이 중위 부대의 평균 레벨은 50대.

아마도 그리모어가 말한 보기만큼이란 이를 두고 한 말이겠지만, 항상 말하듯이 레벨은 어디까지나 기준에 불과하다.

그리고 그들은 이미 증명해 보였다.

레벨이나 마력이 뭔지도 모를 때, 하룻밤 만에 아스탈로드 영지를 점령한 전력이 있는 것이다.

그런 그들이 지금은 마력까지 얻었다.

레벨 이상의 전투력을 발휘하는 건 너무나 당연한 일이다.

기술적인 면에서도 딱히 태영의 조언이 필요한 부분은 보이지 않았다.

그래도 군이 지적할 부분을 찾으라면…….

"혹시 던전에 들어와 본 적이 있습니까?"

"처음입니다."

"그렇군요."

태영이 고개를 끄덕였다.

그리고 이 중위의 팔을 잡고 확 잡아당겼다.

푸확─!

시커먼 줄기가 지면을 뚫고 치솟아 올라온 건 그때였다.

위잉─!

태영의 허리에서도 섬광이 뻗어 올라왔다.

그리고 치솟아 올라오는 줄기를 일격에 가르고 수직으로 세워지며 낙하!

그리모어가 바닥을 뚫고 들어갔을 때였다.

크아아아아─!

지면이 들썩이며 노란 체액과 함께 괴성이 터져 올라왔다.

태영의 손에 당겨져 서너 걸음 물러나 돌아보던 이 중위의
얼굴이 허옇게 질렸다.

"이, 이건……."

"던전에서는 벽이나 바닥도 조심해야 합니다. 특히 바닥
이 흙으로 되어 있을 때는. 몬스터 중에는 이런 놈들도 있으
니 말입니다."

케이브 스파이더의 귀찮은 습성이란 게 이것이다.

놈들은 거미줄을 사용하지 않는 대신 흙을 파고 숨어들어
가 먹잇감을 노릴 때가 많다.

그렉이 동굴에 들어와 바닥부터 살피던 이유도 그래서다.

그러나 그게 전부가 아니다.

"물론……."

태영이 고개를 들어 올렸다.

그 눈은 동굴에 들어설 때부터 '나이트 비전'이 발동되어
있었다. 그리고 다음 순간.

퉁—!

태영의 몸이 그 시선을 따라 뻗어 나갔다.

태영을 바라보던 이 중위 일행의 눈동자도 일제히 같은 방
향으로 움직였다.

그 눈에 비치는 건 섬광.

오러를 뿜어내는 그리모어가 어둠을 가르며 남긴 빛의 궤
적뿐이었다.

이 중위 일행은 그 덕분에 알게 되었다.

그들이 들어온 동굴이 생각보다 넓고, 또 높다는 걸.

수평으로 쭉 뻗어 나가던 섬광은 수직으로 꺾어지며 10여 미터 높이까지 치솟아 올라갔다.

그리고 포물선을 그리며 다시 이 중위 일행의 앞으로.

"위쪽도 마찬가지입니다."

태영이 바닥이 내려서며 말했을 때였다.

쿵! 쿠쿵! 쿵!

천장에서 쩍 갈라진 케이브 스파이더의 사체가 툭툭 떨어졌다.

이 중위 일행은 그저 멍하니 태영을 바라보고 있었다.

놀란 얼굴이었지만.

─대체 어느 쪽을 보고 저런 표정을 짓는 거지?

그건 태영도 모르겠다.

천장에 거미가 붙어 있었던 데 놀라는 건지, 그걸 순식간에 해치운 태영에게 놀라는 건지, 아니면 오러를 뿜어 올리는 그리모어에 놀라는 건지.

이 중위 일행의 눈동자가 거미와 태영, 그리모어 사이를 정신없이 왕복하고 있어서다.

─얼마 전까지 마력이 뭔지도 몰랐다고 하니 저런 반응을 보이는 것도 이해는 되지만 뭐랄까…… 여기서 뭔가 한마디 덧붙이기라도 하면 되레 이쪽이 부끄러워질 것 같은 느낌이군. 그런데 왜 저

드워프 녀석까지 저러고 있어? 지금까지 내내 같이 있어 놓고.

제대로 본 적이 없어서다.

그렉과 있을 때 태영이 싸운 건 유적에서 나타난 거대 스토커를 상대할 때뿐이었고, 그때 그렉은 굳게 닫힌 유적 안에서 응원하고 있었으니까.

그 탓에 그렉은 자연스럽게 이 중위 일행과 같은 눈빛으로 바라보고 있었고, 그리모어의 말대로 태영은 뭐라 해 줄 말이 없었다.

태영의 시각에서 보면 이 중위 일행은 이제 겨우 걸음마를 시작한 수준.

그 앞에서 잘난 척 떠들어도 우스워지겠지만, 별것 아니라는 식으로 말하고 넘어가는 것도 왠지 재수 없어 보여서다.

- 그냥 제들끼리 알아서 하도록 놔두는 편이 좋았으려나? 좀 전에 떼로 몰려들어 거미 한 마리 해치우고 꽤 뿌듯해하고 있었는데, 지금은 다들 기가 팍 죽었잖아.

그래도 그건 아니다.

"중위님, 다행이네요, 앞으로도 화장실을 갈 수 있어서."

"어? 그, 그래."

"뭐 제가 이런 말을 하는 것도 머리통이 붙어 있어서지만. 개뿔도 모르면서 설렁설렁 저쪽으로 갔으면 지금쯤 씹히고 있었겠죠, 제 머리통이, 저놈들에게."

"음……."

이 중위 일행도 당연히 이쪽이 나을 테니까.

어쨌든 폼 잡자고 한 일도 아니고, 겸손을 떨 생각도 없는지라.

"가시죠."

"아, 네! 아니, 그럼 저것들은……."

태영이 몸을 돌리자 퍼뜩 정신을 차린 이 중위가 케이브 스파이더 사체를 돌아보며 물었다.

바람직한 자세라고 생각하지만, 뭐든 때가 있는 법이다.

"그런 건 나중에 챙겨도 됩니다. 지금은 일단 임무가 먼저입니다. 시간이 부족하다고 생각되지는 않지만, 넉넉하다고 말할 수도 없으니 말입니다."

"그, 그렇죠."

"그렉, 너도 딴 데 신경 쓰지 말고 갱도와 연결되었던 장소를 찾는 데 집중해. 나나 다른 대원들은 그냥 돌무더기와 구분하고 힘들 테니까. 알지? 우리에게 주어진 시간은 오늘 밤, 잘해야 7~8시간이야. 대충 둘러보다가 그냥 지나쳐 버리기라도 하면 죽도 밥도 안 돼."

"네! 아, 아니, 응!"

"중위님과 부대원들은 그렉과 함께 이동해 주십시오."

"알겠습니다."

한 번의 싸움으로 자연스럽게 대형이 재편되었다.

태영이 전위, 나머지는 후위.

태영이 앞서 나가며 케이브 스파이더 무리를 청소하면.

"좀 전에 레온 님이 하는 말 다들 들었지? 꼼꼼히 살펴보고, 조금이라도 이상해 보이면 그렉 님을 불러서 확인을 받아라!"

그렉과 이 중위 부대원들은 플래시로 벽을 더듬으며 뒤따랐다.

그럼에도 속도는 떨어지지 않았다.

태영은 혼자 전투를 도맡으면서도 그들과 동등, 아니 어느 시점부터 한층 더 속도가 빨라졌다.

"이쪽은 다 정리됐습니다!"

"네? 아, 아니, 저희는 아직 구석까지는……."

"서두르세요!"

되레 태영이 재촉할 정도였다.

─아주 여유가 넘치는구먼. 하긴 뭐 이딴 거미 따위야 인제 와서 새삼 거치적댈 거리조차 안 되기는 하지만, 적당히 하는 게 좋지 않겠나? 좀 전 일로 그렇지 않아도 기가 죽었을 텐데, 주인이 재촉까지 해 대면 저 녀석들은 정말 뭐가 되겠어?

그리모어가 웃음기 섞인 목소리로 말했다.

그러나 태영은 웃지 않았다.

"네가 보기에는 내가 여유가 있어서 그런 것처럼 보이냐?"

─뭐 아니겠지만, 그렇다고 안달할 것까지도 없잖아. 아직 들어온 지 2시간도 안 지났어.

"그런 문제가 아니야."

삐이—!

뒤에서 청영의 울음이 들려온 건 그때였다.

—뭐야? 저 녀석은 밖에서 망이나 보고 있으라고 하지 않았어? 그런데 왜…… 어? 가만? 저 녀석이 들어왔다는 건 혹시…….

"망을 볼 이유가 없어졌다는 말이지."

—그럼…….

"울란, 그 자식이야."

태영이 미간을 찌푸리며 대답했다.

전혀 예상하지 못하고 있던 일이라고는 할 수 없었다.

애초에 그 정도로 울란이 순순히 추격을 포기하고 물러나 주리라는 기대도 하지 않았다.

그러나 이렇게 빨리 다시 얼굴을 들이밀 줄은 몰랐다.

태영이 놈들과 같이 놀아 줄 수준이 아니라는 것을 알게 해 줬으니까.

홀로 찾아가 10여 명의 울란 패거리를 손수 작살내 주는 방법으로 말이다.

따라서 당연히 울란은 최소한 숫자라도 더 늘려야 한다고 생각할 테고, 보통 그런 일에는 시간이 걸리기 마련이다.

아니, 그러리라고 생각했다.

그러나 청영을 통해 본 울란 패거리는 적게 잡아도 50!

생각할 수 있는 건 하나밖에 없다.

"실수했어."

태영이 입술을 깨물며 중얼거렸다.

"왜 바로 따라붙지 않고 그렇게 멀리 떨어진 곳에서 야영하고 있나 했는데, 그때 이미 병력을 불러 놓고 기다리고 있었던 거야. 어둠의 계곡 근처에서 놈들을 처음 만났을 때 오러 소드를 보여 준 적이 있었으니까."

－뭐라고 말하든 지금은 뒷북이지. 내 말대로 그냥 그때 해치워 버렸다면 그런 뒷북을 칠 이유도 없었을 테고 말이야. 어차피 친하게 지낼 생각도 없잖아.

"그렇게 단순한 문제가 아니야."

－지금은 단순하고?

그렇게 물으면 할 말이 없지만.

－이제 어쩔 거야?

그런 질문이라면 답은 정해져 있다.

"쥐어 패 준 놈이 쫓아왔다고 하던 일을 내팽개치고 도망갈 수는 없지. 당연히 강행이다."

－되겠어?

"그래서 서두르고 있잖아! 청영, 먼저 가라!"

삐이이이－!

태영이 손짓하자 청영이 그 위를 스치며 날아갔다.

"좀 더 빨리 이동합니다!"

이 중위 일행에게 상황을 설명할 필요는 없었다.

안다고 달라질 것도 없고, 그런 말이나 떠들어 댈 시간도 없다.

태영은 한층 속도를 높이며 청영이 찾아 놓은 케이브 스파이더를 격파! 격파! 격파!

덩달아 급해진 이 중위 일행과 그렉도 바쁘게 사방으로 플래시를 비추며 따라왔다.

그리고 다시 10여 분이 지났을 때였다.

"아직……."

"찾았어! 틀림없어! 여기야!"

조급한 얼굴로 돌아보는 태영의 귀에 그렉의 목소리가 들려왔다.

황급히 방향을 돌려 뛰어가 보니 그렉이 한쪽 벽에 쌓인 돌무더기 위쪽을 가리켰다.

"봐! 위쪽의 무너져 내린 벽 주변에 둥글게 파인 자국이 보이지? 드워프가 갱도를 폐쇄할 때 사용하는 도구를 끼워 넣은 흔적이라고! 거리는 아마 한 4~5미터 정도 될 거야. 바로 작업을 시작하면 오늘 밤 안으로 뚫을 수 있어!"

─태평한 소리 하고 자빠져 있군.

"그럴 시간 없어!"

태영이 가방에서 벽돌처럼 생긴 물건을 쏟아 놓았다.

이 중위 일행의 눈이 휘둥그레졌다.

"그, 그건 C-4 아닙니까?"

"그렇게 많은 C-4를 어디서…… 아니, 그보다 설마 그 C-4를 사용하겠다는 겁니까? 저희는 목적은 잠입 아닙니까? 이런 곳에서 폭약을 사용해 버리면……."

"사정이 달라졌습니다."

"네?"

"지금은 자세히 설명할 시간이 없습니다. C-4를 다루는 건 저보다 이 중위님과 대원분들이 더 전문가일 테니 작업은 맡기겠습니다."

짧게 대답한 태영은 다시 물통 하나를 꺼내 건네주며 말을 이었다.

"혹시 모르니 이것도 중위님이 가지고 계십시오."

"이건 뭡니까?"

"이번 작전에서 가장 중요한 것 중 하나입니다."

"그런 걸 왜 제게……."

"통로를 뚫었을 때, 제가 바로 합류하지 못하는 상황일지도 몰라서입니다. 저도 최선을 다해 보겠지만, 만약 그런 일이 벌어진다면 이 중위님이 부대를 이끌고 작전을 진행해 주십시오."

"대체 무슨 말인지……."

"저기다!"

뒤에서 고함이 들려온 건 그때였다.

이 중위의 얼굴에는 당혹감이, 태영이 얼굴에는 다급함이

번졌다.

"이, 이 소리는?"

"서둘러 주십시오. 저는…….."

태영이 목소리가 들려온 방향으로 몸을 돌렸다.

"시간을 벌겠습니다."

그리고 검 자루를 움켜쥐며 말하는 순간.

퉁—!

탄환처럼 쏘아져 날아갔다.

빠르게 스쳐 지나는 어둠 저편에서 수십 명의 병사가 떠올랐다.

놈들은 이미 모두 무기를 뽑아 들고 있었다.

"저놈이다!"

그중 몇 자루의 칼날에서 빛이 떠오르며 그대로 검기로 변해 날아왔다.

태영의 입가에 거친 웃음이 떠올랐다.

"좋아, 어디 해보자고."

철컥!

그리모어가 뽑혀 나왔다.

태영의 눈이 빠르게 움직였다.

넓은 범위로 퍼져 날아오는 10여 개의 검기!

그 너머에서는 이미 검과 창, 방패를 든 수십 명의 병사가 대열을 갖추고 있었다.

막으면 막는 대로, 피하면 피하는 대로 공격할 태세를 갖추고.

그러나 놈들은 태영을 모른다.

"라이트 웨이브!"

뽑혀 나오는 그리모어의 앞으로 뻗어 나가는 검기!

아니, 엄밀히 말하면 엘더 슬레이어의 스킬 '라이트 웨이브'는 검기가 아니었다.

그 힘의 원천은 광력, 빛이었고 발현되는 형태는 선이 아닌 파장.

그렇기에 가능한 것이다.

퍼펑—!

"지금이다! 전열을 바로 돌진해 놈을 포위…… 헉! 뭐, 뭐야? 아직 검기가…….."

"어떻게 한 번의 동작으로……."

"마, 막아라!"

검기가 충돌하며 일으키는 폭발을 뚫고 파도처럼 이어지는 2파! 3파!

퍼퍼펑—!

폭음이 울리며 뛰어나오던 놈들이 휘청거렸다.

그럼에도 나름 빠르게 대처해 쓰러지는 놈은 보이지 않았지만, 태영도 딱히 그 이상을 기대하지는 않았다.

'라이트 웨이브'는 놈들을 날린 검기를 걷어 내기 위해서였을 뿐.

"어디 막을 수 있으면 막아 봐라!"

태영이 그리모어를 아래로 늘어뜨리며 소리쳤다.

"핼버드, 변환! 타키온!"

그리고 폭발적으로 가속하며 돌진!

그때 빛에 휩싸여 핼버드로 변환되는 그리모어는 태영의 손을 중심으로 긴 호선을 그리며 회전하고 있었다.

콰쾅―!

그리고 그 끝에서 일어나는 폭발!

방패가 종잇장처럼 우그러지고 십여 명의 병사가 퉁겨져 날아갔다.

"이, 이런 말도 안 되는…….."

"일격에…….."

사방에서 신음 같은 목소리가 흘러나왔다.

그러나 정작 태영은 그리 만족스러운 느낌은 아니었다.

'타키온'은 단순히 빠른 속도의 돌격기가 아니다.

광속의 발도술.

본래 검으로 사용하는 기술이고, 그랬다면 못해도 한두 명은 방패째로 썰려 나갔을 것이다.

즉, 방금 놈들의 입을 쩍 벌어지게 한 장면도 실제로는 제 위력을 발휘하지 못한 것이라는 말이다.

물론 그럼에도 굳이 핼버드로 변환시킨 데는 그만한 이유가 있었다.

일단 첫째는 넓은 범위의 적을 날려 버리기 위해서.

"이런 머저리 같은 자식들! 대체 뭣들 하고 있는 거냐? 상대는 고작 한 놈이다! 단숨에 포위해서 박살을 내 놓으란 말이다!"

그래야 허둥대는 적병 뒤에서 떠들어 대는 놈의 말처럼 돌입과 동시에 포위당하는 꼴을 면할 수 있을 테니까.

물론 그래도 숫자가 숫자니 결국 포위를 피할 수는 없을 것이다.

그러나 뭐든 우선순위가 있는 법.

─멍청한 놈.

그리모어가 혀를 차며 중얼대는 이유가 그래서다.

지금 태영의 타깃은 주위로 몰려드는 병사들이 아니다.

그 병사를 끌고 온 놈이고, 놈은 좀 전의 고함으로 태영에게 자신의 위치를 알려 준 것이다.

그리고 태영의 눈이 고함이 터져 나온 곳으로 향했을 때.

"엇? 뭐, 뭐야?"

돌진해 오던 적병들의 입에서는 당혹성이 터져 나왔다.

태영이 이동해 버렸기 때문이다.

'타키온'을 발동시키기 전에 대기 상태로 걸어 두었던 '블링크'를 해방해서.

"헉!"

앞에서 비명을 터뜨리는 이놈, 울란 앞으로.

─이로써 결국 내 말이 맞았다는 게 증명된 셈이군. 이 자식은 그냥 머리가 나쁜 것뿐이야. 그렇지 않고서야 어제 주인이 직접 찾아가 코앞에서 블링크를 사용하는 걸 보여 주기까지 했는데 그렇게 꽥꽥 소리쳐 대며 위치를 알려 줄 리가 없잖아. 이 자식은 어제 일도 기억하지 못하는 생선 대가리라고.

부정은 못 하겠다.

그러나 모두 잊은 건 아닌 모양이다.

태영을 보자마자 울란은 대번에 얼굴이 허옇게 질렸다.

"자, 잠깐!"

떵─!

"크헉─!"

그리고 그 면상에 박히는 주먹!

울란은 일격에 걸레처럼 너덜너덜해진 주둥이로 피를 뿌리며 날아가 바닥에 처박혔다.

─설마 이번에도 패 주기만 할 생각은 아니겠지?

물론 아니다.

이번에는 놈이 바로 앞에 있었고, 그리모어는 헬버드 상태라 주먹이 먼저 나간 것뿐이다.

지금까지는 뒷일을 생각해 자제하고 있었지만, 그런 것도 그만한 여유가 있을 때나 하는 짓.

지금의 태영은 그럴 여유가 없었다.

'네놈이 자청한 일이다!'

그리고 태영을 그렇게 만든 건 그 앞에서 피 떡이 된 얼굴을 들어 올리는 놈, 울란이다.

"검으로 변환!"

ㅡ 좋지! 생선 대가리를 따 버리자!

태영은 망설임 없이 검으로 돌아와 의욕 넘치는 오러를 뿜어 올리는 그리모어를 들고 돌진!

"아, 안 돼!"

울란이 비명을 터뜨렸지만.

쩌쩡ㅡ!

설마 그 말이 현실로 이루어질 줄은 몰랐다.

울란의 목덜미 바로 앞에서 그리모어를 막아서는 또 한 자루의 검!

"멈춰라, 용병 놈!"

하프 플레이트를 입은 사내였다.

주저앉은 채로 팔다리를 바쁘게 움직이며 물러나던 울란의 얼굴이 대번에 밝아졌다.

"그, 그래! 베릴 경, 놈을 막아라! 아니, 죽여라! 죽여 버려!"

기사인 모양이다.

아니, 모처럼 의욕적으로 오러를 뿜어 올리는 그리모어를 막으려면 당연히 기사 정도는 돼야 한다.

실제로 그의 검은 오러 소드가 발현되는 것은 아니었지만, 상당한 마력이 전해져 왔다.

 뭐 정확히는 그 정도의 마력을 불어 넣어야 오러를 뿜어내는 그리모어를 막아 세울 수 있다고 해야겠지만 어쨌든!

 치잉—!

 태영은 짧게 그리모어를 내리쳐 검을 퉁겨 냈다.

 아니, 퉁겨 낼 생각이었다.

 칭! 카카카칵!

 기사, 베릴의 검이 충격을 받아넘기며 그리모어에 자석처럼 따라붙었다.

 그리고 곧 위에서 체중을 실어 내리누르며 소리쳤다.

 "빠져나가지 못한다!"

 그리모어가 점차 아래로 밀리기 시작했다.

 베릴은 양손이고 태영은 한 손, 왼손은 들이미는 놈을 막느라 어깨를 밀어내고 있었기 때문이다.

 아니, 베릴은 그렇게 생각하는 모양이고, 짧은 공방의 승패는 거기서 갈렸다.

 "버닝 터치."

 시동어와 함께 불길에 휩싸이는 태영의 손.

 베릴의 어깨, 정확히는 금속으로 된 견갑을 밀어내던 왼손이었고, 자연히 견갑은 순식간에 시뻘겋게 달아올랐다.

 "이건 뭐…… 마, 마법? 크악!"

베릴이 일그러진 얼굴로 비명을 터뜨리며 물러났다.

그 뒤를 그리모어가 따라붙었다.

푸촥―!

베릴이 어깨에서 피를 뿜으며 나뒹굴었다.

노린 건 목이었고, 봐줄 생각도 없지만, 태영은 일단 그를 무시하고 넘어갔다.

"이, 이런 쓸모없는 놈 같으니!"

울란이 욕설을 내뱉으며 도망치고 있어서다.

여전히 주저앉은 자세지만.

―뭐야, 저 녀석? 뭐가 저렇게 빨라? 평소에 연습이라도 하는 건가?

이렇게 생각될 정도로 빨리.

그러나 문제는 그보다 그 사이로 모여드는 병사들이었다.

울란이 끌고 온 병사는 50여 명.

"멈……."

와락! 콰직―!

게다가 이렇게 간단히 처리되는 병사만 있는 게 아니었다.

피를 뿜으며 주저앉는 놈의 뒤에서 날아드는 검!

태영은 바로 그리모어로 흘려 내며 반격했지만, 그사이에 옆에 또 다른 검이 날아들었다.

몸을 비틀며 물러나자 이번에는 반대쪽에서 창이 날아들었다.

그게 시작이었다.

피하고, 쳐 내고, 때로는 반격을 가해도 끝없이 날아드는 칼날! 칼날! 칼날!

푸확—!

그사이 두어 명의 병사가 피를 뿜으며 쓰러졌지만.

팍! 푸슉—!

태영의 어깨와 허벅지에서도 피가 터져 나왔다.

ㅡ주인, 이놈들…….

"그래, 저놈도 그저 생선 대가리만은 아니라는 말이지."

태영이 살짝 입술을 깨물며 중얼거렸다.

"크하하하! 멍청한 놈!"

겹겹이 둘러싼 병사들 너머에서 울란의 웃음이 터져 나온 건 그때였다.

"건방진 용병 새끼! 소드 마스터라고? 그래, 용병 주제에 오러 소드까지 익힌 건 확실히 놀랄 만한 일이지. 하지만 그뿐이다. 그따위 알량한 힘만으로 세상이 네 맘대로 되리라고 생각하나? 네놈 정도의 인간을 밟아 버릴 방법은 얼마든지 있다. 소드 마스터는 아니라도 그와 대적할 만한 병사는 얼마든지 있으니까. 하나로 안 되면 둘! 둘로 안 되면 셋! 넷! 백이라도!"

울란의 목소리가 점점 격앙되었다.

"그게 가능한 것이 네놈이 겁도 없이 까불어 대던 나, 대아르키네아 제국의 귀족 울란 백작이다!"

─하! 잘도 지껄여 대는군. 좀 전까지 질질 쌀 것 같은 얼굴로 주 저앉아 있던 놈이. 인제 와서 저딴 말을 떠들어 대면서도 쪽팔린다 는 생각은 들지 않는 건가?

동감이다.

그러나 태영도 비웃어 줄 처지는 아니었다.

'실수다!'

모르고 있던 건 아니다.

울란이 그저 머릿수만 늘려서 쫓아오지 않으리라는 것쯤 은, 당연히 알고 있었다.

그러니 물러났어야 한다.

'블링크'를 사용해 만들었던 기회가 막혔을 때.

그러나 바로 앞에서 울란이 그리모어의 말처럼 질질 쌀 것 같은 얼굴로 주저앉아 있던 탓에 태영은 미련을 떨치지 못했 고, 그 결과가 지금의 상황이다.

'모두 일반 병사와 같은 복장을 하고 있지만······.'

좀 전의 공방으로 알 수 있었다.

그중 적어도 20여 명은 기사급, 심지어 그 반 이상은 조금 전 태영의 검을 막아 세웠던 중급 기사 베릴에 근접한 수준 의 검사들이었다.

─역시 이 상태로는 저 비린내 나는 말을 떠들어 대는 생선 대가 리를 따기는 무리겠지?

"그렇겠지."

태영이 순순히 인정했다.

"하! 왜 말이 없는 거냐? 그 잘난 혓바닥이 굳어 버리기라도 했나? 하지만 이미 늦었다. 네놈이 무슨 말을 하든 난 네놈을 용서할 생각이 없으니까. 편하게 죽을 수 있으리라는 기대 따위는 하지 마라. 네놈이 한 짓을 사무치도록 절절히 후회하며 죽도록 만들어 주마!"

그러나 그게 이런 말까지 인정한다는 의미는 아니다.

태영이 인정한 건 어디까지나 놈을 해치울 기회를 잃었다는 의미일 뿐, 포위를 뚫고 물러날 방법이라면 있다.

울란의 개소리를 얌전히 들어 주는 이유가 그 때문이다.

또 일찌감치 되돌아와 천장의 어둠 속에서 여차하면 달려들 태세를 갖추고 있는 청영을 제지하고 있는 것도.

틀림없이 일어날 테니까.

"자, 이제 저 빌어먹을 용병 놈을……."

콰콰콰쾅—!

바로 이것, 동굴을 통째로 뒤흔들어 놓을 폭발이!

"헉! 뭐, 뭐냐?"

울란이 기겁하며 황급히 물러났다.

당연히 태영을 포위하고 있던 병사들도 당황한 얼굴로 고개를 돌렸다.

삐이이이—!

위에서 날카로운 고음이 울린 건 그때였다.

음파로 적을 혼란에 빠뜨리는 청영의 스킬 '천조의 울음'!

본래 이런 스킬은 레벨이 많이 차이 나는 적일수록 성공 확률이 낮아진다.

그러나 당황하는 적병의 주의를 끌어 주는 것만으로도 충분했다.

"크허어어엉-!"

그 직후에 태영의 입에서 터져 나오는 '비스트 피어'!

"크악-!"

폭음에, '천조의 울음', 거기에 '비스트 피어'까지 3연타로 이어지는 음파 공격에 50여 적병은 귀를 틀어막던 자세 그대로 경직!

"그리모어, 핼버드!"

순간 그리모어가 다시 핼버드로 변형되었다.

위이이잉-!

그리고 넓은 원을 그리며 회전!

그 끝에서 서너 명의 병사가 퉁겨져 날아가 다른 놈들과 뒤엉키며 바닥을 굴렀다.

태영이 놈들을 향해 팔을 뻗었다.

"파이어 애로!"

그리고 그사이 장전해 둔 불화살을 퍼부으며 돌진!

퍼퍼퍼펑! 펑-!

마구잡이로 뒤엉킨 채 아우성치는 놈들을 뚫고 나왔다.

"이런 병신 같은 놈들! 잡아라!"

뒤에서 길길이 날뛰며 소리치는 울란의 목소리가 들려왔다.

삐이—!

"헉! 뭐…… 크악!"

그러나 청영의 울음과 함께 비명으로 바뀌었다.

고개를 돌려 보니 날아오르는 청영의 뒤에서 울란이 피가 터져 나오는 턱을 감싸 쥐고 있었다.

—호오, 저 녀석도 제법 강단이 있군. 그 틈에 저 생선 대가리를 노리다니 말이야. 꽤 마음에 드는 짓도 하잖아.

"청영, 무리하지 말고 돌아와!"

즐거워하는 그리모어와 달리 태영은 다급한 목소리로 소리쳤다.

"크! 이, 이런 망할 새 새끼가 감히…… 죽여! 저 용병 놈이 도망간 곳은 입구와 반대 방향! 어차피 도망갈 곳도 없다! 먼저 저 빌어먹을 새 새끼부터 죽여 버려!"

"저기다! 검기로 요격해라!"

이런 상황이 벌어질 게 뻔하니까.

발작하듯이 소리치는 울란의 고함과 함께 빗발쳐 올라가는 검기!

그러나 청영도 얌전히 당해 주지는 않았다.

당연히, 태영도 그러지 말라고 틈틈이 시간을 내 훈련해 온 것이니까. 그리고 청영은 기대대로, 아니 그 이상의 모습을 보여 주었다.

쿠쿵! 콰콰콰콰ー!

"도, 돌이다! 돌이 쏟아진다!"

"피해라!"

청영이 천장에 바짝 붙어 회피하자 검기는 애먼 천장만 들이받았고, 그때마다 돌덩이들이 우박처럼 쏟아졌다.

－저놈들은 죄다 생선 대가리인 거냐?

청영이 잘했다기보다는 그런 이유가 더 크겠지만 어쨌든.

검기에 돌 우박까지 더해지자 청영도 빠져나올 타이밍을 잡지 못하고 같은 자리를 맴돌았다.

"젠장!"

급해진 태영이 다시 몸을 돌릴 때였다.

투투투투ー!

뒤쪽에서 총성이 울려 퍼졌다.

고개를 돌리자 이 중위와 대원들이 소총을 난사하며 뛰어오고 있었다.

"이 중위님, 먼저 가라고 했는데⋯⋯."

"이런 상황을 알면서 어떻게 먼저 가겠습니까? 그리고 당장은 그럴 수도 없습니다!"

"그럴 수 없다니요?"

"가 보면 압니다! 지금은 그보다 빨리 이쪽으로!"

철컥! 투투투투-!

빠르게 탄창을 갈아 끼운 이 중위가 다시 탄환을 퍼부으며 소리쳤다.

"저놈들은 또 뭐야?"

"용병 놈과 함께 왔다는 하쿠인인 모양입니다!"

"용병 놈도 모자라 이제 하쿠인 따위까지…… 그래 봤자 고작 쇳조각에 불과하다! 그따위는 무시하고 돌진해 박살 내라!"

울란의 목소리가 한층 히스테릭해졌다.

그리고 확실히, 기사급 병사들에게 총격은 큰 위협이 되지 못했다.

채채채챙-!

그 정도는 막을 실력이 있으니까.

그러나 울란의 바람대로 바로 돌진해 박살 내기는 무리였다.

"큭! 바, 발목에……."

이 중위 일행도 일단 탄환에 마력을 싣는 방법 정도는 습득하고 있을 뿐만 아니라 그 총격이 집중되는 곳은 놈들의 발목!

맞으면 말할 것도 없지만, 막더라도 아래로 검을 휘둘러 대며 전력 질주를 할 수는 없기 때문이다.

"라이트 웨이브!"

물론 태영도 보고 있지만은 않았다.

삐이이이ㅡ!

그 틈에 빠져나온 청영도 태영의 어깨에 안착!

태영이 몸을 돌리며 소리쳤다.

"됐습니다! 가시죠!"

"일단 먼저 가서 상황을 봐 주십시오! 바로 뒤따라가겠습
니다!"

투투투투ㅡ!

이 중위 일행은 계속 포화를 퍼부으며 소리쳤다.

태영이 말의 의미를 알게 된 건 돌무더기가 있던 곳으로
돌아온 뒤였다. 아니, 정확히 말하면 그 앞을 막고 있는 거대
한 암석을 보고.

"이 바위는……."

"몰라! 있었다고! 돌무더기 뒤에! 이런 게!"

그렉의 대답이었다.

❦

폭탄 설치는 의외로 어렵다.

특히 주위에 끼치는 영향을 최소화하며 원하는 곳만 폭파
할 때는 고도의 계산이 요구된다.

이 중위 일행은 그 어려운 일을 해냈다.

암벽을 막고 있던 돌무더기는 정말 말끔하게 제거되어 있었다.

문제는 그 뒤에 버티고 있는 집채만 한 암석의 존재를 모르고 있었다는 것이고, 너무나 훌륭한 일 처리 탓에 그 암석도 너무나 멀쩡하게 남아 있다는 것이다.

"빌어먹을!"

절로 얼굴이 일그러졌다.

"괜찮아! 문제없어! 내가 해결할게!"

"뭐? 네가?"

태영이 돌아보자 그렉이 다부진 얼굴로 끄덕이며 손을 내밀었다.

"그래, 넌 그 C-4라는 것만 주면 돼! 이제 사용법도 대강 알았고, 그냥 이런 암석을 부수는 거라면 나 혼자서도 할 수 있어! 많이 필요하지도 않아! 좀 전의 반, 아니 3분의 1이면 될 거야!"

확 패 버리고 싶었다.

"그런 게 남아 있으면 내가 이러고 있겠냐!"

"뭐? 어, 없어?"

"남겨 놨겠냐? 이런 상황에!"

"그럼 어쩌라고!"

태영도 그게 고민이다.

그러나 답을 찾기까지는 그리 오래 걸리지 않았다.

어차피 이런 상황이면 방법은 하나밖에 없다.

그게 정답이 될지는 알 수 없지만, 성공 확률 따위를 가늠하고 있을 때도 아니다.

'하지만 그 전에……'

"일단 넌 여기서 기다리고 있어!"

와락 몸을 돌린 태영이 밖으로 뛰어나갔다.

이 중위와 대원들은 불과 10여 미터 앞에 늘어서 총격을 퍼붓고 있었다.

투투! 투투! 투투!

그러나 총성은 간헐적으로 바뀌어 있었다.

휴대한 탄창이 바닥을 드러내고 있다는 말이다.

바꿔 말하면 울란 일당은 그만큼 여유가 생겼다는 의미.

거리는 불과 수 미터로 좁아져 있었고, 틈틈이 검기까지 날려 왔다.

"큭, 빌어먹을!"

그때마다 대원들의 몸에서 튀어 오르는 피!

그래도 용케 버티고 있다 싶지만, 말 그대로 버티고 있을 뿐이었다.

태영은 비틀대는 대원에게 뛰어갔다.

"괜찮습니까?"

"레, 레온 님이 다시…… 그럼 C-4는 이제…….."

"남은 건 없습니다. 하지만 방법이 없는 건 아닙니다."

"바, 방법요?"

"네, 그러니 일단 여기는 제게 맡기고 그곳으로 물러나 대기해 주십시오."

태영이 대원의 총을 뺏어 들며 말했다.

투퉁—!

그리고 능숙한 동작으로 자세를 잡고 발사!

챙—!

"크헉! 이, 이게 뭐야?"

총격을 막은 적병이 당혹성을 터뜨리며 주르륵 밀려났다.

주춤대던 대원의 얼굴도 당혹감에 물들었다.

"어, 어떻게……."

쏘는 방법이 다르기 때문이다.

대원들은 단순히 탄환에 마력을 주입할 뿐이다.

그러나 태영은 총구에도 마력을 주입해 탄환에 실린 마력에도 회전력을 추가!

그로 인해 증가하는 관통력은 이미 노웨인 영지전 때 확인한 적이 있다.

당연히 여기서도 마찬가지!

투퉁! 투퉁!

"큭!"

막아도 몇 미터씩이나 뒷걸음질 치고.

"으악! 다, 다리! 다리가!"

제대로 맞으면 아예 그 부위가 통째로 터져 나갔다.

"이, 이럴 수가······."

정작 황망한 얼굴로 바라보는 건 이 중위와 대원들이었지만.

"지금입니다! 일단 모두 퇴각하십시오!"

"이, 이 중위님!"

"뭘 물어? 레온 님의 지시에 따라라! 모두 퇴각! 신속하게 이탈해 돌무더기가 있던 장소로 이동한다!"

대원들이 물러나기 시작하자 적군의 뒤쪽 어딘가에서 울란의 고함이 들려왔다.

"대체 언제까지 저따위 무기에 머뭇대고 있을 생각이냐? 보고도 모르겠나? 놈들도 그 빌어먹을 쇳조각이 얼마 남지 않은 거다! 더구나 이런 상황에서 저렇게 서둘러 물러난다는 건 뭔가 다른 꿍꿍이가 있다는 말이다! 막아라! 아니, 죽여! 저 용병 놈도! 다른 놈들도! 이게 마지막이다! 내게 다시 같은 말을 하게 만든다면 네놈들도 무사하지 못할 것이다!"

─대단하군. 확실히 보통 놈은 아닌 모양이야. 불과 몇 분 전에 질질 싸며 도망치고 나서 대가리도 못 내밀고 있는 주제에 저런 말을 소리칠 수 있다니 말이야.

대단한지는 모르겠지만, 어쨌든 효과는 있었다.

"도, 돌격해라!"

머뭇대던 적병들이 일제히 돌격!

태영도 갑자기 떼로 몰려오는 놈들에 모두 대처할 수는 없었고, 문제는 바로 터졌다.

퇴각하는 대원들의 후미.

"크윽!"

마지막까지 자리를 지키며 엄호하던 이 중위가 비명을 터뜨리며 털썩 주저앉았다.

움켜쥔 허벅지에서 피가 치솟아 올라오고 있었다.

검기에 당한 것이다.

"크하하하! 봐라! 하면 되잖아! 그래, 일단 저놈이다! 아까부터 저놈 혼자 떠들어 대던 걸 보면 분명 저놈이 하쿠인의 대장! 일단 놈부터 갈가리 찢어라!"

울란의 목소리에 다시 서너 병사의 검이 빛으로 물들었다.

그때 이 중위가 와락 고개를 돌리며 소리쳤다.

"레온 님, 전 틀렸습니다!"

그 위로 날아오는 물통.

태영이 C-4와 함께 이번 작전에 가장 중요한 것 중 하나라며 건네주었던 물통이다.

따라서 꼭 둘 중 하나를 선택해야 한다면……

퉁—!

당연히 이쪽이다.

총을 집어 던진 태영이 그리모어를 뽑으며 뻗어 나갔다.

그리고 다시 멈춰 서는 순간.

위잉! 퍼퍼퍼펑—!

그 앞에서 수 발의 검기가 쩍쩍 갈라지며 폭발했다.

움찔하며 고개를 들어 올린 이 중위의 얼굴이 당혹감에 물들었다.

"레, 레온 님, 어, 어째서……."

"됐습니다."

살짝 시선을 돌린 태영이 눈살을 찌푸렸다.

그사이 물통은 이미 적병에게 수거되었고, 곧바로 올란의 손까지 전달되었다.

올란의 얼굴에 더할 수 없이 재수 없는 웃음이 떠올랐다.

"크크크, 저 하쿠인 놈이 하던 짓도 그렇고, 네놈도 당황하는 꼬라지를 보니 이게 꽤 중요한 물건인 모양이군."

"죄, 죄송합니다. 저 때문에……."

"신경 쓰지 마십시오."

잠깐 이 중위를 돌아본 태영이 다시 고개를 돌리며 말을 이었다.

"필요한 물건보다는 필요한 사람이 먼저죠."

"레, 레온 님……."

이 중위의 눈가가 붉게 충혈되었다.

필요해서 구했다는 말이니 딱히 그런 분위기를 연출할 일은 아니라고 생각하지만, 그러고 있을 때도 아니었다.

"가십시오!"

태영이 회복 물약을 하나 꺼내 던져 주고 다시 고개를 돌렸다.

"놈이다! 잡아라!"

"도망치지 못하게 포위해!"

그 앞으로 몰려오는 수십 명의 병사!

'남은 광력은 10 남짓, 이제 엘더 슬레이어의 기술은 한 번밖에 사용하지 못하겠지만…….'

태영은 단전에서 꿈틀대는 에너지를 가늠하며 한 걸음 내디뎠다.

'……충분하다!'

화악−!

그리고 빛을 뿜으며 분열되었다.

자세를 낮추고 회전하며 또 한 번! 퉁겨 오르듯이 측면으로 이동하며 또 한 번! 다시 긴 원을 그리며 놈들 사이를 파고들어 가며 또 한 번!

무수한 빛의 분신을 만들어 내는 이 기술의 정체는 '광화'로 강화한 섀도 스텝!

"뭐, 뭐야? 뭐 이런 말도 안 되는 기술이……."

"현혹되지 마라! 놈은 마검사다! 모두 마법으로 만들어 낸 허상에 불과하다!"

놈들 사이에서 당혹성과 고함이 터져 나왔다.

틀린 말은 아니다.

마법은 아니지만, 분신은 분명 허상이다.

그러나 그렇게 떠들어 댄 놈도 아직 모르고 있는 모양이다. 지금 놈들의 걱정해야 할 문제는 분신이 허상이라는 게 아니라…….

푸확-!

그 속에 섞여 있는 실체다.

게다가 분신도 그냥 허상만은 아니다.

"큭! 노, 놈이다! 놈이 분신에 섞여 공격하고 있어! 구분이 되지 않아!"

"빌어먹을! 그럼 닥치는 대로 공격해!"

펑-!

공격을 받으면 섬광을 뿜어내며 폭발!

"헉! 누, 눈이…….."

바로 앞에서 눈알을 부라리며 검을 휘두른 놈은 당연히 이렇게 될 수밖에 없었다.

푸확-!

그리고 또 바로 이렇게.

놈들이 피를 뿜으며 쓰러지는 사이에도 태영의 분신은 계속 늘어났고, 그중 하나라도 폭발하면 그 근처에서 여지없이 핏줄기가 치솟아 올라왔다.

물론 폭발하지 않아도 마찬가지.

푸확-! 푸확-! 푸확-!

우왕좌왕하는 놈들 위로 쉬지 않고 핏줄기가 치솟았다.

그야말로 일방적!

정확히 말하면 일방적일 수밖에 없었다.

실력이 뒤떨어지는 놈들만 골라서 공격하고 있으니까.

그러나 정작 공격당하는 측에서는 그런 걸 잘 파악하지 못하기 마련이다.

놈들의 눈에는 그저 무수한 빛의 분신 속에서 동료가 피를 뿜으며 쓰러지는 장면, 즉 태영이 압도적으로 몰아붙이는 모습만 보일 터.

"뭐 이런 놈이⋯⋯."

놈들이 질린 얼굴로 주춤주춤 물러나기 시작했다.

태영이 바라던 대로!

'이 정도면 됐어. 광화 새도 스텝 효과도 끝나가고, 이제 물러날 때다.'

태영도 놈들을 주시하며 천천히 물러나려 할 때였다.

펑-! 펑-! 펑-!

우측의 분신들이 연이어 폭발했다.

그리고 터져 나오는 빛을 뚫고 나오며 날아드는 검광!

챙-!

"이런 잔재주가 언제까지나 통할 것 같으냐!"

- 어라? 이놈은⋯⋯.

튀어 오르는 불똥 너머에서 소리치는 사내는 처음 태영과 검을 마주했던 기사, 베릴이었다.

– 한번 퇴장했던 놈이 염치없이 왜 또 얼굴을 들이밀어?

"얌전히 보내 주지는 않겠다!"

그리모어의 날카로운 지적에도 베릴은 아랑곳하지 않고
검을 휘둘렀다.

몇 차례 검을 받아 낸 태영이 피식 웃었다.

"네겐 무리다."

"하! 소드 마스터라 이건가? 웃기는군. 그 소드 오러처럼
보이는 건 무슨 속임수인지 모르겠지만, 네가 진짜 소드 마
스터라면 나와 붙었을 때도, 또 지금도 이따위 잔재주를 쓸
필요도 없었겠지! 네놈은 소드 마스터가 아니야! 같잖은 마
법으로 속이고 있을 뿐이다! 내가 네놈의 그 비열한 가면을
벗겨 주마!"

– 오러처럼?

울컥한 목소리로 중얼대는 그리모어의 반응과는 별도로,
태영은 한 번도 제 입으로 소드 마스터라고 주장한 적이
없다.

태영은 겸손을 떠는 성격도 아니지만, 허세를 떠는 성격도
아니다.

방금 한 말도 마찬가지다.

분명 베릴은 울란 일당 중에서는 최고 수준의 검사.

확실히 파고들어 오는 타이밍이나 빠른 태세 전환은 다른

놈들보다 한두 단계 위였다.

그러나 딱히 다른 놈들보다 상대하기 힘들다는 생각은 들지 않았다.

이미 파악이 끝났기 때문이다.

쩌쩡–!

"큭! 이, 이건…….."

태영이 검을 내찌르자 베릴이 피를 토하며 휘청거렸다.

베릴이 허접해서가 아니다.

"그, 그라나다 가문의 검술? 어, 어떻게 네놈이…….."

베릴이 펼치던 검기(劍技)는 그라나다 검술.

태영이 수많은 회귀 중에서도 최고 경지에 올랐을 때 익혔던 검술이다.

그러니 당연히 알고 있었다.

그라나다 검술의 기술, 호흡, 흐름, 심지어 마력의 움직임까지도.

다시 말해 언제, 어디를 찌르면 그 모든 것을 끊어 버릴 수 있는지도 알고 있다는 말이다.

물론 그것도 그만한 기술이 뒷받침돼 줘야 할 수 있는 일이지만.

"시간이 없으니 짧게 끝내지."

태영이 그리모어를 수평으로 세우며 중얼거렸다.

그리고 그대로 돌진!

피이이잉-!

검 끝이 회전하며 울리는 소리에 베릴이 놀란 얼굴로 황급히 검을 세웠다.

"영격! 정말 그라나다 검술을⋯⋯."

아니다.

충돌 직전에 위쪽으로 튀듯이 치솟아 올라가는 이 특유의 움직임은⋯⋯.

"뭐, 뭐야? 어, 어째서 갑자기 베다 검술의⋯⋯."

그것도 정답이 아니다.

따당! 푸확-!

따라 올라오는 베릴의 검을 쳐 내며 그의 두 허벅지를 가르며 지나가는 그리모어!

"크헉! 이, 이런⋯⋯ 대체 이게 무슨 말도 안 되는⋯⋯."

바로 태영의 검술 '1식'이다.

그러나 딱히 떠들고 싶지도 않고, 피를 철철 흘리며 주저앉는 베릴도 들을 상황은 아닌 것처럼 보이는지라 태영은 바로 몸을 돌리고 뛰어갔다.

"베, 베릴 경이 순식간에⋯⋯."

"저, 정말 괴물이었어. 어쩌면 우리가 모두 달려들어도⋯⋯."

"무슨 헛소리들을 하고 자빠져 있는 거냐? 네놈들 눈은 장식이냐? 놈이 도망가는 게 보이지도 않냐? 놈이 정말 혼자 네놈들을 다 죽일 실력이 있으면 도망갈 리가 없지 않냐, 이

등신 같은 놈들아! 아니, 설사 그런 실력이 있어도 이제 한계
인 거다!"

뒤에서 웅성대는 병사들과 악에 받쳐 소리치는 울란의 목
소리가 들려왔다.

제법 날카로운 지적이지만, 이제 상관없다.

"레, 레온 님!"

"비키세요! 그리모어, 양손 도끼 변환!"

태영이 몰려드는 이 중위 일행을 뚫고 암석으로 돌진하며
소리쳤다.

─그래, 기다리고 있었다고, 주인! 역시 이럴 때 의지할 수 있는
건 나밖에 없겠지! 좋아, 해 보자고!

"와일드 오러!"

위이이잉! 콰지지지─!

양손 도끼로 변환되는 그리모어가 굵은 스파크를 줄기줄
기 뿜어내기 시작한 건 그때였다.

그리고 암석과 충돌!

콰쾅! 콰콰콰콰─!

굉음과 함께 암석에 균열이 쫙 퍼져 나갔다.

그리고 이어지는 무기 스킬 '충격'에 터지듯 부서지며 안쪽
으로 확 밀려들어 갔다.

─크하하하! 어떠냐? 이게 내 힘이다!

그리모어의 웃음과 함께 암석 너머로 굴러들어온 태영이

벌떡 몸을 일으키며 소리쳤다.

"그렉, 안내해라!"

"어? 네? 네! 이쪽! 아니, 이쪽입니다!"

금붕어처럼 입을 뻐끔대던 그렉이 화들짝 놀라며 뛰어 들어왔다.

이 중위 일행도 같은 얼굴로 따라 들어왔다.

"뛰세요!"

태영은 그들을 먼저 보내고 뒤따랐다.

그리고 역시나, 얼마 지나지 않아 울란 일당이 뒤쫓아 들어왔다.

퍼펑-! 퍼펑-!

당연한 듯이 검기도 따라붙었다.

그러나 암석 너머는 드워프의 광산, 구불구불한 갱도라 직선으로 날아오는 검기는 큰 위협이 되지 않았다.

태영이 후미에 선 것도 검기 때문이 아니다.

현재 태영 일행은 이 중위를 비롯해 대원 대부분이 상처를 입어 빨리 달릴 수가 없어서다.

이쪽의 속도를 올릴 수 없다면 저쪽의 속도를 늦추는 방법을 생각하는 게 도망치는 사람이 취해야 할 바른 자세!

콰쾅! 콰쾅! 콰콰콰콰-!

태영은 오러를 뿜어 올리는 도끼로 벽이나 천장을 닥치는 대로 후려쳤다.

"크악! 이런 빌어먹을!"

효과가 있었다.

그 덕에 아슬아슬한 간격을 유지하며 뛰기를 수십 분.

"헉헉헉! 여, 여기야! 다 왔……."

앞서 달리던 그렉이 갑자기 우뚝 멈췄다.

비틀대며 뒤따르던 이 중위 일행도 멈춰 섰고, 곧 태영의 걸음도 멈췄다.

그렉의 앞에는 엄청난 넓이의 광장이 펼쳐져 있었다.

그리고…….

ↄ

"저기다! 놈들이다!"

태영 일행이 멈춘 광장의 뒤쪽, 갱도에서 거친 고함이 들려왔다.

"레, 레온 님!"

이 중위와 대원들이 불안한 목소리에 태영이 슬쩍 고개를 돌렸다.

시커먼 놈들이 뛰어오고 있었다.

울란 일당이다.

좀 더 정확히 말하면 태영이 부지런히 도끼를 휘둘러 부순 바위나 흙 따위를 고스란히 뒤집어쓰며 쫓아온 탓에 시궁쥐 같은 몰골로 변해 버린 울란 일당이었다.

당연히 눈빛은 한층 살의로 충만!

그걸 증명이라도 하려는 듯이 바로 검기를 날려 왔다.

분위기 파악을 못 해서 그런 것이다.

카칵! 퍼퍼펑─!

그래도 기왕 날려 준 검기니 막기는 했지만.

"멈춰라!"

쾅! 쾅! 쾅! 쾅!

고함과 함께 연이어 광장을 울리는 굉음!

태영 일행이 걸음을 멈추고 있던 이유가 그 때문이었다.

광장은 드워프로 뒤덮여 있었다.

평범한 드워프가 아니다. 두꺼운 강철 갑옷에 한 손에는 도끼나 철퇴를, 다른 손에는 타워실드를 든, 중전차와 같은 박력을 뿜어내는 드워프 철갑병.

방금 광장을 뒤흔들었던 굉음은 그들이 타워실드로 바닥을 내리치는 소리였다.

족히 수천은 되어 보이는 드워프들이 동시에!

"헉! 뭐, 뭐야? 이놈들은?"

"드, 드워프?"

"어, 어째서…… 여기는 대체……."

광장으로 쏟아져 나온 울란 일당은 바로 혼란에 휩싸였다.

그러나 태영까지 덩달아 그럴 이유는 없었다.

적어도 이곳이 드워프의 도시 노블핸드라는 건 알고 찾아온 것이니까.

　또 C-4를 폭파했을 때 조용히 왔다가 조용히 나갈 수 있으리라는 기대를 접기도 했지만.

　'지금 생각해야 할 건…….'

　항상 그렇듯이 이미 일어나 버린 일이 아니다.

　앞으로 해야 할 일이다.

　"조금 전 갱도에서 울린 폭음은 네놈들 짓이렷다? 게다가 하쿠인도 섞여 있는 걸 보니 여기까지 기어들어 온 목적은 굳이 들을 필요도 없어 보이지만……."

　광장을 몇 겹이나 에워싼 철갑병 앞에서 은색 갑옷을 입은 드워프가 태영 일행과 울란 일당을 훑어보며 중얼거렸다.

　태영이 그렉의 옆으로 다가가며 물었다.

　"저 드워프가 퍼스트 해머 맞나?"

　"어? 으, 음."

　그렉이 경직된 얼굴로 끄덕였다.

　퍼스트 해머는 드워프의 최상위 지위의 칭호. 즉, 그 드워프가 노블핸드의 수장이라는 말이다.

　"그래, 그렇다면……."

　태영이 고개를 끄덕이며 다시 그렉을 돌아봤을 때였다.

　"됐어! 이제 그만해!"

　그렉이 와락 태영을 밀쳐내며 소리쳤다.

갑작스러운 고함에 이 중위와 대원들도 깜짝 놀란 얼굴로 둘을 돌아보았다.

그렉은 이글대는 눈으로 그들을 바라보았다.

그리고 다시 태영에게 시선을 돌리는 순간, 그 눈에서 닭 똥 같은 눈물이 뚝뚝 떨어졌다.

"이제 됐다고……."

"그렉, 너 무슨 말을 하는 거야?"

"됐다잖아!"

그렉이 와락 몸을 돌렸다.

그리고 은빛 갑옷의 드워프, 퍼스트 해머의 앞으로 걸어가 털썩 무릎을 꿇으며 소리쳤다.

"모두 제 잘못입니다!"

"그렉, 한동안 안 보인다 싶더니…… 아니, 그런 말은 나중에 듣도록 하지. 그보다 방금 한 말은 무슨 뜻이지?"

"그 말 그대로입니다! 지금 이 상황은 모두…… 저 때문에 벌어진 일입니다! 제가 다올의 성유를 훔쳐서 말입니다!"

"뭐, 뭐야?"

퍼스트 해머의 얼굴이 경악에 물들었다.

그 주위의 드워프 철갑병도 동요하는 기색을 보이며 술렁대기 시작했다.

"모두 조용히!"

퍼스트 해머가 버럭 소리쳤다.

그리고 그야말로 도끼와 같은 눈빛으로 다시 돌아보며 물었다.

"네놈, 방금 뭐라고 지껄였냐? 다올의 성유를 훔쳤다고? 네가? 지금 그리 말한 것이냐?"

"그렇습니다."

그렉은 흔들림 없이 대답했다.

"그게 무슨 의미인지 알고 떠들어 대는 것이냐? 다올의 성유를 훔친 것도 두말할 필요조차 없는 중죄지만, 그로 인해 지금 노블핸드는 인간의 영지 아스탈로드와 전쟁을 해야 할 상황에 놓여 있다. 그런데 만약, 그래, 만약 그게 네 짓이었다면 어떤 대가를 치러야 할지 알고 있는가?"

그런 협박과도 같은 말에도.

"그렇습니다."

그렉은 여전히 흔들림 없는 모습을 보여 주었다.

이미 마음을 먹은 모양이다.

"하지만 본의는 아니었습니다! 협박을 받아서 어쩔 수 없이 저지른 일이었습니다!"

……다른 사람에게 덮여 씌우기로!

"협박?"

"네! 그때입니다! 폭발로 갱도가 무너지는 사고가 일어났을 때! 그때 저도 다른 드워프처럼 황급히 광산으로 뛰어가고 있었는데 갑자기 한 무리의 사람들이 나타나 저를 잡고 위협했습니다! 다올의 성유가 있는 곳까지 안내하지 않으면 죽이겠다고 말입니다!"

심지어 이미 시나리오도 준비한 모양이다.

"그게 바로 저놈들입니다!"

그때 벌떡 일어난 그렉이 와락 몸을 돌리며 소리쳤다.

─어이, 저 녀석······.

"그래."

태영이 침중한 얼굴로 고개를 끄덕였다.

이 중위와 대원들은 어리둥절한 표정을 짓고 있었다.

이계어를 알아듣지 못하니, 당연히 상황이 어떻게 돌아가는지도 모르기 때문이다.

그러나 이계어를 알아듣는다고 다 상황을 이해할 수 있는 것도 아니었다.

"뭐?"

특히 이놈.

그렉이 힘차게 내뻗는 손가락에 푹 찔리듯이 지목된 울란은 말이다.

"무, 무슨 개소리냐!"

울란이 이런 반응을 보이는 건 너무나 당연한 일이었다.

"닥쳐라!"

그러나 퍼스트 해머는 들어 줄 생각이 없는 모양이다.

그의 시선이 다시 그렉에게 향했다.

"모두 사실이렷다?"

"네! 저는 그때부터 저자들에게 잡혀 있었습니다! 그리고 놈들은 끊임없이 협박과 폭력을 자행했습니다! 다올의 성유의 제조법을 말하라며! 틈만 나면 때리고! 차고! 밟고!"

"때리고? 차고? 밟아?"

그렉이 한마디씩 말할 때마다 퍼스트 해머의 얼굴이 일그러졌다.

"무슨 개수작들이냐! 나는 저딴 놈······."

"닥치라고 했다!"

그 입에서 우레와 같은 목소리가 터져 나왔다.

쾅! 쾅! 쾅! 쾅!

철갑병의 방패가 거세게 바닥을 찍으며 광장을 흔들었다.

울란이 입을 다물며 주춤주춤 물러났다.

거친 숨을 불어 내며 그를 바라보던 퍼스트 해머가 태영 일행을 향해 눈을 돌렸다.

"그럼 저 인간들은?"

"저를 구해 준 사람들입니다."

"자세히 말해 보라."

"그건 제가 말씀드리겠습니다."

태영이 나선 건 그때였다.

"저는 본래 저자에게 고용되었던 용병이었습니다. 하지만 곧 저들이 그렉에게 자행한 일을 알게 되었고, 비록 고용된 몸이라도 차마 그런 불의한 일을 두고 볼 수 없어 몰래 그렉을 빼내 탈출했습니다."

"그럼 지금 그대와 함께 있는 하쿠인도 용병이란 말인가?"

"아닙니다. 그 직후부터 저와 그렉은 저들의 추격을 받기 시작했고, 결국 겨우 아스탈로드와 노블핸드의 경계까지 도달했을 때 다시 사로잡힐 위기에 처하게 됐습니다. 그때 도와준 게 바로 이분들입니다. 아스탈로드와 노블핸드 사이의 일을 알게 된 것도 그때였습니다. 이분들도 처음에는 그렉이 드워프라 경계했지만, 사정을 알고 지금까지 도와주셨습니다."

"그럼 다른 방법으로 알릴 수도 있었을 텐데?"

"보다시피."

태영이 슬쩍 울란을 돌아보며 대답했다.

"저들의 추적은 집요했습니다. 게다가 저자는 상당한 지위를 가진 귀족, 아스탈로드 영주님을 겁박해 이곳으로 향하는 길목을 모두 차단해 버렸습니다. 되레 우리가 그를 습격했다는 누명을 씌워 아스탈로드 영주님이나 다른 하쿠인과 접촉도 못 하게 만들어 놓고 말입니다."

"그래서 갱도로……."

"네, 그렉이 이 근방에 과거 노블핸드의 갱도와 연결되었던 동굴이 있다고 말해 주었습니다. 막혀 있었지만, 이분들이 가지고 있던 하쿠인의 폭탄을 기꺼이 내주셨습니다. 그런데 동굴로 들어서고 얼마 안 돼 저들에게 발각됐고, 지금 이 상황까지 오게 된 겁니다."

－청산유수로군.

당연히 청산유수일 수밖에 없다.

이건 처음부터 태영이 기획, 대본, 연출까지 도맡아 진행한 일이니까.

울란의 야영지로 찾아가 두들겨 팬 것도 그래서고, 그때 이미 알고 있었다.

울란이 다른 병사들을 불러 놓고 기다리던 중이라는 걸.

태영이 예상하지 못했던 건 두 가지 정도.

하나는 가지고 있던 C-4로 한 방에 봉쇄된 갱도를 뚫지 못했다는 것이고.

－그런데 저 녀석은 정말 그렇게 믿고 있는 거 아니야?

그렉이 그리모어마저 그렇게 말할 정도로 박진감 넘치는 열연을 보여 주고 있다는 것이다.

지금도 분노에 치를 떠는 눈빛으로 울란을 바라보며.

"그, 그런 거였어?"

실제로 울란 일당 내부에서도 이런 말이 흘러나올 정도였다.

뭐, 그들 대부분은 태영이 야영지를 습격한 뒤에야 울란과 합류해 모르기도 하지만.

"그렇긴 뭐가 그래, 이 머저리 같은 자식들아!"

당연히 울란은 길길이 날뛰었다.

"당치도 않은 모함이다! 놈은 내게 누명을 씌우려는 것
이다!"

"그럼 너는 왜 그렉과 이들을 쫓던 것인가?"

"그, 그건……."

그러나 이어지는 퍼스트 해머의 말에 움찔하더니 와락 태
영을 돌아보았다.

태영은 실실 쪼개 주었다.

울란이 안면 근육을 코 푼 휴지처럼 일그러뜨리며 다시 소
리쳤다.

"저놈이 말한 대로다! 저놈은 나를 습격했을 뿐만 아니라
치욕적인 방법으로 모욕했다!"

"치욕적인 방법?"

"그, 그런 건 알 필요 없어! 어쨌든 모든 건 저놈이 꾸민
계략이다! 모함이야! 대아르키네아 제국의 귀족인 내가 뭐가
아쉬워서 납치까지 해 굴이나 파 대는 드워프의 것을 훔치겠
나! 애초에 나는 그 다올인지 뭔지 하는 말조차 처음 듣
는다!"

퍼스트 해머가 살짝 미간을 찌푸렸다.

"뭔가 듣기 거북한 말이 끼어 있는 것 같지만…… 그런 걸
논할 때는 아니니 넘어가도록 하지. 그렉, 들었다시피 저쪽
은 저렇게 주장하고 있다. 대아르키네아 제국의 귀족인지

뭔지는 아무 상관도 없다고 생각하지만, 너 역시 말뿐인 건 사실. 네 주장을 입증할 방법이 있나?"

"네."

그렉이 서슴없이 대답했다.

"저놈들이 다올의 성유를 다 어디에 사용했는지는 모르지만, 그중 일부를 가지고 있는 걸 본 적이 있습니다. 우리가 갱도로 들어오기 위해 이용한 동굴에도 몬스터가 있었으니 분명 지금도 가지고 있을 겁니다."

"하! 웃기는군. 내가 그딴 걸 가지고 있을 리가 없지 않나!"

"그럼 수색해 봐도 되겠는가?"

"수색? 네놈들이 나를?"

콧방귀를 뀌던 울란의 눈매가 바짝 치켜져 올라갔다.

퍼스트 해머의 눈매도 치켜져 올라갔다.

"말을 삼가라, 인간. 이곳은 긍지 높은 드워프의 도시 노블핸드, 내 집이자 내 동족의 집이다. 네놈이 아르키네아 제국의 귀족인지는 모르겠지만, 설사 황제라도 이곳에서 나와 내 동족을 모욕할 수는 없다. 한 번만 더 주둥이를 함부로 놀린다면 드워프의 명예를 걸고 네놈의 뼈를 몽땅 박살 내 주겠다!"

"뭐……."

울란이 움찔하며 입을 다물었다.

선민사상에 쩔어 있는 그라도 천여 명의 중무장한 드워프가 노려보면 조금은 반성하는 자세를 갖게 되는 모양이다.

"좋다! 어디 해 볼 테면 해 봐라! 하지만 내 무고함이 밝혀진 뒤에는 네놈들도 그만한 대가를 치르게 될 것이다!"

아직 좀 부족해 보이기는 하지만.

태영에게는 딱히 상관없는 일이라 그저 웃으며 지켜봐 주었다.

그리고 마침 시선을 돌리던 울란의 눈이 그런 태영의 눈과 딱 마주쳤을 때.

"저놈이…… 엇? 가, 가만!"

갑자기 당혹스러운 얼굴로 머리를 세차게 가로저으며 소리쳤다.

뭔가 기억난 모양이다.

"기다려! 이, 이건 아니야! 아니라고! 오지 마! 오지 말라고, 이 자식들아! 난 대아르키네아 제국의 귀족이다! 드워프 따위에게 수색을 받을 몸이 아니라는 말이다!"

"어이, 뒈져라!"

"이 멍청한 자식들, 뭘 보고만 있는 거냐? 놈들을 막아라!"

"아, 아니, 하지만……."

울란이 와락 인상을 구기며 소리치자 놈의 부하들은 난감하기 짝이 없는 얼굴이 되었다.

정말이지 이래저래 참 민폐도 많이 끼치는 놈이다.

투콰콰콰콰—!

"털끝 하나라도 움직이면 몽땅 죽는다!"

그러나 퍼스트 해머와 드워프 철갑병은 바로 그들의 고민을 해소해 주었다.

울란 일행의 앞에 박히는 수십 개의 도끼로.

"아, 안 돼! 큭! 감히 누구를 잡는 거냐? 윽! 아파, 인마! 아, 아니, 안 돼!"

이에 수 명의 철갑병에 의해 수색이 시작됐고.

툭.

그 아래로 물병이 떨어졌다.

주워서 뚜껑을 열고 냄새를 맡아 본 철갑병이 얼굴을 일그러뜨리며 소리쳤다.

"다올의 성유입니다!"

"아, 아니야! 그건 내 것이 아니다! 저놈이……."

쾅! 쾅! 쾅! 쾅!

울란의 필사적인 목소리는 분노한 드워프들이 내리치는 방패 소리에 파묻혔다.

그리고 방패 소리가 멈춘 뒤에도.

"놈들을 모두 잡아 감옥에 처넣어라! 일족을 납치하고 드워프의 보물을 훔친 죄! 이웃 영지를 오해하게 만든 죄! 그로 인해 드워프의 긍지에 상처를 입힌 죄! 무엇보다 그럼에도 뻔뻔하게 나와 동족을 무시하고 기만하려고 했던 죄! 드워프의 명예를 걸고 말하건대, 그 어느 것 하나도 빠짐없이 대가를 치르게 해 주겠다!"

울란이 떠들어 댈 기회는 없었다.

🌀

상황은 빠르게 정리되었다.

일단 울란 일행은 바로 철갑병에 둘러싸여 감옥으로.

"놔! 놓지 못하겠느냐? 감히 내게 이따위 짓을 하고도 무사하리라 생각하나? 저놈도! 네놈도! 절대 가만두지 않겠다! 죽인다! 다 죽여 버리겠단 말이다!"

"배, 백작님, 진정하십시오."

"이런 등신에 쓸모없는 놈들 같으니! 지금 내가 진정하게 됐나? 이놈들이 감히……."

뭐 그 과정에서 소소한 저항이 있기는 했지만, 말 그대로 참으로 소소한 수준이라 얘기할 만한 거리조차 되지 못했다.

"거참 시끄러운 놈이군."

빠각-!

"됐다. 끌고 가!"

경쾌한 타격음과 함께 울란은 침을 질질 흘리며 철갑병의 손에 끌려 퇴장.

이 중위와 대원들도 마찬가지였다.

"레, 레온 님, 대체 어떻게 된 겁니까? 드워프들이 왜 저자들을······."

그들은 여전히 당황한 얼굴들이었다.

태영이 사전에 모두 설명해 준 게 아니고, 언어의 장벽 탓도 있었다.

물론 태영도 곧 제대로 설명해 줄 생각이었다.

그러나 드워프들이 둘러싸고 있을 때 할 얘기는 아니었고, 여기저기에서 피를 철철 흘려 대는 이 중위 일행도 그런 말이나 듣고 있을 처지는 아닌 것 같았다.

"치료를 부탁해도 되겠습니까?"

"물론이지. 어이, 우리와 적대 관계임에도 상처를 입으면서까지 우리 동족을 도와준 전사들이다. 신전으로 데려가 성의를 다해 치료해 주어라!"

그리하여 이 중위와 대원들도 철갑병의 손에 끌려 퇴장.

그리고 그때 그렉은······.

"네? 아, 물론 힘들었죠. 하지만 저는 긍지 높은 드워프. 놈들에게 폭행을 당할 때마다 되레 이를 악물었습니다. 기필코 탈출해 놈들의 만행을 노블핸드의 동포들에게 알리겠다고! 네? 뭐 그야, 레온 덕에 탈출한 건 맞죠. 하지만 그 뒤로는 거의 제가 이끌었다고 할까····· 아까 레온도 말하지 않았습니까? 봉쇄된 갱도로 들어올 방법을 생각해 낸 것도 저라고. 게다가 놈들이 추격해 왔을 때도…… 아, 그 전에 맥주 한 잔 마실 수 있겠습니까?"

이미 철갑병 사이에 자리 잡고 이러고 있었다.

─저 녀석, 다른 건 몰라도 태세 전환 하나만큼은 정말 기가 막힐 정도로 빠르군. 저러기도 쉽지 않을 텐데 말이야. 그걸 의외라고 해야 할지, 생각대로라고 해야 할지 모르겠지만.

뭐든 상관없다 싶지만.

"잠깐 괜찮겠나?"

그때 퍼스트 해머가 다가왔다.

태영은 고개를 끄덕였고, 곧 별실로 안내되었다.

"일단 우리의 오해로 인해 벌어질 뻔했던 전쟁을 막아 준 데 대해 감사를 표하지."

퍼스트 해머가 그렇게 말하며 살짝 고개를 숙였다.

그리고 바로 들어 올리며 되물었다.

"그래서? 진실은?"

─……어?

"알고 계셨습니까?"

"나는 성격이 급하고 고집도 세지만, 미련하지는 않아."

"죄송합니다."

"그런 말을 듣자고 하는 말이 아니네. 자네가 할 말도 아닐 테고. 의심스러운 정황이 없었다고는 할 수 없었지만…… 역시 그렉인가?"

"네."

─이런…… 주인, 지금 뭐 하자는 거야? 지금까지 잘해 오다가 갑자기 왜 그래? 그렇게 툭 던진다고 툭 대답해 버리면 어쩌자는 거야?

태영의 대답에 그리모어가 기가 막힌다는 듯이 웽웽댔다.

그러나 딱히 어쩌고 말고 할 것도 없다.

애초에 태영은 끝까지 퍼스트 해머를 속일 생각이 아니었다. 아니, 정확히 말하면 무리라고 생각했다.

이유는 방금 그가 말한 그대로다.

분명 드워프는 성격이 급하고 고집도 세다. 그러나 미련하지는 않다. 하물며 그는 한 도시를 책임지는 수장, 당연히 그만한 통찰력조차 갖추지 못했을 리가 없다.

'그래도 이렇게 빨리 알아차릴 줄은 몰랐지만…….'

달라질 건 없었다.

아니, 되레 더 편해졌다.

퍼스트 해머가 대강의 내막을 눈치채고도 넘어갔다는 건.

"방금 대답은 못 들은 거로 해 주십시오."

"그래야겠지."

태영과 그 사이에 이미 암묵적인 합의가 이루어졌다는 의미이기 때문이다.

"전쟁까지 불사하겠다고 그 난리를 피워 대고 있었는데 다올의 성유를 빼돌린 게 그렉 놈이었다니, 처자식과 작별 인사까지 하고 결전을 준비하던 병사들에게 떠들어 댈 수 없는 말이지, 물론 저쪽 영지의 인간들에게도."

퍼스트 해머도 이런 나름의 입장이라는 게 있어서다.

"내가 묻고 싶은 건 두 가지네."

"말씀하십시오."

"첫째는 자네가 왜 그렉을 위해 그렇게까지 했느냐는 거네."

"그렉에게는 빚이 좀 있습니다."

"오늘 들은 얘기 중 가장 황당한 말이로군. 다른 놈도 아니고 그렉이, 더구나 자네 정도의 인간에게 빚을 만들어 둘 정도의 뭔가를 했다고는 믿기 힘들군. 폐라면 모를까."

퍼스트 해머가 콧방귀를 뀌었다.

─이 드워프, 확실히 날카로운 면이 있군.

그리모어는 감탄했다.

태영은 그저 어깨를 으쓱였다.

"뭐 정확히 말하면 서로 도왔다고 할 수 있죠. 이번에도 그렇고."

"자네도 나서야만 할 이유가 있었다는 말이군."

"그렇죠."

태영이 빙긋 웃으며 말했다.

"실은 제가 미스릴 광산을 하나 가지고 있습니다."

"음, 그래, 그…… 뭐, 뭐라고?"

고개를 끄덕이던 퍼스트 해머의 눈이 이따만 해졌다.

"자, 자네, 지금 뭐라고 했나? 미스릴 광산? 방금 그렇게 말한 게 맞나? 말실수한 게 아니고? 광석이 아니라 광산, 자네가 미스릴 광산을 가지고 있다고?"

"다 제 건 아니고요."

"그런 걸 알 바 아니고! 대체 어딘가? 어디에 미스릴 광산이 있다는 말인가?"

퍼스트 해머는 꽤 놀란 모양이다.

태영도 놀랐다.

물론 미스릴 광산은 방금 태영처럼 가볍게 말할 수 있는 게 아니다.

하물며 드워프는 광석을 먹고 산다고 말할 정도로 그 분야에 목숨을 거는 종족.

흥분하는 건 당연하지만, 퍼스트 해머의 반응은 좀 과한 면이 있었다.

그러나 뭐가 됐든 그 상태로는 대화가 진행되지 않는지라.

"일단 진정하시죠."

태영은 퍼스트 해머의 흥분을 가라앉히며 말을 이었다.

"방금 말했듯이 그 광산이 모두 제 것은 아닙니다. 하지만 후처리에 대해서는 전권을 위임받았습니다."

"후처리라면……."

"어떤 형태로 가공해 어떤 방식으로 유통할지 말입니다.

저는 그중 전 단계, 가공에 관련된 일을 모두 여기, 노블핸드에 맡기고 싶습니다. 가능하겠습니까?"

"가능하냐고?"

퍼스트 해머가 어이없는 얼굴로 되물었다.

"드워프가 뭐로 먹고사는지 몰라서 그런 말을 하는 건가? 물론 일감을 던져 준다고 다 넙죽넙죽 받아먹는 건 아니지만, 미스릴이야, 미스릴! 다른 놈도 아니고 드워프가, 다른 광석도 아닌 미스릴을, 거절할 리가 없지 않나?"

"단, 조건이 있습니다."

"조건?"

"미스릴의 생산지를 비밀로 해 주셔야 한다는 겁니다."

"뭐? 아니, 왜⋯⋯."

퍼스트 해머가 의아한 표정을 떠올렸지만, 이내 고개를 끄덕였다.

"새로 발견된 광산이고, 약소 영지에 있다는 의미군. 그것도 주변이 우호적이지 않은 영지에 둘러싸여 있는. 아닌가?"

"거기까지 아신다면 더 자세한 설명은 하지 않겠습니다. 그럼 다시 한번 묻죠. 가능하시겠습니까?"

"음⋯⋯."

퍼스트 해머가 미간에 주름을 만들며 생각에 잠겼다.

당연한 반응이다.

단순히 광석 몇 킬로그램이 아니다.

아직 생산량을 가늠하기는 힘들지만, 광산에서 나오는 미스릴을 전부 맡긴다면 적은 양은 아닐 터. 그 생산지를 숨기는 건 단순히 드워프 몇 명이 협조한다고 되는 일이 아니다.

운송만 해도 작은 일이 아닐 테니까.

따라서 도시 전체의 의지.

즉, 노블핸드의 수장, 퍼스트 해머의 협조가 있어야 한다는 말이다.

그러나 방금 퍼스트 해머의 말처럼 드워프도 일감을 던져 준다고 다 덥석덥석 받아먹는 건 아니다.

아니, 되레 꽤 까다로운 구석이 있었다.

더구나 그런 일은 상황에 따라서는 노블핸드에도 상당한 부담이 될 위험이 있었다.

분명 십중팔구는 거절.

하물며 처음 보는 인간의 의뢰라면 말할 필요도 없다.

태영이 위험부담을 떠안으면서까지 이번 일에 끼어든 이유가 그래서다.

'아무리 부가 가치가 높은 미스릴이라도 그런 조건이라면 쉽게 받아 주지는 않겠지. 설사 받아 준다고 해도 이쪽이 약점을 잡힌 셈이 돼 버리니 여러모로 불리할 수밖에 없고 말이야. 하지만……'

태영도 약점을 쥐고 있다면 얘기는 달라진다.

예를 들면 이번 일이 모두 드워프 측의 오해였을 뿐만 아니라 성유를 훔친 범인마저 드워프였다는 사실 같은 그런 거 말이다.

그럼…….

"좋네, 받아들이지."

퍼스트 해머의 머리도 당연히 위아래로 움직일 수밖에 없으니까.

"언제부터 시작하면 되겠나?"

"그리 급하지는 않습니다. 발견한 지 얼마 되지 않아 아직 채굴 작업을 시작할 준비도 갖춰지지 못한 상태입니다. 물론 좀 전에 지적하신 문제 때문에 무턱대고 서두를 수도 없고 말입니다."

"그건 좀 곤란하군."

"네?"

"이번 그렉에 관련된 일도 그렇고, 광산 건도 그렇고, 어차피 이미 한배를 탄 입장이니 솔직하게 말하지. 사실 노블 핸드는 지금 꽤 어려운 상황에 직면해 있네. 아니, 사실 존망의 기로나 다름없네. 광산에서 생산되던 광석이 절반 이하로 줄어 버렸으니."

"아니, 왜…….."

"정확한 이유는 나도 모르네. 나도 이런 일은 처음이라…… 광맥의 질이 변했다고 해야 할지, 지금까지 순도 높은 광석이 나오던 곳에서 잡철만 나오고 있네. 갑자기 세상이 변해 버린 그때부터 말이네."

그렇게 말하면 짚이는 부분이 있었다.

애초에 태영이 찾은 미스릴 광산도 현대에서는 다른 광석
이 나오던 광산이니까.

'역시 두 세계가 중첩된 영향으로 뭔가 변화를 일으켰다고
밖에는 생각할 수 없겠지. 광석만이 아니라 다른 것도. 분명
내가 아직 못 봤거나, 혹은 보고도 눈치채지 못한 변화도 많
이 있을 거야. 그리고 그건⋯⋯.'

당연히 태영에게도 영향을 준다.

아니, 정확히 말하면 앞으로의 세상에 영향을 준다고 해야
겠지만, 어차피 그게 그거다.

태영은 그저 세상이 흘러가는 대로 살아갈 생각은 없다.

그날, 세상이 변하는 모습을 눈으로 보게 됐을 때 이미 결
심했다.

더는 끌려다니지 않겠다고.

필요하다면 세상의 통째로 바꿔서라도 말이다.

거기에 필요한 건 힘! 그리고⋯⋯.

'그래, 지금까지 착각하고 있었어. 지금 이 세계는 내가 회
귀를 반복하던 이계도, 내가 살아오던 현대도 아니다. 전혀
다른 세계야. 그러니 힘을 키우는 것처럼 이 세계에 대한 지
식도 처음부터 다시 쌓아 나가지 않으면 안 돼. 어디에 어떤
변화가 일어났는지, 남들보다 먼저 알아내야 남들보다 유용

하게 이용할 수 있는 거다.'

지식이다.

'앞으로는 좀 더 세심하게 주위의 변화를 살펴봐야겠어.'

태영이 그렇게 반성을 통해 새로운 과제를 찾아가는 사이,
퍼스트 해머의 말이 이어졌다.

"그러니 세상이 변하며 나타난 하쿠인도 좋게 보이지 않
았지. 그런데 때마침 그들이 터뜨린 폭탄에 갱도가 무너지
고, 그 와중에 다올의 성유까지 사라져 버렸으니…… 아니,
그런 얘기는 그만두고. 어쨌든 말의 요점은 늦어도 두 달 안
에 미스릴이 공급되지 않으면 우리는 끼니 걱정을 하게 될
거라는 말이지."

물론 태영도 서두르고 싶다.

그러나 광산 개발이 말처럼 쉬운 일이 아니고, 광산 자체
도 숨겨야 하는 상황.

그 탓에 영주성의 건축까지 함께 진행해야 하는 상황이다.

태영은 그런 어려움을 토로했고.

"그럼 간단하지."

퍼스트 해머는 쌍수를 들어 환영했다.

"건축과 광산 개발, 모두 우리만 한 전문가는 없지. 게다
가 말했지 않나? 노블핸드의 광석 생산량이 반 이하로 줄
었다고. 그 탓에 할 일이 없어진 놈들이 술이나 퍼마시는 탓
에 골치가 아팠는데 마침 잘됐어. 녀석들을 보내 주지. 형편

은 알고 있으니 보수는 본격적인 일이 시작된 뒤에 벌리는 대로 줘도 돼."

"정말 그래도 되겠습니까?"

"물론이지. 밥만 먹여 주면 돼. 간간이 맥주 좀 던져 주면 작업 속도가 더 빨라질 테고. 물론 광산을 비밀로 해야 한다는 것도 걱정하지 말게. 서약을 받아 놓을 테니. 드워프는 한번 맹세한 건 목에 칼이 들어와도 지키네."

물론 알고 있다.

─그럭이?

그러지 않을 것 같은 드워프도 하나 알고 있지만.

"감사합니다."

"인사를 받을 일은 아니네. 나도 그 덕에 도시에 넘쳐 나는 실업자를 처리할 수 있을 뿐만 아니라 미스릴 공급도 앞당길 수 있을 테니까."

그렇게 일단 한 건 해결.

그 뒤에 파견 인원이나 방법 등의 논의도 일사천리로 진행되었다.

"자, 그럼 이제 하나만 해결하면 되겠군."

"네?"

"그 울란이라는 인간 말이야. 내가 자네에게 묻고 싶다던 두 가지 중 하나가 그거네. 어쩌는 게 좋겠나?"

퍼스트 해머가 슬쩍 태영을 돌아보며 말했다.

"자네가 무슨 목적으로 한 일이든 우리의 은인이라는 점은 변하지 않네. 그리고 자네와 그자가 어떤 관계인지는 좀 전에 본 것으로도 충분히 알 수 있고, 놈을 범인으로 몰아 버린 이상 우리도 그냥은 풀어 줄 수 없지. 문제는 그래서 어떻게 하느냐인데…….."

"아, 그거요."

태영이 피식 웃으며 되물었다.

"먼저 그 전에, 아스탈로드 영지와 있던 전쟁 문제는 어떻게 해결하실 생각입니까?"

"그것도 고민이네."

퍼스트 해머가 한숨 섞인 목소리로 대답했다.

"놈을 내세운다 해도 우리가 억지를 부렸다는 사실까지 없어지는 건 아니니까. 물론 정중히 사과해야겠지만, 그것만으로 흐지부지 넘어가기를 바라는 건 좀 염치없어 보이지 않나. 무슨 술자리 약속했다가 취소하는 것도 아니고."

"그렇겠죠."

태영은 마음 깊이 이해한다는 표정으로 고개를 끄덕였다.

"그럼 이렇게 하는 건 어떨까요?"

그 얼굴에는 사악한 미소가 떠올라 있었다.

테크트리

"그럼 대강의 얘기는 끝난 셈인가?"

"네, 걱정하지 마십시오. 문제없이 잘 처리될 겁니다."

"걱정은 안 하네. 단지⋯⋯."

잠시 말을 멈췄던 퍼스트 해머가 피식 웃으며 고개를 저었다.

"아니, 그런 얘기는 당장 눈앞의 일부터 처리하고 하도록하지. 물론 지금까지 얘기한 바와 같이 우리 쪽은 아무런 이견이 없네. 나머지는 자네에게 일임하지."

밀실 회담을 시작한 지 약 30분에 나온 말이다.

그리고 그 말로 열흘간 이어지던 아스탈로드 영지와 노블핸드 사이에 긴장 관계는 사실상 끝난 것이나 다름없었다.

이제 남은 일은 말 그대로 뒤처리.

"네, 맡겨 주십시오."

태영은 가볍게 대답하며 노블핸드를 나왔다.

그리고 아직 어둠이 걷히지 않은 길을 따라 아스탈로드 영지로 되돌아가고 있을 때였다.

─뭔가 복잡한 기분이군.

한동안 말이 없던 그리모어가 혼잣말처럼 중얼거렸다.

"이제 와서 새삼 복잡할 게 뭐가 있어? 지금까지 내내 같이 있으면서 다 듣고 봤잖아. 뭔가 설명이 더 필요해?"

─그런 말이 아니야. 단지…… 이전 주인들은 말이다, 뭐 기억이 대부분 사라져서 대강 어떤 느낌이었는지 정도밖에 떠오르지 않지만, 대체로 비슷했어. 특히 적을 대하는 방식에서는 말이야. 대부분 두 가지 중 하나였지.

"두 가지?"

─그놈만 죽이거나, 다 죽이거나.

이어지는 말에 태영은 피식 웃음이 나왔다.

"네가 왜 그렇게 폭력적인 성향이 됐는지 알 것 같군."

─그게 딱히 이전 주인들 때문이라고 생각하지도 않고, 검에게 할 말은 아니다 싶지만 어쨌든, 지금까지는 주인도 그런 쪽이라고 생각하고 있었다.

"그런 쪽 맞아."

태영이 가벼운 목소리로 대답했다.

"단지 내 경우에는 그 전에 적을 두 부류로 나눠서 생각할 뿐이지. 대부분의 적은 네 말대로 일찌감치 처리해 두는 편이 좋지만, 가끔 있거든. 살려 두는 편이 더 도움이 되는 녀석이. 울란처럼 말이야."

─무능한 적은 유능한 아군보다 도움이 된다는 말은 들은 적이 있지.

"정확히는 무능하면서도 정작 자기는 꽤 유능한 줄 아는 녀석이라고 해야겠지."

─딱 그 녀석이로군.

태영이 이번 작전을 생각할 수 있던 이유도 울란을 보자마자 그걸 알게 됐기 때문이다.

아니, 정확히는 기억을 떠올렸다고 해야겠지만 어쨌든.

─그런 말까지 들으니 그 녀석이 더 불쌍하게 생각되는군. 주인 말대로 그 녀석도 제 딴에는 꽤 유능하다고 생각하고 있었을 텐데 말이야.

"왜? 내 방식이 마음에 안 들어?"

─아니, 되레 반대다.

태영의 질문에 그리모어가 히죽대는 목소리로 대답했다.

─너무 재미있어서 탈이지. 이를 갈아 대며 죽이겠다고 난리 치는 놈을 손바닥 위에 올려놓고 이리저리 굴려서 함정에 빠뜨리는 게 말이야. 게다가 앞으로 그 녀석이 당할 일까지 생각하면 정말이지…… 주인이 왜 그렇게 복잡하게 머리를 굴리며 고생했는지

대번에 이해가 되더군. 그래서 복잡한 기분이 든다는 말이다. 덕분에 이제 나까지 그런 취미가 생길 것 같으니까. 검인데 말이지.

"욕이야, 칭찬이야?"

─그건 나도 모르겠지만, 중요한 건 어느 쪽이든 나는 주인의 편이라는 거지.

"그거야 알지."

태영이 피식 웃으며 고개를 끄덕였다.

그 말대로 태영은 이제 그 부분에 대해서는 일말의 의심도 없었다.

삐이─!

물론 머리 위에서 울음을 터뜨리는 청영을 포함해서.

이전 회귀와 가장 다른 점이 바로 이것이다.

'나는 혼자가 아니다!'

언제 어느 때라도 이런 믿음을 주는 존재가 항상 같이 있다는 것.

'그러니 이번 생의 결과도 이전과는 다를 것이다!'

이런 믿음이 생기는 이유다.

이번 아스탈로드 영지와 노블핸드 사이의 일도 그 과정 중 하나라고 할 수 있었다.

물론 아직 모든 일이 끝난 건 아니다.

애초에 분쟁이 어느 한쪽의 이해만으로 끝낼 수 있는 것이라면 전쟁 따위는 일어나지 않을 터.

아스탈로드 영주의 생각까지 들어 봐야 확실해진다는 말이지만, 당연히 문제 될 일은 없었다.

"고맙네!"

이런 대답을 예상했기 때문이다.

아스탈로드 영주가 태영의 말을 듣자마자 덥석 손을 잡으며 이런 대답을 들려주는 이유는 두 가지다.

하나는 당연히 아스탈로드 측은 전쟁을 피할 방법을 찾고 있었다는 것.

그리고 다른 하나는…….

"괜찮으십니까?"

"네? 아, 이거 말입니까?"

태영이 물음에 옆에서 지켜보던 영주의 퍼스트 나이트 레진이 어색한 웃음을 지었다.

그러나 태영은 마주 웃어 주기 힘들었다.

레진의 양 볼이 터질 듯이 팅팅 부어올라 있어서다. 아니, 좀 더 정확히 말하면 왜 그런 몰골이 됐는지 알고 있어서다.

"레진 경에게는 못할 짓을 한 셈이 돼 버렸군요. 울란의 성격을 생각하면 충분히 예상할 수 있는 일이었는데, 제대로 설명도 해 주지 않고 레진 경에게 불명예스러운 경험을 하게 만들어 버렸습니다."

"그런 말씀 마십시오."

레진이 단호한 얼굴로 고개를 저었다.

"기사의 명예는 지켜야 할 것을 지켜 냈을 때 지켜지는 것입니다. 그걸 위한 상처를 불명예라고 할 수는 없죠. 미리 전후 사정을 말씀해 주시지 않은 것도 이해합니다. 아마 제가 모두 알고 있었다면 분명 어딘가에서 실수를 저질렀을 겁니다."

"그랬겠지."

영주, 아스탈로드 자작이 깊은 동감을 표하며 끼어들었다.

"레진 경은 남을 속이는 데는 능숙하지 못하니까. 뭔가 숨기는 게 있으면 얼굴에 바로 티가 나지. 난 그보다는 좀 낫다고 생각하지만, 레온 경처럼 능숙하게 해낼 자신은 없네."

……악의가 있어서 하는 말은 아닐 거다.

아마도 레진이 팅팅 부어오른 볼을 실룩대는 것도 웃느라 그런 걸 거다.

어쨌든, 아스탈로드 영주 측은 문제가 되지 않는다던 두 번째 이유가 바로 이것이다.

이번 일의 핵심은 모든 죄를 뒤집어써 줄 희생양이 되어 줄 울란 일당을 태영이 원하는 시간에, 원하는 장소에 끌어들이는 것이고, 이는 영주와 레진의 협조가 없이는 불가능한 일이었다.

즉, 이미 알고 있었다는 말이다.

아스탈로드 자작은 물론 울란에게 뺨을 맞으면서도 저항하던 레진까지.

그러나 이들도 모두 알고 있던 건 아니다.

적을 속이려면 먼저 아군부터 속여야 한다는 건 전략의 상식!

'그렇다고 속일 필요까지는 없지만……'

정보를 최소화할 필요는 있었다.

이에 태영은 각자에게 딱 할 일만 말해 주었다.

예를 들면…….

"제가 이동하고 얼마 안 돼 울란이라는 귀족이 병사를 이끌고 올 겁니다. 레진 경은 놈이 바로 따라붙지 못하도록 시간을 끌어 주십시오. 끝까지 막을 필요는 없습니다. 되레 너무 늦어지면 곤란합니다. 영주님의 허가를 받아야 한다는 구실로 영주성을 왕복하는 데 걸리는 2~3시간, 그 정도면 적당합니다."

이게 레진에게 한 말이고.

"자작님은 절대 저에 대해 아는 내색을 하시면 안 됩니다. 그렇다고 너무 순순히 울란의 요구에 따라서도 안 되지만, 주의할 점은 하나. 놈이 어떤 협박을 하더라도 아스탈로드 병사까지 지원해 줘서는 안 됩니다."

아스탈로드 영주에게 말한 것은 이게 전부였다.

그럼에도 협조를 받을 수 있던 건 그라디오스 후작의 보증서가 붙은 기사 임명장 덕분이다.

그때 보여 준 영주와 레진의 반응에 대해서도 그렇고.

─이번 일이 특히 재미있게 느껴졌던 건 이런 것 때문이기도 하지. 나와 주인 외에는 아무도, 동행하던 하쿠인은 물론 심지어 그렉 녀석까지도 드워프 병사들과 마주치기 전까지는 모르고 있었다는 거 말이야. 이전에는 몰랐는데, 그런 게 꽤 묘한 우월감을 느끼게 해 주더군.

이런 그리모어의 반응에 대해서도 할 말은 많지만, 할 일이 먼저!

더구나 그사이에 이미 날이 밝아 오고 있는지라.

"자, 그럼 가시죠."

태영은 영주와 레진, 대기하던 병사를 이끌고 노블핸드로 이동했고, 퍼스트 해머는 약속대로 수백의 철갑병을 동원한 의전으로 맞아들였다.

그리고 일사천리로 협의를 진행.

불과 10여 분 만에 평화와 화합, 상호 발전을 약속하는 협정서가 작성되었다.

그리고 태영은 퍼스트 해머와 훈훈한 덕담을 주고받은 뒤에 헤어진 영주와 함께 다시 아스탈로드 영지로 돌아왔다.

"다시 한번 감사를 표하겠네. 이 영지가 전화에 휩쓸리지 않게 된 건 모두 레온 경, 자네 덕분이네."

영주의 말은 틀림없는 사실이고.

공에는 마땅히 그만한 상이 따라야 하는 법이지. 원하는 바가 있다면 서슴없이 말해 주게. 내 재량으로 가능한 일이라면 뭐든 들어주겠네."

태영은 그런 마음 씀씀이를 굳이 거절하지 않는 성격이기 때문이다.

'뭐 노블핸드와 꽤 유리한 조건으로 미스릴 가공 계약을 한 것만으로도 이미 본전은 뽑고도 남은 셈이지만…….'

그렇다고 하더라도!

무릇 큰 뜻을 품은 자는 자신의 욕심에 관대해야 한다는 게 태영의 뇌피셜이다.

"물론 주신다면 받겠습니다."

당연히 태영은 한 치의 망설임도 없이 원하는 것을 말해 주었다. 그리고 그건, 영주를 꽤 당혹하게 만들었다.

"사람이 많이 보이지는 않는군요."

"이변이 없었다면 지금쯤 전쟁이 시작됐을 테니, 대피령을 내려 둬서 그렇네. 그래도 번화가 쪽에는 아직 꽤 많이 남아 있지만……."

걸음을 멈추고 태영을 돌아보는 지금도 마찬가지였다.

"정말 이런 거로 되겠나?"

태영이 보상으로 받고 싶다고 한 게 바로 영지 내의 건물.

그것도 번화가에서 꽤 떨어진 곳에 세워진 다 쓰러져 가는 목조 건물이었기 때문이다.

물론 태영도 콕 짚어 다 쓰러져 가는 건물을 달라고 한 건 아니었지만.

"예전에 상단이 창고로 사용하던 것인데 상황이 어려워져 내가 사들였던 건물이네. 내 소유고, 또 경이 제시한 조건에도 맞아 일단 보여 주기는 했지만…… 음, 역시 안 되겠네. 지금이라도 좀 더 번화가와 가깝고 번듯한 건물을……."

"괜찮습니다."

태영은 가벼운 목소리로 대답하며 건물로 다가갔다.

그리고 문고리를 잡았을 때였다.

우직― 텅!

문에 통째로 떨어져 나갔다.

물끄러미 바라보던 영주가 빙긋 웃으며 끄덕였다.

"레진 경, 다른 건물을 알아보게."

"아니, 정말 괜찮습니다. 어차피 당장 쓸 건물도 아니고, 필요할 때가 되면 구조 변경을 할 예정이라 이런 건 상관없습니다. 위치도 번화가와 떨어져 한산한 게 더 마음에 듭니다."

태영도 빙긋 웃으며 말해 주었다.

"아무리 그래도……."

"영주님."

그때 레진이 영주 옆에 붙으며 속삭였다.

"너무 깊게 파고들면 레온 경이 곤란해지지 않겠습니까?"

"곤란해지다니?"

"실은 레온 경을 처음 만났을 때 하소연하듯이 말한 적이 있습니다. 갑자기 대규모의 하쿠인을 받아들이는 바람에 영지의 재정 상태가 많이 힘들어졌다고 말입니다."

"그럼……."

"저희 처지를 배려해서 그런 건 아닐까 생각합니다. 그리고 그게 사실이라면, 저희 역시 모르는 척 선의를 받아들이는 게 레온 경에 대한 배려가 아니겠습니까? 무엇보다 레온 경이 그걸 바라고 있지 않습니까."

"음……."

영주가 침음을 삼키며 태영을 바라보았다.

그 눈은 촉촉하게 젖어 있었다.

그러나 태영은 부지런히 건물 내부를 둘러보고 있을 뿐이었다.

못 듣고 못 봤다기보다는.

-쯧쯧, 저 녀석들은 아직 멀었군. 저렇게 눈치가 없으니 되지도 않는 일에 휘말려 헤매고 있던 게지. 겪어 보고도 몰라? 주인 같은 사람이 손해 보는 것 같은 짓을 할 때는 뭔가 다른 꿍꿍이가 있을 게 뻔하잖아.

안타깝게도 이쪽이 정답에 가까워서다.

뭐 그래도 꿍꿍이라는 말은 적당하지 않다고 생각하지만, 이유는 있었다.

사실 태영이 요구한 보상은 하나가 아니었다.

두 가지.

그중 하나가 건물이고, 다른 하나는 바로 면세권이다.

일단 영지 내에 땅과 건물을 소유하는 것만으로도 납세의 의무가 생기니까.

이 영지에서 살 것도 아닌 태영이 보상으로 받은 건물 탓에 납세의 부담을 떠안게 되면 주객이 전도되는 일.

영주 역시 아마도 그런 이유로 면제권을 허락했겠지만, 장담할 수 있다.

만약 태영이 면세권을 요구한 진짜 이유를 알게 된다면 영주는 물론 레진도 절대 그런 눈길로 태영을 보지는 못하리라고.

'이번 일이 계획대로 진행된다면 노블핸드를 미스릴 가공의 거점으로 삼는다는 문제는 해결된다. 그렇다면 다음, 유통과 판매에 대해서도 생각해 둘 필요가 있겠지.'

태영은 이번 작전에 대해 구상할 때 이미 거기까지 생각하고 있었다. 그리고 그 문제는 생각하고 말고 할 필요조차 없는 일이었다.

당연히 노블핸드와 가장 가까운 아스탈로드 영지다.

단 하나 아쉬운 점은 험난한 지형 탓에 접근성이 떨어진다는 단점이 있었지만, 이를 벌충할 만한 장점도 가지고 있었다.

바로 다른 영지보다 배는 많은 헌터의 존재다.

이계의 유통 시스템은 기본적으로 행상인을 통해 각지로

퍼지는 구조. 그리고 행상인과 가장 밀접한 관계를 맺고 있는 게 바로 그 헌터다.

양쪽 모두 곳곳을 떠돌아다니는 직업이라 정보 교환이 활발하다.

대부분 행상인이 정보를 주는 쪽이지만, 반대로 헌터를 통해 각지의 특산품 정보를 모으기도 하는 것이다.

'이곳의 헌터에게 미스릴 제품이 좋은 평가를 받으면 그 정보는 바로 행상인에게 전해진다. 그리고 그 반대도 마찬가지. 행상인에서 헌터로, 다시 헌터에서 행상인으로, 일단 소문이 퍼지기 시작하면 불편한 접근성 따위는 문제가 되지 않아!'

행상인은 당연히 도매.

적당한 메리트만 제공하면 얼마든지 찾아와 대량 구매해 줄 것이다.

'그때가 되면⋯⋯.'

영주의 눈에서 지금과는 다른 감정이 담긴 눈물이 흘러넘칠지도 모른다.

그러나 넓게 보면 아스탈로드 영지도 이득이다.

사람이 모이면 자연히 영지도 발전하게 되는 법이니까.

'물론 그만큼 내 사업도 더 번창할 테고. 인터넷 시대에도 최고의 상품 홍보는 입소문이니까. 거기에 행상인이 알아서 찾아와 주면 운송비도 공짜! 세금도 면제! 당연히 더 번창하고, 그럼 영지도 더 발전하고, 사업도 번창! 발전! 번창! 발전!'

아름다운 선순환의 고리가 만들어진다는 말이다.

이를 정리해서 말하자면…….

"상부상조라는 거지."

─정말 그렇게 생각하는 건 아니지?

정말 그렇게 생각한다.

태영도 면세권을 공짜로 얻은 게 아닐뿐더러, 당장 그렇게 되는 것도 아니니까.

물론 그렇다고 이런 속내까지 나불나불 떠들어 댈 이유는 없었다.

"다시 말하지만, 전 이 건물로 충분히 만족합니다."

"그래, 그렇겠지."

그 탓에 되레 영주와 레진의 눈빛이 한층 부담스럽게 변했지만, 어차피 오래 머물 생각도 없으니 상관없다.

"더 말하지 않아도 되네. 내가 좀 고리타분한 면이 있긴 해도 눈치가 없는 사람은 아니야. 경의 뜻은 충분히 이해했고, 고맙게 받아들이겠네. 그나저나…… 실로 애석한 일이로 군. 경도 여러모로 피곤할 텐데, 꼭 오늘 떠나야만 할 일이라도 있는 건가?"

"할 일이 많습니다."

"그렇다면 할 수 없지. 지금 떠날 텐가?"

"떠나기 전에 최 중령님 부대에도 들러 봐야 하고, 노블핸드에도 들를 일이 있습니다. 지금 출발해도 빠듯하죠."

영주가 아쉬운 얼굴로 고개를 끄덕였다.

"경의 무탈함을 기원하겠네."

"레온 경, 정말 많은 걸 배웠습니다. 안녕히 가십시오."

"그럼."

히히힝! 두두두두-!

살짝 고개를 숙인 태영은 흑영에 올라타 바로 성문으로 달려 나갔다.

"뭐랄까, 정말 돌풍 같은 남자로군."

"네, 조금이라도 더 같이 있을 수 있다면 배울 게 많았을 텐데 아쉽군요."

"다음 기회가 있겠지."

영주와 레진은 마지막까지 그윽한 눈길로 바라봐 주었다.

그러나 그들도 언제까지나 그러고 있을 수는 없는지라 이내 아쉬움을 뒤로하고 영주성으로 돌아왔다.

그리고 평소의 업무를 보고 있을 때였다.

두두두두-!

뽀얀 먼지를 뒤집어쓴 수백의 기마대가 아스탈로드로 뛰어 들어왔다.

↻

"레온 님!"

10여 개의 막사가 모여 있는 숲 안쪽의 공터.

흑영을 몰아 들어서기가 무섭게 한 무리의 사내들이 뛰어왔다.

이 중위와 대원들이었다.

"돌아와 계셨군요."

"조금 전에 복귀했습니다. 드워프와 얘기가 잘 풀렸다는 말도 들었고요. 그런데 영주님과 먼저 아스탈로드 영지로 가셨다고 해서 못 뵙는 줄 알았습니다."

"그래도 떠나기 전에 한 번은 봐야죠."

"아, 역시 떠나시는 겁니까?"

"네, 더 미룰 수 없는 일이 있어서요. 그런데 다친 곳은 이제 괜찮습니까?"

"보다시피 멀쩡합니다."

이 중위가 활달하게 웃으며 다리를 탁탁 쳤다.

"커다란 성당 같은 곳에서 치료를 받았는데, 정말 깜짝 놀랐습니다. 하얀 옷을 입은 드워프가 몇 번 슥슥 만지니 상처가 눈에 보일 정도로 빠르게 아물기 시작하더군요. 지금은 오래된 상처 같은 흔적만 남아 있을 뿐입니다."

신성 마법의 효과다.

이계에도 여러 종교가 있고, 그 종교에서 파생되는 신관 계열의 직업은 방어나 회복에 특화된 신성 마법을 익힐 수 있다.

특히 그중에서도 최고로 인정받는 게 드워프 신관.

종족 전체가 험한 일에 종사해서 그런지 상처 회복에 대해서만큼은 포션을 양동이째로 붓는 것보다 드워프 신관의 회복 마법 한 번이 낫다고 할 정도다.

"다행입니다."

"저도 그렇게 생각합니다. 솔직히 놈들에게 몰릴 때는 몇 번이나 눈앞이 깜깜해졌는지 모릅니다."

ㅡ물론 그랬겠지.

그리모어가 흐뭇한 목소리로 말했다.

ㅡ특히 저 녀석이 바닥에 자빠진 채 다올의 성유가 든 병을 던질 때의 표정이란…… 아니, 그 뒤에 구하러 갔던 주인을 볼 때의 표정이 더 걸작이었지.

그렇게 말하면 좀 찔리지만.

"미리 모두 말씀드리지 못해서 죄송합니다."

"그런 의도로 말씀드린 건 아닙니다. 신경 쓰지 마십시오. 지휘관이 부대원들에게 작전에 대해 일일이 다 설명해 주는 법은 없습니다."

이 중위는 쿨하게 넘어가 주었다.

뭐 이제 와서 따질 일이 아니기도 하다.

"그런데 그 검은……."

"아, 이거요. 아스탈로드 병무관에게 부탁해서 얻었습니다."

이 중위와 대원들은 장검을 들고 있었다.

"사실 예전부터 생각은 하고 있었습니다. 하지만 이번 일을 겪어 보니 더 생각할 것도 없겠다 싶더라고요. 아니, 솔직히 좀 충격이었습니다. 총알을 막아 내는 검사가 있다는 건 알고 있었지만, 수십 명이 그러고 있으니 무슨 BB탄을 쏴 대는 느낌이더라고요."

"더 강화하는 방법도 있긴 합니다."

"레온 님이 사용할 때처럼 말이군요. 하지만 레온 님도 싸울 때는 검을 사용하지 않았습니까? 그건 강화해도 한계가 있어서 아니었습니까?"

"그렇죠."

"그래서 늦게라도 검술을 배워 볼까 합니다."

나쁘지 않은 생각이다.

방금 한 말처럼 총알을 막아 내는 검사가 있는 한, 이계에서 총의 한계는 명확하다.

단순히 성능만의 문제가 아니다.

가장 큰 이유는 지금은 탄약의 재보급을 기대하기 힘든 상황이라는 것.

결국, 검은 선택이 아닌 필수라는 말이다.

게다가 적어도 이 중위와 대원들은 초보자라고 할 수도 없었다.

케이브 스파이더와 싸울 때 보여 준 단검술은 결코 평범한 수준이 아니었다. 당연히, UDT 대원에게는 나이프 파이팅 (Knife Fight)도 전공 과목이나 다름없으니까.

"그럼 단검이 낫지 않겠습니까?"

"저희라고 단검술만 익히는 건 아닙니다. 검도도 배웁니다. 그래도 검으로 이계의 전사와 싸우는 건 무리라고 생각하고 있었는데, 레온 님을 보고 생각이 바뀐 겁니다. 직접 보여 주셨으니까요. 한국인도 그렇게 강해질 수 있다는 걸 말입니다. 그러니 저희도 한번 죽을 각오로 해 볼 생각입니다."

UDT는 이미 훈련이 빡세기로 유명하다.

그런 대원들이 죽을 각오로 한다는 게 어느 정도를 말하는 건지는 모르겠지만.

'한국 특수부대의 기술이 접목한 검술이라…… 마력의 사용법만 제대로 익힌다면 만들지 못할 것도 없겠지. 아니, 어쩌면…….'

이계에서 새로운 검술 유파가 생기지 말란 법도 없다.

"다음에 만날 때를 기대하죠."

"물론 그때는 확실히 달라진 모습을 보여 드리겠습니다."

"그런데 중령님은 계십니까?"

"네, 계십니다."

"그럼 일단 중령님부터 뵙고 나오겠습니다."

흑영에서 내린 태영은 막사로 들어갔다.

"엇, 레온 님!"

당연히 처음 왔을 때와는 반기는 목소리부터 달랐다.

"그렇지 않아도 이 중위 부대원들을 데리고 영지로 찾아가 볼까 생각하던 중인데 먼저 와 버리셨군요."

"가는 길에 들렀습니다."

"간다고요? 그럼 설마 벌써 떠나시는 겁니까?"

"네, 사정이 있어서요. 그 전에 최 중령님에게 말해 드려야 할 일이 있어서 들른 겁니다. 부탁드릴 일도 있고요."

"뭐든 말씀하십시오."

"먼저 말씀드릴 일은 남양주에 대해서입니다."

"남양주?"

"네, 남양주는 이번 사태의 영향을 받지 않았습니다. 모든 게 이전과 같은 상태라고 할 수는 없지만, 도시 자체는 온전히 남아 있고, 제한적이나마 전기까지 들어오고 있습니다."

"아니, 어떻게……."

"저도 왜 그곳만 영향을 받지 않았는지는 모릅니다. 어쨌든 현재 남양주는 주둔하고 있던 기갑 사단 사단장님이 잘 통솔하고 계십니다."

"박 소장님 말이군요."

"아십니까?"

"대한민국에 별 단 군인이 몇 명이나 된다고 모르겠습니까?"

그렇긴 하다.

그 뒤로 최 중령의 질문이 이어졌고, 태영은 아는 범위에서 모두 대답해 주었다.

"음, 설마 그런 곳이 남아 있을 줄은…… 우리가 알던 세상은 이제 없다고 생각했는데, 아스탈로드 자작님을 통해 들은 정보에 너무 기대고 있었던 모양입니다."

"남양주는 제국의 경계 너머입니다."

"그랬군요. 어쨌든 아직 그런 도시가 남아 있다는 건 저희에게 둘도 없는 희소식입니다. 그런 도시가 또 없으리라는 보장은 없으니까요. 여건이 닿는 대로 좀 더 정보를 모아 봐야겠습니다. 물론 그 전에 남양주에 먼저 연락병을 보내야겠죠. 이거 피곤해지겠군요."

최 중령은 그렇게 말하면서도 얼굴에는 활기가 넘쳤다.

"아, 그런데 부탁이라는 건…….”

그리고 문득 생각난 얼굴로 물었을 때였다.

"실례하겠습니다!"

이 중위가 뛰어 들어오며 소리쳤다.

"방금 병영으로 이계의 기사 한 명이 들어왔습니다!"

"이계의 기사? 누구?"

"모르겠습니다. 일단 아스탈로드 영지의 기사가 아닌 건 확실합니다. 처음 보는 얼굴인데 아무래도 레온 님을 찾고 있는 것 같습니다."

"저를요?"

태영은 일단 밖으로 나가 보았다.

- ⋯⋯또냐?

이 말밖에는 나오지 않았다.

둥그렇게 모인 군인들은 아랑곳하지 않고 팔짱을 낀 자세로 떡하니 서 있는 사내를 베릴.

울란이 끌고 온 졸개 중 한 명이었다.

물론 개중 좀 나은 졸개지만, 그건 다른 놈들보다 태영을 더 귀찮게 한 졸개라는 의미니 한층 눈살이 찌푸려질 뿐이다.

"어떻게 여기에 있는 거지? 벌써 풀려났을 리는 없을 텐데."

"잘렸다."

"뭐?"

"네게 다리를 베인 뒤에, 울란 백작이 쓸모없는 놈이라며 꺼지라고 하더군. 기사 작위도 박탈하고 말이야."

- 뭐야? 기사가 그렇게 쉽게 잘리는 직업이었어?

보통은 아니다.

즉, 울란은 보통이 아니라는 의미다. 나쁜 의미로.

물론 이제 태영도 알 바 없는 일이지만.

"그래서? 복수라도 하러 온 건가?"

"기사직에는 미련 없다. 또 이제 나도 대강의 상황을 알게 됐기도 하고. 그게 네가 울란 백작이 납치했던 드워프를 구출하는 과정에서 벌어진 일이었다는 걸 말이다. 만약 사전에 그런 내막을 알게 됐다면 절대 협조하지 않았을 것이다. 아니, 기사직 따위 내 쪽에서 걷어차고 나왔을 거다."

ㅡ……미치겠군. 저 녀석 지금 진지하게 말하는 거지? 그러니까 웃으면 안 되는 거겠지?

태영도 힘들기는 마찬가지다.

이에 태영은 피식피식 새 나오는 웃음을 숨기기 위해 한층 험악한 얼굴을 만들며 되물었다.

"그럼 나한테도 더 볼일은 없는 거 아닌가?"

"아니, 그것과 이건 별개지."

태영의 말에 그, 베릴이 천천히 검을 뽑으며 말했다.

"비무를 신청한다."

"비무?"

"너에 대한 원한은 없다. 단지, 이대로는 납득할 수 없기 때문이다."

"두 번이나 싸워 보고 나서 할 소리는 아니지 않나?"

"우리 지방에는 이런 격언이 있지."

베릴이 검과 함께 번뜩이는 눈빛을 태영에게 향하며 말을 이었다.

"승부는 삼세번이라고."

그런 말은 태영이 살던 동네에서 코를 질질 흘리는 애들도 안다.

아니, 정확히는 그런 애들만 쓰는 말이지만 어쨌든, 들어 줄 가치도 없다는 생각에 태영은 바로 힘차게 가운뎃손가락 을……

'아니, 가만?'

들어 올리다가 멈칫했다.

그리고 잠시 생각하다가 이내 고개를 끄덕이며 대답했다

"좋다."

— 응? 하겠다고? 아니, 전에 발트하츠에서 모어라는 녀석이 신 청할 때는 바로 안면 몰수하고 쌩 까 버리더니, 정작 알지도 모르는 놈의 신청은 왜 받아 주는데?

모어의 비무 신청을 단박에 거절한 건 어차피 붙어 봤자 결과는 뻔하기 때문이다.

그리고…… 이번에도 뻔하기는 하다.

물론 모어와는 반대의 의미에서 그렇다는 거지만, 그저 그 런 이유로 비무를 받아들인 건 아니다.

"하지만 이게 마지막이다."

"물론이지."

태영이 그리모어를 뽑아 들자 베릴이 곧바로 달려들었다.

굳이 오러 소드를 사용할 필요는 없었다.

애초에 그 정도로 위협적인 상대도 아니었고, 그래서는 굳 이 비무를 할 이유도 없었다.

베릴이 납득할 수 없다는 건 힘의 격차가 아닌 검기(劍技)에 대한 것일 터.

태영은 검술만 사용해 베릴의 공격을 받아넘겼고, 자연히 공방은 심심한 느낌으로 진행될 수밖에 없었다.

물론 태영의 시각에서 그렇다는 거다.

따다다당-!

번뜩이는 검광 사이에서 튀어 오르는 스파크!

"뭐, 뭐야, 저게?"

"정말 뭔가 휘두르고 있는 거 맞긴 해? 그냥 불똥만 튀어 오르는 거 아니야?"

"그게 말이 되냐, 이 자식아! 헛소리하지 말고 눈깔 제대로 뜨고 똑바로 봐 둬! 이런 걸 볼 기회는 흔치 않다고!"

"아니, 뭐가 보여야 보든지 말든지 하죠. 중위님은 뭐가 보입니까?"

"안 보여! 그래도 봐!"

주위에서 지켜보던 군인들은 경악, 아니 혼란에 휩싸였다.

베릴도 마찬가지였다.

'확실히 이전과는 달라졌군. 내가 그라나다 검술을 익혔다는 걸 알고 호흡이나 기술의 박자를 변칙적으로 바꾸고 있어.'

그러나 한두 번만 검을 섞어 보면 알 수 있다.

베릴은 분명 외골수. 자신이 믿는 건 끝까지 관철하는 타입의 인간이다.

검 역시 그렇게 익혔을 것이다.

분명 모든 호흡과 동작을 완벽하게 만들며 수천, 수만 번의 검을 휘둘렀을 터.

그렇게 몸에 익은 기술이 그저 마음만 먹는다고 바뀔 리가 없다.

챙! 챙! 챙! 챙!

그러니 이런 결과가 나오는 것이다.

연이어 터져 오르는 스파크!

군인들의 눈에는 그게 수준 높은 검술처럼 보일지도 모르지만, 실상은 검술조차 아니었다.

태영이 끊어 버리고 있어서다.

베릴이 뭔가 기술을 쓰려고 할 때마다, 그 틈에 그리모어를 찔러 넣어 이어지지 못하도록 말이다.

그리고 그게 태영이 비무를 받아들인 진짜 이유였다.

'스킬은 많으면 많을수록 좋지.'

이건 모든 사람에게 적용되는 말은 아니다.

그러나 각성자의 신체를 가지고 있는 태영에게 스킬은 다다익선.

엘더 슬레이어의 '광화'로 어떤 스킬이든 직업 스킬처럼 사용할 수 있게 된 지금은 더 그렇다.

그러나 마음은 굴뚝같음에도 아직 익히지 못하고 있던 스킬이 있었다.

'슬슬 느낌이 오는군. 손끝이 짜릿짜릿해지면서 흘려보내던 마력이 저절로 흘러가기 시작하는 감각. 이제 한두 번만 더하면…….'

파캉-!

—스킬 [소드 브레이크]를 습득했습니다.

'……이렇게 되겠지.'

바로 이거다.

적의 기술을 끊어 버리는 스킬 '소드 브레이크'!

당연히 이런 기술은 혼자 익힐 수 없다.

상대, 그것도 일정 수준 이상의 검술을 가진 상대가 있어야 익힐 수 있는 것이다.

파캉-!

—스킬 [카운터어택]을 습득했습니다.

이 역시 마찬가지.

—뭐야? 웬일인가 했더니 결국 이런 거였냐?

물론 이런 거였다.

보통 스킬을 배우는 방식은 두 가지.

직업 스킬처럼 전수받는 방식과 훈련으로 습득하는 방식

이다. 따라서 후자의 경우는 새로운 스킬을 배운다기보다는 등록한다는 표현이 더 정확하다.

기술을 성공시켰을 때의 동작과 타이밍을.

그리고 걸어 두는 것이다.

그 기술을 언제나 같은 컨디션으로 사용할 수 있도록.

이게 이미 사용할 수 있는 기술이라도 스킬로 등록해 둬야 하는 이유다.

그리고 예정대로 두 가지 모두 습득!

'더 볼일은 없다!'

순간 그리모어가 베릴의 검격 사이를 파고들었고.

쩌쩡-!

그 끝에서 섬광이 폭발했다.

"크헉-!"

베릴이 걸쭉한 신음을 터뜨리며 통겨 나갔다.

살짝 뜬 상태로 수 미터, 내려선 뒤에 다시 수 미터를 뒷걸음질 쳤고, 이내 중심을 잃고 한쪽 무릎을 꺾으며 주저앉았다.

"우와……"

그를 따라 움직이던 눈알들이 확대됐다.

"떴다! 떴어! 떴다고!"

"정말 사람이 검에 맞고 날아가기도 하는군."

"그러게. 이제 알았네. 영화에서나 그런 줄 알았는데 말이야. 검에 맞고 펑펑 날아가던 그 장면이 사실은 리얼한 거

였다니…….''

''그런데…….''

그때 뭔가 생각하던 눈알이 다른 눈알들을 돌아보며 물었다.

''검, 계속 배워요?''

그리고 너 나 할 것 없이 일제히 고민 모드로 전환되었다.

뭔가 생각할 게 많아진 모양이지만 어쨌든.

''더 해볼 텐가?''

태영이 몸을 바로 세우며 물었다.

이에 황망한 얼굴로 바라보던 베릴이 고개를 떨구며 중얼거렸다.

''아닙니다. 충분합니다.''

''그럼 더 볼일이 없겠군.''

그러나 이어지는 말에 그 머리가 다시 퉁겨져 올라왔다.

''아, 아닙니다! 부족합니다!''

–뭐라는 거야, 저 자식? 쿨한 거야, 찌질한 거야?

짜증 섞인 목소리로 떠들어 대는 그리모어를 챙겨 넣던 태영의 눈살도 찌푸려졌다.

''방금 충분하다고 하지 않았나?''

''네, 당신…… 레온 경이라고 들었습니다. 레온 경과 저의 격차는 충분히 이해했습니다.''

''그런데?''

"부족하다고 한 건 가르침입니다."

"가르침?"

"네, 알고 있습니다. 제 기술이 읽힌다고 생각해서 딴에는 대응책이랍시고 리듬을 바꿔 봤지만, 그마저도 읽혔다는 걸 말입니다. 아마도 레온 님이 그럴 마음만 있었다면 5합, 아니 3합도 되지 않아 승부가 났겠죠. 하지만 레온 님은 그러지 않으셨습니다. 제 모든 공격의 맥을 끊고, 카운터로 받아치면서도 끝내지는 않았습니다."

"그건…….."

"말씀하지 않으셔도 됩니다."

베릴이 사뭇 진지한 얼굴로 고개를 저으며 태영을 바라보았다.

그 눈길이 그윽해졌다.

"레온 님의 검이 파고들어 온 것은 제가 어설픈 생각으로 바꾸려던 호흡의 틈! 기술의 틈! 그리고 무엇보다 마음의 틈! 전 지금까지 모르고 있었습니다. 십여 년이나 검을 수련하면서도, 검으로 그토록 많은 대화를 할 수 있는지, 검에 그토록 많은 가르침을 담을 수 있는지."

태영도 금시초문이다.

"뭔가 이상한 착각을 하는 모양이군. 나도 필요해서 그랬을 뿐이다."

태영의 말에 베릴은 충격을 받은 얼굴이 되었다.

그런데 눈길은 한층 그윽해졌다.

"무턱대고 찾아와 무례하게 비무를 신청한 제게 그렇게까지 마음을 써 주시다니…… 그만한 검기를 익힌 분이 고작 저따위와의 비무에서 뭘 얻으실 수 있겠습니까? 저는 진심으로 승복했으니 겸양은 거두어 주십시오."

베릴이 검을 수평으로 눕혀 앞에 가지런히 내려놓았다.

그리고 고개를 숙이며 말을 이었다.

"제자로 받아 주십시오."

"뭐?"

"레온 님의 실력은 분명 저보다 몇 단계나 위! 그 실력도 실력이지만, 불과 몇 시간 전까지도 적이었던 제게까지 가르침을 베풀어 주시는 그 포용력은 저로서는 흉내조차 낼 수 없는 것입니다. 부디 옆에서 모시며 배울 수 있도록 허락해 주십시오."

"하아……."

한숨이 흘러나왔다.

갑자기 존댓말을 써 가며 그윽한 눈길을 봤을 때부터 뭔가 이상하게 돌아간다는 기분이 들기는 했지만, 이렇게까지 나올 줄은 몰랐다.

"대체 뭐가 어떻게 돌아가는 거야? 저 사람은 검을 바닥에 내려놓고 뭐라는 거야?"

"잘은 몰라도 제자라는 말이 들리던데……."

"제자? 왜 얘기가 그렇게 되는데?"

"그걸 내가 어떻게 알아, 인마! 모르면 그냥 입 닥치고 보고 있어!"

군인들은 흥미진진한 눈으로 바라보고 있었다.

─포용력이라…….

그리모어는 나직이 이런 말을 중얼거린 뒤로 입을 꾹 다물었다.

웃음을 참는 것 같은 느낌이다.

"제자가 안 된다면 부하라도 좋습니다! 저는 이미 기사도 뭣도 아닙니다! 그저 한 명의 검사! 존경할 수 있는 분을 모시며 조금이라도 배우고 싶습니다!"

─……킥!

그러나 바로 터져 나왔다.

태영이 한숨을 불어 낸 이유도 그 때문이다.

일단 태영은 제자 같은 걸 받아 줄 생각이 눈곱만큼도 없었다. 그러나 베릴이 앞에 검을 내려놓은 것은 완벽한 복종을 의미하는 행동.

어제까지 기사였던 남자가 그렇게까지 하고 싶다는 말 한마디에 바로 검을 챙겨 들고 물러나 줄 리가 없다.

'보나 마나 구구절절이 그리모어를 빵빵 터뜨리는 말을 쏟아 내겠지. 그렇다고 제자가 되겠다는 녀석에게 검을 휘둘러 댈 수도 없는 노릇이고…….'

합의가 필요한 시점이라는 말이다.

그리고 거기까지 생각했을 때.

'아니지. 이건…… 생각하기에 따라서는 나쁘지 않아. 그래, 제자는 몰라도 부하를 자청한다면, 거절할 이유는 없지. 아니, 되레 환영해야 할 일이다.'

"좋다. 받아들이지."

－응? 무슨 말이야? 정말 저 녀석을 받아 주겠다는 거야? 뭐 진심으로 승복했다는 말이 거짓말 같지는 않지만…… 대체 왜? 웃겨서?

물론 그런 이유는 아니다.

"저, 정말입니까?"

"난 한 입으로 두말하지 않는다. 그러니 이제부터 네가 할 일을 말해 주겠다. 바로 저들이다."

태영이 멀뚱멀뚱 바라보는 군인들을 돌아보며 말했다.

베릴이 고개를 갸웃거렸다.

"그게 무슨……."

"지금부터 네가 해야 할 일은 저들에게 검술을 가르치는 것이다."

"네? 아니, 하지만 저는……."

"너와 나의 차이가 뭐라고 생각하나?"

"그야……."

"단순히 기술적인 면에서만 보면 큰 차이는 없다. 그건 너도 알고 있을 거다. 그럼에도 차이가 나는 이유가 뭔지도 알고 있을 거고. 호흡과 리듬을 바꿔 다시 내게 도전했던 이유도 그걸 깨달았기 때문이 아닌가?"

"마, 맞습니다!"

"결국, 너는 이미 모두 알고 있다는 말이다. 내가 가르칠 것도 없고, 가르쳐 줄 수 있는 것도 아니지. 네게 필요한 건 경험, 그리고 경험이란 판에 박힌 검술을 익힌 검사와 싸운다고 얻어지는 게 아니다. 일찍이 겪어 보지 못한 일을 겪어 보는 게 경험이다."

― 뭐가 그렇게 장황해?

뭐 구색을 갖추려다 보니 좀 그렇게 됐지만, 결국 하고 싶은 말은 이거다.

"그러니 해 보라는 거다. 저들에게 검술을 가르치며. 그렇다고 가르치기만 하라는 말은 아니다. 배우기도 해야겠지."

"배운다고요? 하쿠인에게 검술을?"

"하쿠인도 나름의 검술을 익히고 있다. 단지 마력이 접목되지 않아 제힘을 발휘하지 못할 뿐, 기술적인 면에서는 그라나다 검술과 호각을 이룰 정도다. 무슨 말인지 알겠나? 만약 네가 전혀 다른 체계의 검술에 마력을 접목할 수준까지 검을 이해하게 된다면……."

"제 부족한 부분이 저절로 채워진다는 말이군요! 그 짧은 시간에 거기까지 내다보고 계실 줄은…… 그렇게 깊은 뜻이 있는 줄은 미처 몰랐습니다! 잠시나마 귀찮아서 떨궈 놓으려는 건 아닌가 하는 불민한 생각을 했던 제가 부끄럽습니다!"

"뭐 그렇지."

태영이 빙긋 웃으며 대답했다.

─호오, 역시 주인! 그런 깊은 뜻이 있었군. 왜 그런 말을 먼 산을 바라보며 하는지는 모르겠지만.

저렇게까지 감격해 버리니 살짝 찔리는 구석이 있어서다.

그렇다고 되는대로 대충 둘러댄 말은 아니다.

분명 베릴의 부족한 점은 경험이고, 그런 방법으로 많은 부분이 개선될 것이다.

아니, 틀림없이 강해진다.

이미 실력은 있으니 그런 개선만으로도 지금보다 몇 배는 더. 물론 UDT 대원들도 그럴 테고.

그리고 그건 결과적으로…….

"최 중령님, 조금 전에 하던 말 말인데요."

"네? 아, 끝난 겁니까? 저 사람…… 아직 뭔가 떠들고 있는데요."

"신경 쓰실 것 없습니다. 그보다 앞으로 몇 달 뒤, 노블핸드와 아스탈로드 사이를 왕래하는 상단이 생길 겁니다. 저와 밀접한 관련이 있는 상단이죠. 아까 말하려던 부탁이 그겁니다. 마침 중령님 부대의 병영이 그 중간 지점이니 그 상단에 불미스러운 일이 생기지 않도록 신경 써 주십시오."

"그야 레온 님 부탁이라면 당연히 부대를 총동원해서도 호

위해 드리겠습니다만……."

"그때까지 저 사람이 부대원들에게 이계의 검술을 가르쳐 줄 겁니다."

"네? 정말입니까?"

"네, 이름은 베릴, 어제까지 기사였고, 실력은 좀 전에 본 대로입니다."

─아하, 이런 거였군.

불민한 그리모어도 이제야 이해한 모양이다.

아스탈로드와 노블핸드 사이는 경계 지역이라 방치된 몬스터가 많다.

이는 당연히 두 지역을 왕복하며 물건을 운송할, 정확히는 그럴 계획인 태영에게는 위협이다.

그러나 최 중령에게 한마디 해 두는 것만으로도 그 위험은 반 이하로 줄어든다.

그 부분은 믿어도 된다.

이번 일로 최 중령 부대는 태영에게 빚이 생겼으니까.

걱정하던 건 하나, 아직 최 중령의 부대원들은 몬스터를 상대로 상단의 안전을 보장할 정도의 실력을 갖추지 못했다는 부분이다.

"베릴, 이곳은 몬스터가 많으니 실전도 충분히 경험할 수 있을 터! 전력을 다해 가르치고, 배우고, 경험을 쌓아라! 몇 달 뒤에 돌아와 확인하겠다!"

"네, 스승님! 실망시키지 않겠습니다!"

그러나 당연히, 이렇게 실력은 물론 의욕까지 넘치는 검사를 붙여 두면 애기는 달라진다.

"기대하마."

─주인은 정말이지…….

이에 그리모어는 꽤 할 말이 많아 보였지만, 태영도 바쁜 몸이라 넘어가고.

빠르게 상황을 정리한 태영은 최 중령과 부대원들에게 작별 인사를 한 뒤에 다시 흑영에 올랐다.

그리고 숲을 따라 이동하자 곧 암벽을 통째로 깎아 만든 듯한 성채가 눈에 들어왔다.

바로 드워프의 도시, 노블핸드다.

"어? 자네는……."

"레온입니다."

"그래, 광산 앞 광장에서 봤네. 나도 그 자리에 있었지. 들어가 보게."

보통 외부인은 잘 받아들이지 않지만, 태영은 당연히 통과.

성안은 꽤 부산한 분위기였다.

그러나 태영은 신경 쓰지 않고 곧바로 퍼스트 해머를 찾아갔다.

"오! 레온, 왔는가? 난 빨라도 내일이나 돼야 들를 줄 알았는데, 혹시 벌써 떠날 채비를 하는 건가?"

"할 일이 많습니다. 여유를 부릴 처지가 아니죠."

"흠, 근면한 건 좋은 일이지. 역시 내가 사람을 제대로 본 모양이군."

태영이 노블핸드에 들른 건 퍼스트 해머의 요청이었다.

"그런데 하실 말씀은……."

이에 권하는 자리에 앉으며 묻자 잠시 머리를 긁적이던 퍼스트 해머가 되물었다.

"그 전에 하나 묻지. 자네, 노블핸드에 미스릴 가공을 맡긴 거로 땡은 아니겠지? 내 말은 본격적인 작업이 시작될 시기쯤 해서 한 번은 다시 와 봐야 하지 않겠냐는 거네."

당연히 와 볼 생각이다.

지금은 서두를 필요가 없어 놔뒀지만, 아직 해야 할 일이 많다.

아스탈로드 영주에게 받은 건물도 그렇고, 운송로 등 늦어도 보름 전에는 돌아와 정비해 두지 않으면 안 된다.

베릴에게 몇 달 뒤에 돌아오겠다고 말한 이유도 그래서다.

"그럼 잘됐군."

"그때 뭔가 시킬 일이라도 있는 겁니까?"

"아니, 그때까지 맡겨 두고 싶은 게 있어서 부른 거네."

"네?"

"어이, 데려오게."

퍼스트 해머가 슬쩍 고개를 돌리며 말했다.

그 말에 뒤에서 대기하던 드워프 병사가 밖으로 나갔고, 잠시 후 한 드워프를 끌고 들어왔다.

그렉이었다.

-에? 저 자식 얼굴이 왜 저 모양이야?

정확히는 얼굴 여기저기가 시퍼렇게 멍든 그렉이었다.

"레, 레온, 너 이 자식! 여기 들어올 때 뭐라고 했어? 영웅으로 만들어 준다며? 그런데 이 꼴이 뭐야? 너지? 네가 다 까발린 거지? 너밖에 없잖아! 대체 누굴 엿 먹이려고……."

"닥쳐라, 이놈!"

누가 그렇게 만들었는지는 굳이 물을 필요도 없었다.

성난 얼굴로 소리친 퍼스트 해머는 이내 고개를 절레절레 흔들며 드워프 병사를 내보냈다.

그리고 다시 태영을 돌아보며 한숨 섞인 목소리로 말했다.

"맡기고 싶다는 건 바로 저놈이네."

"그게 무슨……."

"물론 이유가 있네. 자네에게도 책임이 있고."

"책임요?"

"저 망할 놈에게 영웅이니 뭐니 헛바람을 집어넣은 것 말이네. 저 자식이 어젯밤 내내 뭘 하고 있었는지 아나? 술집에서 드워프를 잔뜩 모아 놓고 줄기차게 떠들어 대더군. 제가 노블핸드를 구했느니 뭐니 하면서 말이야."

그렉이라면 그럴 수 있다.

"그래도 다행히 아직은 괜찮지만, 저놈의 나불대는 입에서 무슨 말이 나올지 어떻게 알겠나? 제 입으로 제 대가리를 찍어 대는 말이 나오지 않으리라는 보장이 없단 말이네. 아니, 나오겠지. 안 봐도 뻔해. 술에 취해 해롱대며 제 무덤을, 아니, 노블핸드를 구렁텅이로 몰아넣고도 남을 놈이라고!"

그렉이라면 그럴 수 있다.

"그렇다고 내가 내 자식놈을 쳐 죽일 수는 없지 않나."

그렉이라면…….

"네? 지, 지금 뭐라고……?"

"내 자식놈이라는 말이네, 저 망할 놈이."

"아니, 어떻게…….."

"어떻게? 뭐야, 그 말은? 내가 뭐 어때서?"

그렉이 발끈하며 소리쳤다.

그러나 그렉이 뭐라고 떠들든 태영에게는 충격적인 일이었고, 그 충격 탓인지 뒤늦게 떠올랐다.

들은 기억이 있다.

과거 드워프 도시에서 장기간 머물고 있을 때.

정확히 어딘지는 모르지만, 퍼스트 해머의 자식 중 천하에 둘도 없는 망종이 하나 있다고.

어려서부터 사고란 사고는 다 치며 돌아다니고, 가출을 밥 먹듯이 하고, 결국 마지막에는 그 드워프 도시를 폭삭 망하게 만들어 버린 전설적인 망종이 말이다.

'설마 그게⋯⋯.'

사실 돌이켜 생각하면 힌트는 있었다.

몇 번이나 말했듯이 다올의 성유는 드워프가 신성시하는 보물. 애초에 아무나 빼돌릴 수 있는 게 아니다.

그러나 그렉이 퍼스트 해머의 아들이라면 할 수 있다.

다올의 성유에 접근하는 것도, 빼돌리는 것도.

그리고 그런 짓을 태연히 저질러 버리는 녀석이 퍼스트 해머가 된다면 노블핸드를 폭삭 망하게 하는 것도 충분히 있을 수 있는 일이다.

그러니 십중팔구!

'저놈이군.'

태영이 확신범을 보는 눈빛으로 그렉을 바라볼 때였다.

"저런 놈을 이대로 노블핸드에 놔둘 수도 없지만, 다른 이유도 있네."

퍼스트 해머가 한숨을 불어 내며 말했다.

"혹시 드워프 연합회를 아나?"

"네, 1년에 한 번 퍼스트 해머들이 모이는 행사 아닙니까?"

"맞네. 그 행사는 매년 도시를 바꿔 가며 개최하지. 그리고 그때 해당 도시의 퍼스트 해머는 차대, 즉 후계자를 각 도시의 퍼스트 해머에게 선보이는 관례가 있네. 문제는 올해가 바로 여기, 노블핸드 차례라는 거네. 무슨 말인지 알겠나?"

퍼스트 해머가 그렉을 돌아보았다.

태영도 그렉을 돌아보았다.

"애석한 일이군요."

"그래, 애석한 일이지."

둘의 입에서 한숨이 흘러나왔다.

"아빠!"

"아빠라고 부르지 말라고 몇 번을 말하냐! 아니, 부르지 마! 넌 그냥 닥치고 있어! 어이! 이 자식 좀 끌고 나가!"

퍼스트 해머의 고함에 좀 전의 병사가 들어와 그렉을 끌고 나갔다.

그의 눈이 다시 태영에게 향했다.

"이제 내가 저놈을 맡아 달라고 이유를 알겠나?"

"알 것 같지만, 모른 척하고 싶습니다."

"그러지 말게."

퍼스트 해머가 안쓰러운 얼굴로 태영의 손을 잡았다.

"난 자네를 인정하네. 하나를 보면 열을 아는 법. 장담컨대 인간 중에서도 자네만큼 뛰어난 인간은 많지 않겠지. 그런 자네이기에 부탁하는 거네."

그리고 밑밥을 깔기 시작했다.

"어차피 저놈을 여기 둘 상황도 아니니 그냥 몇 달 동안 데리고 다니기만 해 주면 돼. 그럼 저놈도 뭔가 배우는 게 있겠지. 물론 약간의 지도를 해 주면 좋지만, 그렇다고 많은 걸 바라는 건 아니네. 그저 다른 퍼스트 해머의 눈에 제정신 박힌 놈으로 보일 정도만 돼도 감지덕지네."

"하지만……."

"물론 공짜로 해 달라는 게 아니네."

이어 떡밥 투척!

"여비와 사례로 준비한 거네."

퍼스트 해머는 책상 옆의 궤짝을 열었다.

50골드가 든 주머니와 금속 갑주가 들어 있었다.

그러나 갑옷은 아니다. 아니, 갑옷이기는 하지만 태영의 것은 아니었다.

"마갑(馬甲)이군요."

"그래, 드워프가 달리 줄 게 뭐가 있겠나? 하지만 자네는 가죽 갑옷을 풀 세트로 갖춰 입은 걸 보니 아무래도 그쪽을 선호하는 모양이고, 상당한 고급으로 보이니 굳이 금속 갑옷으로 바꿀 이유는 없겠지. 검은 뭐……."

슬쩍 그리모어를 훑어본 퍼스트 해머가 고개를 저었다.

"더 볼 필요도 없겠지. 애초에 자네가 평범한 인간이 아니라고 생각한 게 그 검 때문이니까."

"이 검에 대해 아십니까?"

"그런 건 아니지만, 적어도 평범한 인간이 얻을 수 있는 검이 아니라는 것쯤은 보면 알지. 뛰어난 물건은 주인을 가리는 법이니까."

- 부정할 수 없군.

그리모어는 꽤 만족스러운 목소리를 냈지만, 태영은 조금 맥이 빠졌다.

퍼스트 해머의 말에 뭔가 새로운 정보를 얻을 수 있지 않을까 기대하고 있었기 때문이다.

뭐 그렇다고 실망할 정도로 기대했던 건 아니지만.

"그런데 마갑은 없었다고 하더군. 베리언트종의 최상급 군마인데도 말이야."

"그렉에게 들었습니까?"

"뭐 그런 거지. 그 녀석이 그래도 그런 걸 보는 눈은 좀 있거든. 조잡한 물건만 조몰락대는 게 문제지만, 재능도 없는 편은 아니고. 적어도 바보는 아니라는 말이지."

태영도 알고 있다.

복잡한 기관 장치로 되어 있던 유적의 문이 우연히 열리지는 않았을 테니까.

"마갑이라 실망했다면 다른 걸 준비할 수도 있네. 하지만 마갑이라고 다 같은 마갑이 아니야. 지금 생각하면 대체 뭐에 씌어서 그랬는지 모르겠지만, 이건 온갖 마법 재료를 쏟아 넣고 내가 직접 보름이 넘도록 망치를 휘둘러 만든 마갑이네. 너무 고급이라 되레 팔지 못할 정도지."

드워프에게는 흔한 일이다.

앞으로 제작 일체를 맡기기로 계약한 태영 입장에서는 웃고 넘어갈 일이 아닐지도 모르지만 어쨌든.

"그냥 겉보기만 그렇다는 게 아니야. 자, 보게."

퍼스트 해머가 마갑의 머리 부분에 붙은 장식을 만졌을 때였다.

촤촤촤촤-!

측면을 따라 여러 개의 칼날이 솟아 나왔다.

"이건……."

"후후후, 전투 모드네."

태영의 놀란 얼굴에 퍼스트 해머가 흐뭇한 미소를 지었다.

"마갑이 뭔가? 결국, 전투용 아닌가? 그래서 생각했지. 공격적인 기능을 추가해 보자고 말이야. 물론 그것만이 아니네. 여러 상황에 대비해 각각의 기능을 추가해 뒀지. 또 어떤 기능이 붙어 있냐 하면……."

퍼스트 해머가 눈을 반짝이며 말을 이었다.

"감정."

태영의 눈도 반짝였다.

[마갑(백주의 철혈마)]

주요 구성 : 미스릴, 아다만티움, 붉은 수은
종합 방어 성능 : A- (참격 : A 타격 : C 관통 : A 마법 : B)
특기 사항
+전투 타입 변환 : 칼날이 사출되어 전투 보조
+방어 타입 변환 : 갑주의 방어력 상승
+이동 타입 변환 : 바람 속성의 마법 부여로 이동 속도 상승

'백주의 철혈마…….'

이명까지 붙은 레어급 아이템.

기사라면 누구라도 침을 질질 흘리며 달려들 정도의 마갑이었다.

태영도 일단은 기사인지라 살짝 흘릴 뻔했다.

"뭐야? 감정 마법을 익히고 있는 건가? 쯧, 쓸데없는 걸 익히고 있군. 모름지기 물건이란 제 눈으로 보고, 제 손으로 써 봐야 제대로 알 수 있는 법. 설명 몇 줄 틱 나오는 거로 진짜 가치를 알 수는 없는 거야. 모처럼 공들여 만든 물건을 설명하는 보람도 없고."

퍼스트 해머의 눈살이 찌푸려졌다.

그러나 그것도 잠시, 금세 비굴한 얼굴로 바뀌며 굽실대듯이 말했다.

"부탁하네. 정말 자네밖에 부탁할 사람이 없어서 그러네."

자식 하나 잘못 두면 이렇게 되는 거다.

퍼스트 해머라는 지위에, 이런 엄청난 수준의 아이템을 들이밀고도 죄인처럼 굽실대야 하는.

그러나 그게 꼭 부모에게만 해당하는 말은 아니다.

'부모를 잘못 둔 자식도…….'

─융? 뭐야? 왜?

훅 가라앉는 감정 속으로 그리모어의 목소리가 흘러들어 왔다.

움찔한 태영은 머리를 흔들었다.

그리고 짧은 한숨을 불어 내며 퍼스트 해머를 바라보았다.

"무슨 말씀인지 충분히 이해했습니다. 하지만 저는 그저 여행을 다니는 게 아닙니다. 편하지도 않을뿐더러, 언제 어떤 위험이 있을지도 장담할 수 없습니다."

– 가장 큰 위험은 주인이겠지만.

아마도 그럴 거다.

퍼스트 해머가 거기까지 알아들었을지는 모르겠지만.

"내가 바라는 것도 그거네! 자식 놈을 맡기면서 이런저런 조건을 달 생각은 없어! 자네를 믿고 맡기는 것이니 죽이든 살리든 자네 맘대로 하게! 뭐가 됐든 노블핸드가 망하는 것보다는 나을 테니까!"

태영이 그런 말을 한 이유가 바로 이런 다짐을 받아 두기 위해서였다.

맡게 된다면, 정말 죽이든 살리든 마음대로 할 생각이니까.

"그러시다면야⋯⋯."

그리고 원하던 대답과 동시에 계약 성립!

이로써 퍼스트 해머가 입에 침을 튀기며 자랑하던 마갑은 태영의 것이 되었고, 곧 흑영의 몸에 장착되었다.

히히히힝–!

흑영도 꽤 마음에 드는 모양이다.

"어? 저, 저거! 내가 달라고 그렇게 조를 때는 콧방귀도 안 뀌더니!"

그렉은 마음에 안 드는 모양이지만.

"시끄러워, 이 자식아! 내가 누구 때문에…… 젠장, 됐고! 짐이나 제대로 챙겨! 깝작거리다 사고 치지 말고! 레온 말 잘 들으면서 붙어 다녀!"

"윽! 제가 앱니까?"

"애면 귀엽기나 하지, 이 망할 자식 놈아!"

"윽! 아프다고요!"

두 대쯤 얻어맞고 시무룩한 얼굴이 되었다.

그러나 그것도 잠깐이었다.

노블핸드를 나와 다음 목적지를 향해 길게 이어진 산길을 따라 오를 때였다.

"크하하하! 해방이다! 난 이제 자유야!"

그렉이 갑자기 안면을 180도로 바꾸며 폭소를 터뜨렸다.

"노땅이 무지 열 받아서 이번에는 꼼짝없이 잡혀 있어야 하나 생각했는데, 이렇게 빨리 저 망할 바위산을 벗어나다니! 좋아! 좋다고! 으아—! 잠자던 모험심이 끓어오르는구먼! 어이, 레온, 이제 어디로 갈 거야? 아니, 어디든 빨리 가자고! 이제 이 답답한 바위산은 보고 싶지도 않아!"

─저 자식, 뭔가 되게 착각하고 있는 것 같은데?

그런 모양이다.

그러나 서두를 필요는 없다.

이러쿵저러쿵 떠들지 않아도 어차피 곧 알게 될 테니까.

'지금은 그보다……'

삐이이이-!

태영이 고개를 들어 올리자 기다렸다는 듯이 청영의 울음이 들려왔다.

그사이 청영은 인근 지역을 마음껏 날아다니고 있었다.

태영이 보고 싶어 해서다.

노블핸드의 입구에서부터 아스탈로드의 영주성이 있는 곳까지, 넓게 펼쳐진 숲에는 점선처럼 일정 간격을 두고 드워프들이 돌아다니고 있었다.

영주와 퍼스트 해머가 평화 협약을 맺을 때 작성한 서류의 내용 때문이다.

이번 사태는 모두 노블핸드 측의 오해로 발생한 것.

이에 대한 책임을 통감하고 다시 이런 일이 발생하지 않도록 적극적인 교류를 다짐하는 의미에서 이후 노블핸드는 아스탈로드와 이어지는 도로를 건설한다.

물론 이를 제안한 사람은 태영이다.

'그 도로가 완성될 때쯤에는 노웨인 영지의 광산도 본격적인 채굴이 시작되고 있겠지. 그리고 대량의 미스릴 광석이나

제품을 운송하기 위해서는 도로가 필수!'

그래야 완성되기 때문이다.

노웨인에서 아스탈로드로, 아스탈로드에서 노블핸드로, 다시 노블핸드에서 아스탈로드로 돌아와 골드로 바뀌는 황금의 테크트리가.

태영이 아스탈로드와 노블핸드를 부지런히 뛰어다닌 건 모두 이를 위해서였다.

현재 태영의 최우선 목표는 자신만의 기반을 만드는 것.

그 필수 요소 중 하나가 돈이다.

세상을 움직이는 건 사람이지만, 사람을 움직이는 건 돈!

태영은 마침내 그 돈의 흐름을 움켜쥘 수 있는 자금줄을 손에 넣은 것이다.

'뭐 아직은 좀 더 시간이 필요하지만.'

머릿속으로만 생각하던 일이 비로소 현실성을 띠기 시작한 기분이었다.

－그런데 드워프 녀석들은 광산이 고갈되어 굶어 죽을 지경이라더니 뭔 생각으로 저런 도로를 건설해 주겠다고 큰소리친 거야? 저것도 한두 푼 드는 일이 아니잖아.

뭐 그런 문제가 남아 있기는 했지만.

"새삼스럽게 뭘 물어? 너도 들었잖아. 드워프들도 든든한 돈줄을 하나 잡고 있다고 말이야."

－어? 그럼 혹시 그게……

"그런 거지."

태영이 씨익 웃으며 대답했다.

　　　　　　　　　🌀

　상아색 기둥이 줄지어 늘어선 복도의 끝.

　정교한 조각으로 치장된 화려한 문이 열리며 정복(正服) 차림의 사람들이 몰려나왔다.

　아르키네아 제국의 귀족, 그중에서도 주요 직책이나 각 지방을 대표하는 지위의 대귀족들이었다.

　그리고 보통 이들의 가슴에는 그런 지위나 가문을 상징하는 문장이 붙어 있었다.

　그러나 지금은 단 하나.

　제국을 상징하는 검을 품은 드래곤 문장뿐이었다.

　1년에 한 번 대귀족이 모여 제국의 향방을 정하는 귀족 회의에는 사사로움을 잊고 오직 제국의 신하로서 임하라는 초대 황제의 유지에 따른 규칙이었다.

　'하지만…….'

　그라디오스 후작의 얼굴에 씁쓸한 미소가 떠올랐다.

　그가 나온 회의장의 문은 폭이 5미터가 넘을 정도로 넓었지만, 귀족들은 마치 보이지 않는 장애물이라도 있는 것처럼 좌우에 바짝 붙은 채 줄지어 나오고 있었다.

앞서 나온 그와 또 다른 한 명, 왈드 공작의 뒤를 따라.

그게 현 제국의 실태였다.

초대 황제의 유지를 따르는 것은 형식에 지나지 않을 뿐, 이미 제국은 갈라져 있는 것이다.

보이는 것보다 훨씬 넓고, 또 깊게.

'이리된 책임을 따지자면 나 또한 자유로운 입장은 아니겠지. 하지만 나뿐이다, 지금 황제 폐하의 방패가 되어 줄 사람은.'

그러나 그 방패는 턱없이 작았다.

왈드 공작 측에 서 있는 귀족의 숫자는 그라디오스 후작 측의 두 배.

더구나 공작 측의 귀족이 중앙의 요직을 점령하다시피 차지하고 있다는 점을 생각하면 실제로는 그 이상이라고 할 수 있었다.

'실수는 용납되지 않는다.'

그라디오스 후작이 암살 사건을 겪고도 쉽게 움직일 수 없던 이유가 그 때문이다.

그러나 이번에는 사정이 달랐다.

그의 입지를 불안하게 만들 만한 사건이 터진 탓이다.

문 앞에서 대기하던 호위기사 모어가 초조한 얼굴로 뛰어오는 이유도 그래서다.

그러나 후작은 눈으로 제지하며 왈드 공작을 돌아보았다.

"유익한 시간이었습니다."

"그렇게 말할 정도로 대단한 얘기를 나눈 것 같지는 않은데."

"그래서 드리는 말씀입니다. 이처럼 혼란한 시기에 대단한 얘기를 나누지 않아도 된다는 건 그만큼 제국이 안정되어 있다는 의미가 아니겠습니까?"

"마치 내가 하릴없이 시간이나 축내며 놀고 있다는 말처럼 들리는군."

"그럴 리가 있겠습니까?"

그라디오스 후작이 웃음을 지으며 고개를 저었다.

"공작님이 얼마나 부지런히 제국 곳곳을 살펴보시는지 잘 알고 있습니다. 서부 구석에 박혀 사는 저조차 때때로 공작님의 시선을 느낄 정도로 말입니다. 항상 감탄하고, 또 배워야 할 점이라고 생각하고 있습니다."

"표현이 과하군."

"저는 되레 부족하다고 생각합니다만."

"경의 나에 대한 생각에 왈가왈부하고 싶지는 않지만, 한 가지만은 알아 두게. 내가 하는 모든 일은 제국을 위한 것이라는 걸 말이야."

"저도 그렇습니다. 황제 폐하가 곧 제국이니 말입니다."

"……그렇겠지."

"공작님도 저와 같은 생각이라니 든든하군요. 마음 같아서는 더 깊은 대화를 나눠 보고 싶지만, 서둘러 온 탓에 좀 피곤하군요. 남은 얘기는 일주일 뒤, 본 회의 때 나누도록 하죠."

"그러지."

왈드 공작이 고개를 끄덕였다.

"하지만 너무 마음을 풀어 놓지는 말게. 경이 한 말처럼 지금은 혼란한 시기니까, 언제 무슨 일이 생길지는 누구도 모르는 일이지."

"저도 이번 일로 새삼 깨달았습니다. 정말 무슨 일이 생길지 모를 일이라고 말입니다."

그라디오스 후작이 빙긋 웃으며 대답했다.

왈드 공작은 대꾸하지 않고 몸을 돌렸고, 그 뒤에 모여 있던 귀족들도 그를 따라 몰려갔다.

후작 역시 몸을 돌렸다.

그리고 휘하 귀족들과 일일이 인사를 한 뒤에 헤어지자 내내 초조한 얼굴로 바라보던 모어가 얼른 옆으로 따라붙었다.

"어떻게 됐습니까?"

"왈드 공작의 얼굴을 보고도 모르겠나?"

"네? 저는 딱히……."

"하긴 자네 눈에는 아직 보이지 않겠군. 딱히 보이는 게 좋다고 할 수도 없고. 어쨌든 내 눈에는 보이더군. 똥 씹은 듯한 얼굴이 말이야."

"그, 그럼 회의 직전에 도착한 에단 형님의 서신이……."

"그래, 그 서신에 적혀 있더군."

후작이 고개를 끄덕이며 피식 웃었다.

"왜 보냈냐고 말이야."

"……네?"

"아스탈로드 자작님도 같은 질문을 했다더군. 말이 거품을 물고 쓰러질 정도로 죽어라 달려 도착한 에단 경에게, 왜 왔냐고 말이야."

모어가 여전히 어리둥절한 표정을 보이자 후작이 덧붙였다.

"이미 다 끝나 있었다는 말이다. 아니, 시작도 하지 않았다는 게 더 정확하겠군. 아스탈로드와 노블핸드의 사이는 되레 더 좋아지고 말이야."

"어, 어떻게 말입니까?"

"토끼다."

"토끼? 그게 무슨…… 아! 토끼라면 설마 그……."

"그래, 그다."

우뚝 걸음을 멈춘 후작이 고개를 절레절레 흔들며 웃었다.

"어디로 튈지 알 수 없는 그 녀석 말이다."

경계 너머

쾅-!

방을 뒤흔드는 굉음.

문짝을 부술듯한 기세로 열어젖히며 들어서는 사람은 왈드 공작이었다.

뒤이어 험한 눈길로 방 안을 쓸어본 그의 주름진 얼굴이 쩍쩍 갈라지며 누구라도 알아볼 수 있을 정도로 선명한 똥씹은 얼굴을 떠올렸다.

그 앞에는 두 명의 사내가 있었다.

한 명은 카자드, 그리고 다른 한 명은…….

"죄, 죄송합니다."

"닥쳐라!"

왈드가 거친 목소리로 소리쳤다.

그리고 성큼성큼 다가가 세차게 팔을 휘둘렀다.

짝—!

경쾌한 소리와 함께 그, 울란의 얼굴이 팩 돌아갔다.

"큭! 공, 공작님, 저는……."

"닥치라고 했다!"

짝—!

황망한 표정으로 돌아오던 울란의 얼굴이 다시 돌아갔다.

"내가 네놈의 변명이나 듣자고 그 빌어먹을 두더지 같은 드워프 놈들에게 500만 골드나 줘 가며 데리고 왔다고 생각하나?"

"그, 그건 제가 어떻게든……."

"어떻게든?"

짝—!

"내가 지금 무슨 꼴을 당하고 왔는지 알고서나 지껄이는 거냐? 그라디오스, 그 애송이가 방금 내 앞에서 어떤 얼굴로 나를 보고, 어떤 말을 했는지! 그 치욕을! 그 분노를! 네깟 놈이 감히 상상이라도 할 수 있겠느냐?"

짝—!

"모르겠지! 네놈의 대가리 속에 든 그 빈약한 물건으로는. 네놈이 무슨 짓을 했는지조차 이해하지 못하겠지! 나 또한 기대도 하지 않는다!"

짝—!

왈드는 쉬지 않고 뺨을 올려붙이며 소리쳤다.

그때마다 울란의 찢어진 입술로 피를 뿜으며 주춤주춤 물러났다. 그리고 이내 벽에 부딪혀 휘청거리며 멈춰 섰을 때였다.

왈드가 와락 울란의 머리채를 잡아 올리며 얼굴을 바짝 들이밀었다.

"자, 대답해 봐라. 그걸 네놈이 어떻게 보상하겠다는 말이냐?"

"그, 그……."

떠듬대는 울란의 입 아래로 피가 흘러내렸다.

퍼렇게 물든 채 부풀어 오른 볼도 곳곳이 찢어져 피가 배어 나왔다.

그러나 그 얼굴 어디에도 반항심 따위는 찾아볼 수 없었다. 그저 필사적으로 용서를 구하는 눈빛으로 주인을 바라보고 있었다.

그러나 왈드의 눈은 한층 차가워질 뿐이었다.

"모르겠지, 그런 것도. 괜찮다. 말했듯이 이제 네놈에게는 아무런 기대도 하지 않으니까. 그러니 내가 알아서 받아 가마. 그 작위도, 가문의 땅도, 가족, 네놈의 것이라면 뭐든 실오라기 하나도 남김없이. 네놈은 자격이 없으니까."

"아, 안 됩니다!"

울란이 무릎을 꿇고 왈드의 다리에 매달리며 소리쳤다.

"요, 용서해 주십시오! 아니, 차라리 저를 죽여 주십시오! 네, 제가 죽겠습니다!"

"웃기는군."

그러나 돌아오는 건 비웃음이었다.

"네놈의 목에 그만한 가치가 있다고 생각하나? 애초에 거기에는 네놈의 목숨도 포함해서 말한 것이다. 그래도 내가 한참 밑지지."

"그만하시죠."

뒤에서 이런 말이 흘러나온 건 그때였다.

왈드가 미간을 찌푸리며 돌아보자 묵묵히 지켜보던 그, 카자드가 고개를 저었다.

"공작님답지 않으십니다."

"글쎄? 평소의 나도 그리 너그러운 사람은 아니었다고 생각하는데?"

"손해 보는 짓을 하는 분도 아니죠. 방금 공작님도 말씀하시지 않았습니까, 울란 경의 모든 걸 빼앗아도 손해라고."

"그래도 기분은 나아지겠지."

"그럴 리가요."

카자드가 가벼운 목소리로 말하며 웃었다.

"처음부터 말씀드리지 않았습니까? 그자는 결코 같은 편으로 끌어들일 상대가 아니라고. 경계해야 할 상대라고 말입니다."

"내 잘못이라는 건가?"

"그런 의미는 아닙니다. 단지 공작님을 화나게 만든 건 울란 경도, 그라디오스 후작도 아니라는 말을 하는 겁니다. 그러니 울란 경을 처벌한다고 기분이 나아질 리도 없고, 또 나아져서도 안 되죠."

"나도 그자를 그냥 둘 생각은 없다."

"물론 그러시겠죠. 하지만 그렇다고 공작님이 직접 그자를 찾아 나설 건 아니지 않습니까?"

"요점만 말하게."

왈드가 불쾌한 얼굴로 툭 던지듯 말했다.

카자드는 불안한 눈으로 둘을 번갈아 보는 울란에게 다가가며 말을 이었다.

"저를 제외하면 공작님 휘하에서 그자를 직접 겪어 본 사람은 울란 경뿐입니다. 또 결과는 좋지 못했지만 울란 경은 그자를 찾아내기도 했죠. 공작님이 그자에게 대가를 치르게 할 생각이라면, 그런 경험을 가진 울란 경을 기분 풀이로 처벌하는 건 아까운 일이죠."

"또 이놈에게 맡기라는 건가? 그자에게 속아 일을 이 지경으로 만들어 놓은 놈에게?"

"그래서입니다."

"뭐?"

"울란 경이 이번 일로 얻은 건 경험만이 아닙니다. 그 이상의 분노를 품게 되었죠. 그렇지 않습니까?"

카자드가 울란의 어깨에 손을 올리며 말했다.

멍하니 바라보던 울란은 그제야 기억난 듯 와락 이를 갈아 붙이며 소리쳤다.

"네! 그렇습니다! 놈을…… 놈을 찢어 죽이고 싶습니다! 설사 그 대가가 죽음이라도! 아니, 기꺼이 죽겠습니다! 하지만 그 전에 한 번만 더 기회를 주십시오! 놈, 레온의 목을 공작님께 바치고 죽을 수 있도록 허락해 주십시오!"

"훌륭한 각오입니다."

카자드가 빙긋 웃으며 왈드를 돌아보았다.

"저는 울란 경이 또다시 공작님의 기대를 배신할 일은 없으리라고 믿습니다. 이 분노는 울란 경을 강하게 만들어 줄 테니 말입니다."

그 눈에서 옅은 붉은색이 불길처럼 일렁거렸다.

순간 불만스러운 얼굴로 다시 말을 꺼내려던 왈드가 움찔하며 입을 다물었다.

그리고 그 입술에 웃음이 번지기 시작했다.

"그렇군."

어두운 밤.

점점이 불빛이 흘러나오는 건물 사이를 빠르게 움직이는 그림자가 있었다.

벽에 바짝 붙어 움직이다가 아래로, 포복하듯이 화단의 수풀을 지나 모퉁이를 돌아갔다.

그리고 구르듯 화단을 빠져나와 반대쪽 벽에 밀착.

"지금이야."

그의 입에서 낮은 목소리가 흘러나왔다.

그러자 화단의 수풀이 흔들리는가 싶더니 그보다 작은 그림자가 제비처럼 날렵한 움직임으로 튀어나와 그의 옆에 붙었다.

그리고 잠시 후, 이번에는 좀 더 큰 그림자가 데굴데굴 굴러 나와 따라붙었다.

가장 먼저 나왔던 그림자의 눈이 그에게 향했다.

"뭐야, 너? 오늘따라 왜 그렇게 둔해?"

"젠장, 나라고 좋아서 그러겠냐? 오늘 오후 수업이 하드트레이닝이었다고."

"적당히 해야지. 아침에 얘기했잖아."

앞에서 이렇게 말하는 청년은 워레스트 덴 그라디오스.

아르키네아 제국의 서부 지역을 통솔하는 명망 높은 그라디오스 가문의 후계자다.

"그래서 그런 거야. 대충대충 하다가 교관에게 찍혀서 벌로 스쿼드만 1시간 넘게 해야 했다고. 허벅지가 팅팅 부어오른 느낌이야."

볼을 부풀리며 대답하는 여자는 그의 동급생 리디아.

"그냥 살찐 거 아니야? 식당에서 볼 때마다 무지막지하게 먹어 대던데."

옆에서 히죽 웃으며 끼어드는 소년은 하급생 젬이었다.

"너 맞은 지 오래됐지?"

"응, 난 어딜 가나 사랑받거든."

"오냐, 그게 착각이라는 걸 깨닫게 해 주지."

"……긴장 좀 하자."

워레스트, 워트가 한숨을 불어 내며 둘을 돌아보았다.

"우리가 한 달 가까이 말 한마디도 나누지 않고 지내 온 게 뭐 때문인지 잊었어?"

"뭐 그야……."

워트와 리디아, 젬이 재학 중인 황도의 컬리지 기숙사를 몇 번이나 탈주한 전과자인 탓이다.

그 결과 사감 이하 경비병의 집중 관리 대상으로 등록!

잠깐 눈인사만 나눠도 바로 경계의 눈초리가 날아들 정도로 철통같은 감시를 받는 처지가 돼 버렸다.

"실로 숨 막히는 나날이었지."

그 시간을 보내며 워트는 진지하게 생각하게 되었다.

역시 다시 탈출할 수밖에 없다고!

그리고 장장 한 달에 걸쳐 그 준비를 해 왔다.

즉, 노웨인 영지에서 체포되어 컬리지로 송환될 때부터 탈출할 계획을 세우고 있었다는 말이지만 어쨌든.

"그런데 교직원들의 식사에 수면제를 타다니, 너무 막나가는 거 아니야? 아니, 그보다 수면제는 대체 어떻게 구한 거야?"

"외출 나가는 녀석들에게 부탁해서 조금씩 모았어. 그리고 막나가고 자시고, 어차피 걸리면 박살 나기는 마찬가지잖아."

"그건 그렇지만…… 드미트리 경에게 수면제 같은 게 통하지는 않을 것 같은데……."

"그렇겠지. 그래서 오늘 밤으로 택한 거야."

"그래서라니?"

"드미트리 경은 숨기려고 하는 것 같지만, 내 눈을 속이지는 못하지. 왠지 모르게 어제부터 평소답지 않게 좀 들썩들썩하더라고. 그리고 오늘 아침 환한 얼굴로 뛰어나가서 지금까지 들어오지 않고 있어."

"오! 뭐야, 그건? 그 목석같은 드미트리 경이 연애라도 시작한 거야? 좋은 일이네. 역시 남자든 여자든 나이가 되면 연애를 해야지."

젬이 워트와 리디아를 번갈아 보며 히죽 웃었다.

"거기까지는 모르겠지만, 이 시간까지 안 들어왔다는 건 내일이나 돼야 들어올 확률이 높다는 말이야."

워트는 무슨 말인지 모르는 모양이다.

이에 리디아의 입에서 살짝 한숨이 흘러나왔지만.

"오늘 밤 안에 황도를 벗어나면 드미트리 경도 바로 따라 붙지는 못할 거야."

"그럼 다행이지만, 그다음은? 어디로 갈 건데?"

"그야 뻔하지."

젬의 질문에 워트가 씨익 웃으며 대답했다.

"레온을 찾아간다."

"그럴 것 같아서 물어본 말이야. 레온 형, 그때 노웨인 영지에서 떠났잖아. 어디로 갔는지도 모르는데 어떻게 찾아가?"

"그건 생각해 둔 게 있어. 일단 지금은 황도를 빠져나가는 게 먼저니 그건 그 뒤에 얘기해 줄게. 물론 그 전에 이 답답한 감옥부터 탈출해야겠지만, 이제 남은 건 이 담뿐이다. 이 담만 넘으면 우리는 다시 자유야."

담을 넘는 순서는 항상 정해져 있었다.

"오케이!"

몸이 가벼운 젬이 먼저.

젬은 언제나 그랬듯이 벽을 차고 뛰어올라 3미터나 되는 담을 순식간에 뛰어넘었다.

그리고 잠시 후.

"어…… 형, 괘, 괜찮아. 아무도…… 없는 것 같아."

그 너머에서 젬의 목소리가 들려왔다.

왠지 다른 때보다 좀 긴장한 듯한 목소리였지만, 마음이

급한 워트는 신경 쓰지 않고 깍지 낀 손을 아래로 내리며 리디아를 돌아보았다.

"좋아. 리디아."

리디아는 혼자 담을 넘을 정도로 날렵하지 못한 탓이다.

워트의 손을 발판 삼아 뛰어야 겨우 담 위쪽을 잡을 수 있었고, 그 상태로 몇 번 버둥댄 뒤에야 넘어갈 수 있었다.

파파팍—!

그리고 워트는 바로 그 뒤를 쫓아 벽을 밟으며 도약!

멋진 포물선을 그리며 담 너머에 내려서자 바로 앞에 젬과 리디아가 보였다.

그런데 뭔가 자세가 어정쩡했다.

잔뜩 몸을 움츠린 듯한 모양새로 굳어 버린 것처럼 미동도 하지 않고 있었다.

그리고…….

"제가 말하지 않았습니까? 굳이 내일까지 기다릴 필요도 없을 거라고 말입니다."

"그렇군. 뭐랄까…… 미안하네."

고개를 돌린 워트도 젬과 리디아처럼 어정쩡한 자세로 굳어 버렸다.

"아닙니다. 저도 그 덕에 지루하지 않게 보내고 있으니 말입니다. 꽤 다양한 방법으로 즐겁게 해 주셔서 말입니다. 역시 후작님의 자제분이라고 감탄할 때가 많습니다. 방금 그

동작도 꽤 멋지지 않았습니까?"

뒤에서 그렇게 중얼거리는 사내는 바로 드미트리.

워트의 호위기사이자 과외선생, 또 컬리지 탈출의 최대 장애물이자 설사 성공해도 기필코 찾아내는, 워트에게는 저승사자와 같은 남자였다.

그러나 워트를 굳어 버리게 만든 사람은 드미트리가 아니었다.

"그래, 눈에 선하게 보일 정도네. 얼마나 부지런히 뛰어넘어 다녔는지 말이야."

그 옆에서 고개를 끄덕이는 중년인.

"아, 아버님……."

바로 그라디오스 후작이었다.

그 옆에는 눈치 없이 손을 흔드는 모어도 보였다.

"어떻게 아버님이 여기에……."

워트의 말에 후작이 시선을 돌리자 드미트리가 덧붙였다.

"어떤 용무로 오시는지 몰라 워레스트 님에게는 아직 말씀드리지 않았습니다."

"잘했네. 그 덕에 나도 자식 놈이 어떤 자세로 학업에 임하고 있는지 볼 수 있었으니까. 자, 문제는 그다음인데……."

후작의 눈이 다시 워트에게 향했다.

워트는 반사적으로 눈길을 피했지만, 이내 입술을 꽉 깨물며 똑바로 마주 보았다.

"차라리 잘됐습니다! 이 기회에 아버님께 말씀드리겠습니다! 저는 이제 더는 컬리지에서 배우고 싶은 생각이 없습니다!"

"이유는?"

"좁은 울타리 안에서 배우는 데 한계를 느꼈기 때문입니다! 아버님도 말씀하시지 않았습니까? 책으로 배우는 전술과 전장의 전술은 다르다고! 저는 얼마 전 노웨인 영지에서 직접 병사를 지휘해 보고 나서야 그 말의 의미를 제대로 이해할 수 있었습니다! 수업이 아닌, 진짜 전장에서 말입니다!"

"나도 들었다, 불과 며칠이었다고."

"네, 불과 며칠이었습니다! 그럼에도 저는 컬리지에서 몇 달을 배운 것보다 더 많은 것을 배웠습니다! 그리고 뭣보다, 저는 그곳에서 제 인생 최고의 친구이자 스승이 되어 줄 남자를 만났습니다!"

"레온 경 말이냐?"

"그렇습니다!"

워트의 대답에 후작이 피식 웃었다.

"네가 한 말 중에서 가장 설득력이 있는 말이군."

"……네?"

"그렇게 힘줘 가며 떠들어 댈 것 없다. 나도 다 큰 놈을 두들겨 패면서까지 교실에 붙잡아 둘 생각은 없으니까. 뭐, 비행을 저지르겠다는 것도 아니고, 제 딴에는 나름 깨달은 바가 있어서 그런다는데 무턱대고 말릴 수는 없겠지."

"그, 그럼……."

"단, 네가 네 입으로 한 말을 증명할 수 있다면 말이다."

"증명이라면……."

"네가 말하지 않았나? 좁은 울타리 안에서 배우는 데 한계를 느꼈다고. 그러니 증명하라는 말이다, 컬리지가 정말 네게 좁은 울타리에 불과하다는 걸."

후작이 씨익 웃으며 말을 이었다.

"그걸 해낼 수 있다면 네 가출을 허락하마."

❧

"찾았다!"

태영의 입가에 웃음이 번졌다.

그 앞에는 꽈배기처럼 꼬이고 뒤틀린 나무로 이루어진 숲이 펼쳐져 있었다.

그러나 딱 한 그루, 거무튀튀하게 변색한 줄기에 구멍이 숭숭 뚫려 있는 고목이 섞여 있었다.

태영이 가던 길을 되돌리면서까지 30여 분을 수색한 끝에 찾아낸 것이다.

당연히 평범한 고목이 아니다.

"뭐야? 저 나무는? 무슨 벌집도 아니고."

"벌집이야."

"뭐?"

찜찜한 눈으로 고목을 바라보던 그렉이 화들짝 놀라며 태영을 돌아보았다.

"버, 벌집이라고? 그럼 설마 저 안에……."

"벌이 있겠지."

태영은 씨익 웃으며 그렉을 바라보았다.

그렉은 얼른 다시 고목으로 시선을 돌렸다. 그러나 태영은 여전히 그렉을 빤히 바라보았다. 그리고 또, 계속 바라보았다.

그렉의 볼을 타고 굵은 땀방울이 흘러내렸다.

─ 흠, 이번에는 꽤 버티는군. 하긴, 그동안 주인이 한 짓이 있으니 저 녀석도 바보가 아닌 다음에야 저렇게 나오겠지.

맞는 말이지만, 어차피 오래 버티지는 못한다.

그리모어의 말처럼 그동안 태영이 한 짓이 있으니, 바보가 아닌 다음에야 버텨 봤자 소용없다는 것도 알 테니까.

역시나, 곧 그렉이 와락 고개를 돌리며 소리쳤다.

"왜? 또 뭐? 어쩌라고?"

"이미 대강 감 잡지 않았어? 어려운 일도 아니야. 넌 그냥 저기 가서 망치로 밑동을 한번 후려치면 돼."

"저거 벌집이라며!"

"그러니까. 저 녀석들은 야행성이라 낮에는 그 정도는 해야 기어 나오거든."

"그럼 나는 어쩌라고?"

"어쩌기는 뭘 어째? 잽싸게 튀어야지. 놈들이 쏟아져 나오면 바로 내 쪽으로 뛰어와. 나머지는 내가 알아서 할 테니까. 나 못 믿어?"

"믿겠냐! 다짜고짜 고블린 놈들 속으로 집어 던지는 인간을!"

뭐 그런 일도 있기는 했다.

"그럼 잘 알겠네. 그렇게 계속 비협조적으로 나오면 내가 어떻게 할지. 날아서 갈래? 네 발로 갈래?"

"이…….."

"날아서 가겠다는 말이군."

"알았어! 알았다고! 간다고! 가면 될 거 아니야!"

태영이 뒷덜미로 손을 뻗자 기겁하며 물러난 그렉이 버럭 소리쳤다.

그리고 망치를 꺼내 들고 슬금슬금.

쾅—!

"으다다다!"

고목을 후려치자마자 괴성을 질러 대며 뛰어올 때였다.

웽! 웽! 웽! 웽!

소음을 일으키며 구멍 밖으로 쏟아져 나오는 주먹만 한 크기의 벌 떼!

족히 수백 마리는 되어 보이는 벌 떼가 순식간에 고목을 뒤덮었고, 그대로 한 덩어리로 뭉쳐 그렉의 뒤통수로 따라붙었다.

"으악! 온다! 온다고! 빌어먹을! 이제 어쩔 거야?"

"그리모어, 양손 도끼!"

이런 생각이다.

태영의 목소리와 함께 좌우로 펼쳐지며 거대한 도끼로 변한 그리모어가 오러를 뿜어 올렸다.

위잉- 콰쾅!

그리고 그대로 긴 포물선을 그리며 내리찍혔다.

-……**파리채냐?**

정확한 표현이다.

태영이 내리친 건 도끼날이 아닌 대형 방패와 맞먹는 넓이의 면.

거기에 오러까지 씌우자 수십 마리는 닿기가 무섭게 터져나갔고, 나머지는 그대로 휩쓸려 떨어지며 와자작!

도끼 아래에서 뭉개지며 점액질 덩어리로 변해 버렸다.

그러나 아무리 대형 도끼라도 일격에 모든 벌을 뭉개 버리지는 못했다.

범위를 벗어난 놈들도 꽤 되었고, 점액질로 변한 동료의 모습에 한층 흥분된 소리를 일으키며 송곳 같은 침을 세우며 날아들었다.

그러나 문제 될 건 없었다.

삐이이이-!

수직으로 떨어져 태영의 주위를 회전하는 청영.

그 아래로 날개와 머리가 뜯겨 나간 벌 떼가 우수수 떨어졌다.

"끝났군."

-그러게. 모처럼 도끼로 변한 내가 민망해질 정도로 말이지. 그래서 하는 말인데, 고작 이딴 놈들이나 잡자고 그렇게 찾아 헤맨 거야?

"그건……."

"끝나긴 뭐가 끝나? 넌 대체 눈알이 어디에 박혀 있는 거야? 나 안 보여? 뭐라도 좀 해 봐! 죽는다고! 저딴 침에 푹 찔리면, 죽어!"

그때 그렉이 태영의 옆을 대굴대굴 굴러 가며 소리쳤다.

그 뒤로 10여 마리의 벌 떼가 따라붙고 있었다.

태영이 그 모습을 바라보자 청영도 바라봤고, 태영이 다시 고개를 돌리자 청영도 고개를 돌렸다.

"어? 야! 야, 인마!"

태영은 꽥꽥 소리치는 그렉을 뒤로하고 한가롭게 고목으로 걸어가며 말을 이었다.

"내가 찾아온 건 저 나무 안에 있어."

-나무? 저 고목?

"그래, 뭐 정확히는 벌집이라고 해야겠지만……."

부웅! 콰지지직-!

태영이 검으로 되돌린 그리모어를 내리치자 고목은 별다른 저항감조차 없이 쩍 갈라졌다.

겉보기는 상당한 두께였지만, 실제로는 껍질뿐.

내부는 무수한 애벌레가 득실대는 찐득한 질감의 누런 액체로 채워져 있었다.

- 뭐야, 이게?

"벌집에 뭐가 있겠냐?"

- 벌 똥?

그리모어의 대답에 태영이 피식 웃으며 끄덕였다.

"뭐 실제로 똥 같은 맛이 나기는 하지. 그래서 잘 모르는 모험가들은 이게 일생에 한 번 올까 말까 한 행운인지도 모르고 그냥 가 버리기도 하고 말이야."

- 일생에 한 번 올까 말까 한 행운? 이게?

"그래."

과장이 아니다.

숲을 지나다 발견한 벌의 사체를 보고 바로 수색 모드로 전환해 찾아온 이유가 그래서다.

"이 꿀은 일종의 증폭제야. 회복약을 조제할 때 일정량을 섞으면 효능이 30~40%나 향상하고 회복 속도도 빨라져. 즉, 이 꿀을 섞는 것만으로 하급 회복약이 중급 회복약으로 업그레이드된다는 말이야. 문자 그대로 꿀 포션이 되는 거지."

물론 그건 어디까지나 예시다.

그렇다고 진짜 하급 회복약에 섞어 버리면 뒤통수를 돌로 찍혀도 할 말이 없는 짓이다.

보통 포션은 한 등급 올라갈 때마다 가격이 몇 배로 뛰는 건 상식.

하급 포션이 1골드라면 중급은 5골드, 상급은 25골드, 최상급은 100골드 이상이다.

"당연히 적용 대상은 최소 상급 이상이라야 하겠지만……."

－주인은 아직 중급밖에 못 만들잖아.

"그렇지."

태영은 경험이 있었다.

희귀한 아이템을 얻고도 아끼다가 써 보지도 못하고 죽어 버린 경험이.

그로 인해 얻은 교훈은, 아무리 좋은 아이템이라도 무턱대고 아끼면 똥이 될 뿐이라는 것이다.

"다행히 얼마 전부터 중급 회복약을 만들 수 있게 됐으니 틈나는 대로 10개 정도는 이 꿀을 섞어 만들어 둬야겠어. 어차피 그 정도는…… 티도 안 날 정도로 많으니까."

꿀만이 아니다.

구더기처럼 득실대는 애벌레도 마찬가지다.

꿀+회복약만큼은 아니지만, 마력 회복제 효과를 10~20% 향상해 주는 효능이 있었다.

이에 태영은 바로 채집 작업에 돌입!

싹싹 긁어모으자 20리터 물통 2개가 꽉 채워졌다.

"완전 로또에 맞은 기분이군."

─ 로또가 뭔지는 모르겠다만, 주인이 그런 기분을 느끼는 사이
에 저 녀석은 뒈져 버리지 않겠냐?

여전히 벌 떼에 휩싸여 굴러다니는 그렉을 두고 하는 말
이다. 그러나 태영은 대수롭지 않게 대답했다.

"괜찮아. 쉽게 안 죽어."

정확히는 쉽게 죽지 말라고 그러는 것이다.

잠시 시간을 되돌려 며칠 전 노블핸드를 떠나올 때, 태영은
처음으로 그렉의 정보창을 확인해 보고 욕이 나올 뻔했다.

[─]

근력 : 107
순발력 : 54
지구력 : 75
마력 : 43
종합 평가 레벨 : 25

이런 상태였으니까.

이계에서 수십 년은 살았을 놈의 레벨이 고작 25!

그래도 명색이 드워프라 '제련'이나 '대장', '공학' 같은 스
킬은 익히고 있었지만, 전투 관련 스킬은 하나도 없었다.

엉뚱하게 '자물쇠 따기'가 상당한 숙련도로 붙어 있었다.

'드워프가 왜?'

……라는 생각은 들지 않았다.

그렉의 평소 행실은 퍼스트 해머에게 들은 바 있으니까.

또 태영 역시 다올의 성유 사건을 통해 직접 경험해 봤기에 굳이 설명도 필요 없었지만 어쨌든!

'이런 놈을 몇 달이나 달고 돌아다녀야 한다고?'

새삼 눈앞이 깜깜해졌다.

그러나 이미 보상까지 받아 챙기고 맡은 일이다.

게다가 태영이 기억하는 이계의 역사대로라면 그렉이 노블핸드를 말아먹는 건 시간문제.

'그럼 방법은 하나밖에 없지! 싹 다 뜯어고치는 수밖에!'

자연히 이런 결론에 도달하게 되었다.

조금 전 그렉이 떠들어 대던, 고블린 떼에 집어 던졌다던 이유가 그래서였다.

'이런 놈이라도 죽어 버리면 퍼스트 해머가 가만히 있지는 않겠지. 그럼 먼저 챙겨 줘야 할 건 생존력! 거기에 필요한 건…….'

역시 뭐니 뭐니 해도 맷집이다.

그리고 태영이 아는 한 가장 쉽고 빠르게 맷집을 올리는 방법은 '하드 스킨'이다.

그냥 죽기 직전까지 두들겨 맞으면 되니까.

"자, 어금니 꽉 깨물어라!"

펑─!

그 시작은 태영의 주먹이었다.

물론 적당한 힘으로 단전을 자극해 줘야 좀 더 빨리 '하드 스킨'을 습득할 수 있게 해 주는 효과가 있기 때문이다.

그러니까, 딱히 뭔가 쌓아 둔 게 있어서 그런 건 아니라는 말이다.

'이제 좀 속이 시원하군.'

아마도!

"헉! 뭐, 뭐야? 방금 무슨 일이…… 헉! 생각났다! 생각났다고! 너…… 아니, 레온 님, 죄송합니다! 뭔지는 모르겠지만, 제가 잘못했습니다!"

거기에 추가로 원만한 여행을 위해 둘의 관계를 확실히 정립하는 효과도 있었지만 어쨌든.

"됐으니까, 따라와."

태영은 한층 고분고분해진 그렉을 끌고 가 고블린 떼에 투척!

그렉은 죽기 직전까지 두들겨 맞았다.

태영의 계획대로.

그러나 다음 날부터 그 계획은 좀 이상한 방향으로 어긋나기 시작했다.

푹 자고 일어나 보니 밤새 끙끙대던 그렉의 가슴에 웬 솥뚜껑 같은 금속판이 붙어 있었다.

'꼴에 드워프라고 직접 방어구를 만든 건가?'

당연히 태영은 용납하지 않았다.

아니, 용납하지 않을 생각이었지만, 예상하지 못했던 일이 벌어졌다.

"망할 자식들! 어디 해보자!"

그렉이 먼저 이를 갈아붙이며 돌진해 버렸고.

퍽! 퍽! 퍽!

고블린 떼를 두들겨 패기 시작했다.

그 솥뚜껑 같은 금속판에서 튀어나오는 망치로.

전투가 끝나고 확인해 보니 레버로 솥뚜껑 뒤에 숨겨진 망치를 사출하는 장치가 붙어 있었다.

그 결과 전투는 그렉의 압승.

당연히 태영이 바라던 결과는 아니었지만.

'애매한데…….'

딴에는 궁리해 찾은 방법으로 이기고 돌아온 놈을 쥐어박을 수는 없는 노릇이다.

'할 수 없지. 좀 더 강한 놈을 붙여 주는 수밖에. 저런 망치가 통하지 않는 상대라면 굳이 내가 떠들어 대지 않아도 그런 잔꾀로는 금세 한계에 부딪힌다는 걸 알게 될 테니까.'

역시나, 좀 더 강한 놈을 붙여 주자 그렉은 다시 죽도록 얻어터졌다.

그러나 다음 날은 아니었다.

그렉이 밤새 개량을 해 버렸기 때문이다.

사출 장치에 스프링 같은 부품을 보강해 파워를 올리는 방법으로.

그다음 날도, 또 다음 날도 마찬가지였다.

그리고 닷새째에 접어든 오늘 아침, 태영은 초기에 세웠던 계획을 전면 수정해야겠다는 생각을 하게 되었다.

-스킬 [실전 공학]을 습득했습니다.

그리모어로 레벨 측정을 할 때 그렉의 머리 위로 이런 메시지가 툭 튀어 올라왔기 때문이다.

'실전 공학?'

태영도 처음 보는 스킬이었다.

그러나 왜 생겼는지, 또 어떤 용도의 스킬인지는 어렵지 않게 짐작할 수 있었다.

'정작 아직 하드 스킨도 생기지 않았는데…….'

더불어 확실하게 알 수 있었다.

'애초에 이 녀석은 전투 스킬을 배울 생각도, 재능도 없는 거야. 어떻게든 편하게 상황을 넘길 생각만 하니까. 당연히 스킬이 생길 리가 없지.'

어차피 글렀다는 말이다.

태영이 방법을 바꿔야겠다는 생각을 하게 된 결정적인 이유다.

'그래, 어차피 이 녀석을 고수로 만들려는 것도 아니니까. 어설프게 전투 스킬을 익히게 할 바에야 차라리 저 실전 공학이라는 걸 발전시키도록 하는 편이 더 효율적일지도 몰라.'

결국, 태영은 좀 더 두고 보기로 했다.

그때그때 적당히 힘든 수준의 몬스터를 붙여 주며.

지금도 마찬가지다.

그렉을 쫓아다니는 벌은 살상력이 높지는 않다. 몇 방 찔린다고 죽지는 않는다는 말이다.

"으악! 내 엉덩이!"

대신 죽을 정도로 아프지만, 그렉에게는 되레 적당한 약이 되어 줄 것이다.

실제로 그사이에 어제 부착한 판금 가위를 다루는 요령이 붙었는지 서너 마리의 벌이 날개나 더듬이가 잘린 채 떨어져 있었다.

'그러니 저 녀석은 전투가 끝난 뒤에 하급 회복약이나 몇 개 던져 주면 될 것 같고…….'

삐이이이-!

태영은 청영의 시야로 전환해 주위를 살펴보았다.

지금 신경 써야 할 건 이쪽이다.

본래 어둠의 계곡을 나와 하려던 일이 청영의 진화.

이에 태영은 노블핸드를 나와 일직선으로 남하, 어제 아르키네아 제국의 국경을 넘었다.

도노반이 말한 무잠이라는 드루이드 일족이 산다는 지역이 이곳이기 때문이다.

어느 왕국에도 속하지 않은 일명 버림받은 땅.

의외였던 건 이 부분이다.

'나도 이 지역까지 내려와 보기는 이번이 처음이지만……'

제국이나 주변 왕국이 괜히 이곳을 무주지로 놔두는 게 아니다.

버림받은 땅이라는 이름 그대로, 이곳은 본래 대부분 늪지나 돌밭으로 되어 있어 사람이 살 수 있는 환경이 아니었다.

그러나 지금 보이는 풍경은 듣던 것과는 달랐다.

'좋은 환경이라고 할 수는 없어. 하지만 사람이 살 수 없다고 할 정도는 아니야. 늪지나 돌밭도 간간이 보이는 정도밖에 없고. 그럼 여기도 현대와 겹쳐지며 변했다고 보는 게 자연스럽겠지. 나도 이편이 이동하기 편해서 좋기는 하지만.'

마냥 좋다고만은 할 수 없었다.

도노반이 그려 준 지도에는 없던 숲과 산이 생긴 탓에 위치를 찾기가 힘들어진 것이다.

'분명 거리상으로 보면 여기서 멀지 않을 텐데……'

청영과 동화한 태영이 아래로 스쳐 지나가는 숲을 훑어보고 있을 때였다.

"야, 레온!"

뒤에서 고함이 들려왔다.

시야를 되돌리며 돌아보니 그렉이 씩씩대며 소리쳤다.

"너 아까 뭐라고 했어? 벌 떼만 불러내면 나머지는 네가 다 알아서 하겠다며?"

"그런데?"

"지금 그걸 몰라서 물어?"

"네가 뭔가 잘못 알아들은 모양인데, 나머지는 내가 알아서 하겠다는 말은 네가 상대할 수 있는 만큼만 넘겨주겠다는 의미야. 그리고 딱 정확하게 맞췄잖아. 적당히 구르고 이길 정도로. 애초에 너 혼자서도 이길 수 있는 상대를 두고 도와 달라고 징징대는 게 말이 돼?"

"그걸 지금 말이라고 하냐!"

─이 자식은 어차피 제대로 덤비지도 못할 거면서 매번 왜 큰소리부터 치는 거야?

태영도 그게 궁금하다.

한 방 맞았을 때는 시키지도 않았는데도 바로 납작 엎드렸지만, 언제부터인가 다시 반말로 떠들어 대고 있었다.

'이 자식의 기억력은 휘발성인가?'

뭐 단순히 그런 이유만은 아니겠지만 어쨌든, 문제는 그에 따른 태도였다.

이제 충분히 알 때도 됐다 싶은데 말이다.

"뭐 내가 도와주지 않은 게 그렇게 섭섭하면 할 수 없지. 다음에는 내가 꼭 도와줘야 할 상황을 만들어 주는 수밖에. 그럼 됐지?"

"어? 뭐…….."

"어떤 몬스터가 몇 마리나 있든 앞뒤 안 보고 집어 던져 주면 되는 거 아니야. 그럼 매번 목숨이 간당간당해질 거고, 나도 도와줄 수밖에 없겠지. 네가 바라는 대로 말이야. 나도 사람인지라 실수할 수도 있어 웬만하면 그렇게까지 할 생각은 없었는데, 네가 그렇게 바란다면 할 수 없지."

"자, 잠깐! 아니, 내 말은…….."

"네 말이 뭐든, 나도 일부러 신경 써 주고 나서 불평 듣기 싫으니 그편이 나아."

제가 얼마나 구르고, 얼마나 맞게 될지를 결정하는 사람이 누구인지 말이다.

"아니, 그…… 에이, 또 뭘 그렇게 정색하고 그래? 알잖아. 내가 좀 욱하는 성질이 있는 거. 하루 이틀 같이 지낼 사이도 아닌데 그 정도는 적당히 이해하고 넘어가자고. 몇 방 쏘인 게 아파서 그냥 푸념 삼아 해 본 말이야. 그래, 그런 거라고. 알지?"

"모르겠는데?"

"아니, 또 왜 그러십니까?"

태영이 싸늘한 미소를 지어 보이자 그렉이 잽싸게 손을 비벼 대며 달라붙었다.

그래도 이렇게 빠른 태세 전환은 칭찬해 줄 만하지만.

삐이이이–!

멀리 보이는 산비탈 쪽에서 청영의 울음이 들려온 건 그때였다.

순간 태영의 눈이 금색으로 물들었다.

'저건……!'

먼저 시야에 들어온 건 돌기둥이었다.

그리고…….

🌀

완만한 경사의 산비탈.

중간 부근에 커다란 타원형의 바위가 수직으로 세워져 있었다.

그림인지 글자인지 모를 문양이 빼곡히 새겨져 있는 바위였다. 그리고 그 아래에 놓여 있는 작고 평평한 바위.

–이건…….

"그래, 틀림없어."

태영이 몸을 돌리며 대답했다.

"마경의 숲에 있던 것보다는 작지만, 분명 드루이드 제단이야."

그러나 태영의 얼굴은 밝지 못했다.

되레 제단을 확인하고 나서 한층 어두워져 있었다.

제단 아래로 보이는 마을 때문이다.

"도노반이 그려 준 지도의 위치는 이 부근이야. 게다가 드루이드 제단까지 있다면 더 생각할 필요도 없겠지. 분명 저 마을이⋯⋯."

모든 상황이 그곳을 도노반이 말한 드루이드의 후손, 무잠족의 부락이라고 가리키고 있었다.

문제는 현재 그 마을이 잿더미로 변해 있다는 점이다.

인기척은 느껴지지 않았다.

마을 안은 물론 밖에서도. 좀 전부터 청영이 정찰 범위를 넓히며 수색하고 있지만, 사람의 흔적은 찾을 수 없었다.

– 뭐 하나 생각대로 풀리는 일이 없군. 보아하니 하루 이틀 사이에 저렇게 된 것 같지는 않은데⋯⋯.

"하지만 그렇게 오래돼 보이지도 않아."

– 그럼 뭐가 달라져?

"뭐가 달라질지는 이제부터 확인해 봐야겠지."

태영은 마을로 내려왔다.

그렉은 그 앞에서 부서진 건물의 잔해를 바라보고 있었다.

"그렉."

불러도 대답이 없었다.

옆으로 다가갈 때까지 그저 멍한 얼굴로 폐허가 된 마을을 바라볼 뿐이었다.

"어이, 뭐 하는 거야? 바위를 보고 오는 동안 마을을 좀 둘러보라고 했잖아. 그런데 왜 여기서 그렇게 넋을 빼놓고 서 있어?"

"어? 어, 어……."

그렉이 화들짝 놀라며 태영을 돌아보았다.

"뭐 좀 찾은 거 있어?"

그리고 이어지는 질문에 와락 얼굴을 일그러뜨렸다.

"빌어먹을! 찾은 게 있냐고? 찾고 자시고 할 게 뭐가 있어! 그냥 보이잖아! 저 무너진 벽 아래에도! 그 옆에도! 또 옆에도! 시체! 시체! 온통 시체뿐이라고!"

─뭐야, 이 자식? 갑자기 왜 혼자 흥분하고 난리야?

태영도 당황스러웠다.

"너, 혹시 시체를 보는 게 처음이냐?"

"바보 취급하지 마! 드워프라고 한가하게 망치질이나 하는 게 아니야! 광산에서는 항상 갱도가 붕괴할 위험이 있고, 때때로 몬스터가 나타나기도 한다고! 그때마다 다치고, 또 죽기도 해! 하지만 이건 다르다고! 제대로 보라고!"

그렉이 폐허 곳곳에 보이는 시체를 가리키며 소리쳤다.

"모르겠어? 저 사람들은 그냥 죽은 게 아니야! 살해당한 거라고! 한두 명도 아니고 한 마을의 주민들이 모두! 심지어 어린아이까지! 이건 말도 안 되는 일이라고! 그런데도 너는 아무렇지도 않다는 말이야?"

"하아⋯⋯."

대들듯 떠들어 대는 그렉의 말에 태영의 입에서 한숨이 흘러나왔다.

－그래, 답답하겠군.

그보다는 새삼 떠올리게 되어서다.

그렉의 말을 듣기 전까지, 아니 들은 뒤에도 태영은 시체에 대해서는 별다른 감정이 없었다.

너무나 많이 봐 왔기 때문이다.

시체는 물론 살해당하는, 심지어 한 영지의 주민이 학살당하는 장면을 본 적도 있었다.

태영이 경험한 이계는 그런 불합리한 일이 비일비재하고 일어나는 곳이다.

그리고 그중 대부분은 태영도 피해자 측이었다.

자연히 다른 사람의 죽음에 대한 감정은 엷어질 수밖에 없었다.

아니, 없앴다는 말이 정확하다.

그보다는 자신의 상황에 대한 절망이 먼저였고, 거기서 벗어나기 위해 힘을 키우는 게 먼저였으니까.

당연히 그래야 한다고 생각했고, 그 생각은 지금도 달라지지 않았다.

단지⋯⋯.

'이게 정상은 아니겠지.'

떠올리게 되니 씁쓸한 기분이 들었을 뿐이다.

"왜? 뭐? 내, 내가 뭐 틀린 말 했어? 상황이 그렇잖아, 상황이!"

그러니 태영의 반응에 지레 움찔하며 떠들어 대는 그렉에게도 딱히 뭐라고 할 생각은 없다.

그러나 하나, 그렉의 말에 틀린 부분이 있었다.

"모두가 아니야."

"뭐?"

"이곳에 시체가 몇이나 있는 것 같아?"

"어? 음…….."

딱히 대답을 바라고 물은 게 아니다.

이미 이곳에 도착하기 전에 청영의 눈으로 훑으며 대강 헤아려 보았다.

시체의 숫자는 약 30~40구 내외.

무너진 집의 잔해에 파묻힌 시체도 꽤 있으리라는 점을 고려해도 100은 넘지 않을 것이다.

"이 마을의 집은 100여 채 이상, 그러니 최소한 200~300명은 살고 있었을 거야."

"그, 그럼…….."

"생존자가 있다는 말이지."

그리모어에게 뭐가 달라질지는 확인부터 해 봐야 한다고

말한 이유가 그것이다.

그렉을 마을에 남겨 뒀던 이유도 마찬가지.

"시체의 상태를 보면 일주일 전후, 길게 잡아도 열흘은 넘지는 않았을 거야. 대부분 무기에 의한 상처가 있으니 이곳을 습격한 건 인간이라고 봐야겠지. 이만한 규모의 마을을 이렇게 만들어 놓을 정도라면 적은 숫자도 아니었을 거고. 조금 이해되지 않는 구석이 있기는 하지만…… 일단 도적단 정도로 생각하는 게 자연스럽겠지."

이런 걸 알아보라고 그런 것이다.

그래야 이후의 대처 방안이 나올 테니까.

"하지만 도적단도 한 마을을 이렇게까지 만드는 일은 드물어. 식량이나 재물이 목적이라면 대개 협박으로 뜯어내지. 다시 말해 처음부터 이 마을 사람들이 목적이었을 확률이 높다는 말이야. 생존자가 보이지 않는다는 건 그래서겠지."

"놈들이 잡아갔다는 말이야? 왜?"

"이유는 얼마든지 있지만, 확실한 건 직접 확인해 봐야 알 수 있겠지. 적은 숫자가 아니라면 아직 흔적이 남아 있을 거다."

이렇게 말이다.

그 흔적을 찾는 것도 어렵지 않았다.

마을 외곽을 돌아보니 말발굽과 꽤 많은 사람이 이동한 흔적을 발견할 수 있었다.

삐이이이−!

빠르게 상공을 가로지르는 청영이 날아가는 방향으로.

"그렉, 가자!"

이에 태영은 바로 흑영에 탑승.

허겁지겁 말에 오른 그렉과 함께 청영을 따라 달렸다.

그러나 추격은 오래 이어지지 못했다.

이유는 두 가지였다.

첫째는 몇 개의 언덕을 넘어서자 자갈밭이 나와서고, 둘째는 그와 함께 끊어진 족적(足跡)을 찾느라 청영의 수색 범위를 넓혔을 때 발견했기 때문이다.

길게 이어진 언덕 아래쪽.

대략 100여 명의 사람이 줄지어 이동하고 있었다.

팔과 목이 묶인 채 하나로 엮여, 이미 꽤 먼 거리를 걸었는지 힘겹게 발을 떼어 놓고 있었다. 심지어 끄트머리의 몇 명은 쓰러진 채 끌려오고 있었다.

"빨리빨리 움직여!"

그리고 그 주위를 돌아다니며 소리치는 말을 탄 10여 명의 무장한 사내들.

그렉의 얼굴이 와락 일그러졌다.

"저놈들인가!"

"그렇겠지. 끌려가는 사람들은 그 마을 사람이 아니겠지만."

물론 아니라고 단정할 수는 없다.

그때 도망쳤다가 뒤늦게 잡힌 사람이 없다고는 할 수 없으니까.

그러나 대부분은 확실하게 아니다.

드루이드족이 짐승의 귀와 꼬리 따위가 붙어 있다는 말을 들은 적은 없으니까. 또 청바지나 리바이스 따위의 상표가 붙은 티를 입고 있다는 말도.

"수인족과 한국인들인가……."

"누가 됐든! 상황은 명확하잖아! 저런 걸 그냥 두고 볼 수는 없어! 분명 그 마을도 저놈들 짓이야! 저런 인간 같지도 않은 놈들을 그냥 둬서는 안 돼!"

- 아주 정의의 용사 납셨구먼.

그때 두 명의 사내가 후미로 이동하는 모습이 보였다.

그리고 쓰러진 채 끌려오는 한국인을 발로 차며 소리치다가 반응이 없자 검을 뽑아 들었다.

"저 자식들……."

이에 태영이 눈살을 찌푸리며 중얼거릴 때였다.

"개자식들! 가자!"

마침내 그렉의 정의감이 폭발했다.

그리고 거친 욕설과 함께 말을 몰아 단숨에 언덕을 넘어 돌진!

- 멋지구먼. 주인은 그냥 지켜만 보면 되겠는데? 혼자서 100명

이라도 거뜬하게 해치울 기세잖아.

태영도 잠깐 그런 생각이 들었지만.

"어? 뭐, 뭐야? 잠깐! 스톱! 스톱! 아니, 돌아! 돌아!"

굉장한 기세로 뛰어나가던 그렉은 다시 굉장한 기세로 돌아오며 소리쳤다.

"뭐, 뭐 하는 거야?"

"뭐 하냐니?"

"너 방금 저 자식들을 보며 인상 쓰고 있었잖아! 당장 달려가서 쳐 죽이겠다는 거 아니었어? 그래서 나도 뛰어나갔는데 네가 여기에 있으면 어떡해? 내가 저런 놈들을 상대할 수 있을 리가 없잖아! 난 안 된다고! 약하니까!"

"그게 자랑이냐, 인마? 그리고 그걸 아는 놈이 뛰어나가긴 왜 뛰어나가?"

"그야 흐름이 그렇잖아, 흐름이!"

"네 머릿속에 저놈들을 미행해서 본거지를 알아내고 어떻게 대응할지 차근차근 계획을 세운 뒤에 움직여야겠다는 흐름은 떠오르지 않는 거냐?"

"……어?"

떠오른 모양이다, 지금, 그러니까…….

"뭐야? 좀 전의 그놈은?"

"뭐든 상관없잖아. 어차피 우리 편이 아니면 다 똑같지. 더구나 덤으로 말까지 붙어 있는데 그냥 보내 줄 수는 없지 않겠어? 어이, 너! 두어 명 데리고 가서 정중히 모셔 와라."

"네, 가자!"

두두두두! 두두두두!

이미 발각되고, 세 놈이 언덕을 타고 올라올 때.

그러나 딱히 그렉에게 뭐라고 할 생각은 들지 않았다.

태영이 한 말도 그저 그런 생각을 한 적이 있었다는 것뿐이다. 생각이란 언제든 바뀔 수 있는 법이고, 방법도 한 가지만 있는 건 아니니까.

"그리모어, 핼버드 변환!"

콰직! 텅—!

지금은 확실히 이런 흐름이다.

그리고 그 흐름에 따라 자연스럽게 선두에서 언덕을 넘던 놈이 퉁겨져 날아갔다.

"이, 이게 뭐……."

뒤따르던 두 놈이 황급히 말을 멈춰 세웠다.

그리고 피를 뿜으며 날아가는 동료와 그 반대쪽, 그제야 발견한 한쪽으로 핼버드를 비껴들고 흑마를 탄 정체불명의 사내를 돌아봤을 때.

푸확—!

그중 한 명의 목에서 피가 치솟고 있었다.

"자, 잠깐! 네놈은 대체……."

– 머저리 같은 놈.

푸확-!

그리고 남은 한 놈도 그리모어에게 욕을 먹어 가며 화려한 피 분수를 뿜어 올렸다.

- 이제 예열은 됐냐?

충분히 됐고, 놈들의 수준도 파악했다.

"그렉, 놈들의 말을 잡아 둬라!"

태영은 바로 흑영을 몰아 언덕을 넘어가며 소리쳤다.

"어? 저놈은 또 뭐야?"

"뭐긴 뭐야, 적이지! 같은 방향에서 나타났다는 건, 좀 전의 놈을 잡으러 갔던 녀석들은 이미 당했다는 말이다! 평범한 놈이 아니야! 대형을 갖춰라!"

아래쪽에서 고함이 터져 나왔다.

당연한 반응이었지만, 좀 의외인 부분도 있었다.

'이런 상황에서 대형이라…….'

평범한 도적단이 보일 만한 반응은 아니었다.

물론 탈영병들이 도적단이 되는 일은 흔하니 놀랄 일도 아니기는 하지만, 뭐가 됐든 태영은 놈들이 대형을 갖출 때까지 기다려 줄 생각은 없었다.

흑영은 자타공인 최강 최속으로 불리는 베리언트종의 군마!

평상시의 속도도 보통 말의 1.5배 이상이다.

거기에 경사를 타고 내려가는 중이라 가속도가 더해진 지금은 2배에 가까운 속도를 발휘하고 있었다.

그러나 그게 최고 속도라고는 할 수 없었다.

"흑영, 전속 돌진이다!"

태영이 한층 자세를 낮추며 소리쳤을 때였다.

철컹! 철컹!

흑영에 장착된 마갑의 안장 뒤쪽에서 금속판이 솟아 올라왔다.

그리고 그 옆으로 좌우에 하나씩.

퍼스트 해머에게 받은 '백주의 철혈마'는 상황에 따라 세 가지 타입으로 변환되는 마갑이고, 태영은 이미 그 세 가지를 모두 사용해 보았다.

그리고 알게 되었다.

퍼스트 해머의 말과는 달리 실제 사용법은 네 가지였다.

이동 타입의 사용법이 두 가지로 나누어지기 때문이다.

그중 첫 번째는 당연히 FM대로 기본 성능을 발휘하며 이동 속도를 올리는 방법.

위이이잉-!

다른 하나가 바로 이것이다.

솟아난 금속판 주위에서 일어나는 돌풍!

이동 타입은 변환과 동시에 바람 속성의 마법이 발동되며 대기의 흐름을 가속화한다. 그러나 지금은 되레 그 흐름을 막고 있어 대기가 압축되며 돌풍을 일으키는 것이다.

따라서 당연히 속도가 떨어질 수밖에 없었다.

그러나 이를 해체하면.

콰콰콰콰—!

압축된 대기의 분사와 함께 폭발적인 가속을 발휘!

"헉! 뭐, 뭐야, 저건?"

"마, 말도 안 돼. 저, 저게 말의 속도라고?"

"버, 벌써 여기까지⋯⋯."

콰직! 텅—!

놈들의 말이 채 끝나기도 헬버드의 창날이 한 놈의 가슴을 관통했다.

"이, 이게 무슨⋯⋯."

놈들은 믿어지지 않는다는 눈으로 바라볼 뿐이었다.

그 폭발적인 속도도, 동료의 몸을 뚫고 나온 헬버드의 창날에 일렁이는 오러도, 그 창날이 순식간에 줄어들며 검으로 변하는 것도.

"라이트 웨이브!"

푸확—! 푸확—! 푸확—!

그 검에서 퍼져 나오는 빛에 세 놈이 피를 뿜으며 말에서 굴러떨어졌다.

"정신 차려! 놈은 혼자다! 말로 압박해 몰아넣어라!"

이런 고함이 터진 건 그다음이었다.

그제야 주위에 있던 놈들이 방패를 앞세우고 말을 몰아 흑영의 앞과 옆, 뒤에 밀착시켰다.

말과 사람을 동시에 봉쇄하는 기마 전술로 꽤 적절한 대응이라고 할 수 있었다.

실제 전장에서도 무턱대고 적진으로 뛰어든 기사가 이런 전법에 속수무책으로 죽어 나가는 경우가 적지 않다.

그리고 하나 더 추가해서 말하자면.

촤촤촤촤―!

'백주의 철혈마'의 전투 타입은 이럴 상황을 상정해 만들어진 것이다.

마갑 측면에서 솟아 나오는 칼날!

그 상태로 흑영이 거칠게 몸을 흔들자 밀착해 있던 말들의 살이 쩍쩍 갈라졌다.

당연히 말들은 대혼란!

상처 입은 말들이 미친 듯이 날뛰자 방패의 벽도 한순간에 허물어졌다.

푸확―!

그리고 그 뒤에서 치솟아 오르는 피!

"아, 안 돼!"

"이 자식 괴물이야! 전장에서도 이런 놈을 본 적은 없어!"

"빌어먹을! 퇴각! 모두 퇴각하라!"

비명을 터뜨리는 놈들의 뒤에서 고함이 터져 나왔다.

그러나 태영은 시작하지 않으면 모르되, 시작한 이상 한 놈도 살려 보낼 생각이 없었다.

그리고 태영의 의지는 곧 청영의 의지!

삐이이이―!

상공에서 '천조의 울음'이 울려 퍼졌다.

순간 놈들이 돌려세우던 말들이 일제히 굳어 버렸고 그게 끝이었다.

'천조의 울음'이 일으키는 경직은 불과 몇 초에 불과하지만, 그사이 네 명으로 줄어든 놈들을 처리하기에는 충분.

"자, 이제…….."

순식간에 10여 명을 해치운 태영이 몸을 돌렸다.

그 뒤에서는 100여 쌍의 공포에 질린 눈동자가 바라보고 있었다.

피할 수 없는 싸움

"흠⋯⋯."

태영의 미간에 주름이 잡혔다.

그 앞에서 굴비처럼 한데 엮인 사람들이 숨죽이며 바라보고 있었다.

숫자는 100여 명에 종류도 다양해서 이계인, 수인족, 한국인이 모두 섞여 있었다.

그런 만큼 물어볼 것도 많고, 들을 것도 많겠지만.

'어디에 뭐부터 물어야 하지?'

이런 고민 전에.

따각.

움찔! 움찔! 움찔! 움찔!

일단 이것부터 어떻게든 해야 할 것 같았다.

흑영이 살짝 한 걸음 다가가는 것만으로 마치 도미노처럼 줄줄이 움찔대는 사람들.

몇 명은 눈에 보일 정도로 와들와들 떨어 대고 있었다.

─오! 이건 좀 신선한 반응이군. 지금까지는 똥파리만도 못한 놈들도 주제 파악 못 하고 까불어 대기 일쑤였는데 말이야. 그거 나한테도 은근히 짜증 나는 일이었다고. 그런데 여기저기에 피를 좀 발라 주는 것만으로도 이렇게나 반응이 달라지는군. 좋아, 앞으로는 이렇게 가자고!

"이렇게 가긴 뭘 이렇게 가!"

움찔! 움찔! 움찔! 움찔!

그리고 다시 도미노처럼 이어지는 움찔의 행렬!

─봐, 재밌잖아.

다시 키득대는 목소리가 들려왔지만, 태영은 대답하지 않았다.

피 칠갑한 놈이 혼자 떠들어 대기까지 하면 미친놈으로밖에 보이지 않을 테니까.

뭐 이미 늦은 것 같기는 하지만.

"레온─!"

그때 뒤에서 고함이 들려왔다.

고개를 돌려 보니 그렉이 언덕 위에서 해치운 놈들의 말을 끌고 달려왔다.

그리고 물 흐르듯 자연스러운 동작으로 말에서 내려왔다.

참고로 말하자면 평상시는 깡충 뛰어내린다.

태영의 반 토막밖에 되지 않는 드워프의 다리로는 그런 동작으로 말에서 내리기에 애로 사항이 많아서다.

역시나 그렉의 발은 애매한 높이에서 멈춰 버렸다.

그리고 그 상태로 몇 번 버둥대다가 뒤로 발라당 넘어지며 떨어졌다.

"……."

잠시 침묵이 흐르고.

"음, 계획대로야! 잘했어! 작전대로!"

그렉은 무슨 일 있었냐는 듯이 자연스럽게 일어나 고개를 끄덕였다.

"그런데 싸움이 끝난 지가 언젠데 아직 그러고 있어? 말했잖아. 내 작전대로 놈들을 해치웠으면 바로 저 사람들부터 풀어 줘야지."

- 뭐래?

"내가 그런 것까지 일일이 말해 줘야 하냐? 아니, 됐다. 내가 할 테니까 넌 그 피나 좀 닦고 있어."

- 이 자식 갑자기 왜 이래? 그새 어디에 머리라도 세게 부딪혔나?

원래 그런 놈이다.

시계에 태엽을 감듯이 적당한 간격으로 뭔가를 해 줘야 정상적으로 작동하는 머리를 가진.

뭐 그래도 맞을 분위기는 아니라고 판단해서 까불어 보는 것이겠지만 어쨌든.

그렉은 태영을 엄히 꾸짖고 성큼성큼 사람들을 향해 걸어 갔다.

일단 본인은 그렇게 생각하는 것 같았다.

그러나 태영의 눈에는 한껏 올려다보며 구시렁대다가 아 장아장 걸어가는 것으로 보일 뿐이었고, 다른 사람들의 눈에 도 그렇게 보이는 모양이다.

움찔하는 기색도 없다.

뽕, 삭둑! 뽕, 삭둑!

되레 그렉의 가슴에 붙은 솥뚜껑에서 가위가 뽕뽕 튀어나 오며 밧줄을 자르기 시작하자 팔을 내밀며 몰려들었다.

─얕보이지 않는다고 무턱대고 좋아할 일은 아니군.

"왜 말이 달라져? 좀 전에는 이게 좋다며? 이대로 가자며?"

─그렇게 말하기는 했지만, 막상 이런 걸 보니 이건 이것대로 기 분이 나빠져서 말이야. 저러고 있으니 정말 저 녀석이 말한 것처럼 우리가 저 녀석이 시켜서 싸운 것처럼 보이잖아.

태영도 살짝 그런 느낌이 들긴 했다.

그러나 기분이 나쁠 정도는 아니었고, 그런 데 신경 쓸 때 도 아니었다.

일단 놈들은 해치웠지만, 그게 전부일 리는 없다. 그리고 해치워 놓고 할 말은 아니겠지만, 놈들이 누군지도 모른다.

어떤 식으로든 후속 조치를 해야 한다는 말이다.

거기에 필요한 게 정보.

그리고 신속한 정보 수집을 위해서는 융통성을 발휘할 필요가 있었다.

"그렉, 이리 와 봐."

"나 바쁜 거 안 보여? 할 말 있으면 그냥 해."

"자꾸 까불면 뒈진다?"

이런 말을 조심스럽게 할 정도의 융통성을 말이다.

"네, 말씀하십시오."

다행히 그렉도 눈치까지 없는 놈은 아닌지라.

"네놈은…… 아니, 됐고. 일단 이계인과 수인족은 너한테 맡긴다. 풀어 주면서 그 마을, 아니 꼭 그 마을이 아니라도 드루이드와 관련된 사람이 있는지 알아봐. 방금 그놈들에 대해서도. 또 어쩌다 잡힌 건지, 풀어 주면 갈 데는 있는지도. 이 지역에서 일어나는 일은 뭐든 물어봐."

이후의 대화는 매끈하게 이어졌다.

이계인과 수인족을 그렉에게 맡긴 태영은 한국인을 향해 돌아서며 말했다.

"보시다시피 저희는 적이 아닙니다."

"하, 한국어?"

"생김새를 보고 혹시나 했는데…… 하, 한국인입니까?"

"네, 일단은."

물론 이쪽이 더 편해서다.

뭐 애초에 그렉이 할 수 있는 일이 아니기도 하다.

"그럼 좀 전의 싸움은……."

문제는 대부분 이런 질문을 피해 갈 수 없다는 점이지만.

"여유로운 상황이 아니라는 것쯤은 여러분도 아실 겁니다. 그러니 지금은 꼭 필요한 대화만 하죠. 먼저, 혹시 이중에 드루이드에 대해 듣거나 본 사람이 있습니까?"

"드루이드?"

"혹시 RPG 게임에서 나오는 그게 말인가?"

"그거라면 나도 폰 겜으로 키우던 캐릭터가 하나 있기는 하지만……."

─뭐라는 거야?

그리모어와 달리 태영은 알아들었고, 또 충분히 대답이 되었다.

"그럼 여러분을 잡아가던 놈들에 대해서는요? 가장 중요한 건 놈들의 숫자나 본거지의 위치지만, 그게 아니라도 뭐든 놈들에 대해 아는 게 있는 사람은 말해 주십시오."

사람들은 서로 눈치만 살필 뿐이었다.

그러기를 잠시, 한 중년인이 쭈뼛쭈뼛 손을 들어 올렸다.

"말씀하십시오."

"저기…… 잘은 모르지만, 일단 놈들의 숫자가 꽤 많은 건 분명합니다. 저는, 아니 여기에 있는 사람들은 세상이 갑자기 이상해지며 괴물이 나타나 큰 건물 같은 곳에서 구조를 기다리던 사람들입니다. 그런데 한 달 전쯤부터 그자들이 나타나 닥치는 대로 잡아가기 시작했습니다. 적게는 대여섯명, 30명이 넘게 오기도 했는데 그때마다 다 다른 사람들이었습니다."

"아, 내가 있던 곳에 오던 놈들도 다 달랐습니다."

"저는 이번이 처음이라⋯⋯."

"그중에는 칼로 철문을 부수는 놈도 있었어요."

"검을 휘두르며 빛 같은 걸 날리는 놈도 본 적이 있습니다."

그 말을 시작으로 이런저런 정보들이 쏟아졌다.

그러나 정리하자면 결국 숫자가 꽤 될지도 모른다는 게 전부였다.

더불어 개중에는 꽤 실력이 있는 놈들도 있는 것 같지만, 어차피 그들의 눈에는 이계에서 검을 쓰는 자들은 모두 초인으로 보일 테니 참고가 되지는 못했다.

그때 문득 떠올랐다.

"혹시 근처에 군부대는 없습니까?"

"잘은 모르겠지만, 시 외곽에서 두 군데 정도 본 적이 있습니다."

"그럼 왜⋯⋯."

"군대는 이번 일이 시작될 때 모두 이동했습니다."

"어디로 말입니까?"

"그건 잘 모르겠습니다. 한창 굉음이 울리고, 땅이 들썩일 때라 전쟁이 터졌다고만 생각하고 서둘러 집으로 돌아오느라…… 그런데 설마 이런 세상이 돼 버릴 줄은…….''

이건 태영이 만난 한국인 대부분이 말하는 내용이다.

또 초기에 엄청난 숫자의 한국인이 몬스터에 당해 버린 이유이기도 하다.

전쟁이 났다고 생각했으니 군부대로 피신할 생각도 못 했고, 어차피 미사일이 날아다니면 어디든 마찬가지라 대부분이 집에 틀어박혀 버린 것이다.

그리고 굶주림에 버티다 못해 밖에 나와 되레 몬스터의 배를 채워 주는, 뭐 그런 거다.

"빌어먹을, 정말 그놈들은 다 어디로 사라진 거야?"

자연히 군에 대한 불평이 쏟아졌다.

그러나 초기에 그런 착각을 한 건 민간인만이 아니다.

박일우나 이 중위 같은 군인들도 대부분 처음에는 전쟁을 떠올렸다고 한다.

'하지만 그때 이후로 지금까지 보이지 않는 건…….'

물론 태영도 자세한 이유까지는 알 수 없다.

그러나 추측되는 바는 있었다.

사실 태영은 이 지역에 들어섰을 때부터 몇 가지 의문스러운 일들을 목격했다.

당연히 그에 관해 고민해 보았고, 이미 나름의 답을 찾아
둔 상태였다.

그 때문에 다음 행선지가 정해지기도 했지만.

'지금은 거기까지 생각할 때가 아니지. 지금 최우선 목표
는 청영의 진화! 어떤 상황이든 그것만큼은 해내지 않으면
안 돼. 그럼 결국 핵심은 드루이드가 되겠지만……'

눈앞의 한국인들도 문제다.

그들은 대부분 시가지에서 잡혀 온 사람들이다.

그리고 지금까지의 대화를 종합해 볼 때 이미 그곳은 놈들
의 사냥터나 다름없는 곳.

그곳으로 돌려보내면 무슨 일이 벌어질지는 뻔하다.

'더구나 내가 10여 명이나 해치웠으니 그저 잡아가는 것만
으로 끝나지 않겠지. 원래 그런 놈들일수록 복수니 뭐니 하
는 데 연연하는 법이니까. 그렇다고 내가 뒷일까지 책임져야
할 이유도 없고, 그럴 처지도 아니지만……'

태영이 그런 문제를 고민할 때였다.

"저기……."

끄트머리에서 한 청년이 슬그머니 손을 들어 올렸다.

피 묻은 옷가지가 걸레처럼 찢어져 있는, 유난히 많은 상
처를 입은 사람이었다.

"말씀하십시오."

"구해 주시기까지 했는데 이런 부탁을 드리기는 죄송하지만, 괜찮으시다면 저희와 함께 K공단까지 동행해 주실 수 없겠습니까?"

"K공단요?"

"그곳에 아직 건물도 튼튼하고 설비도 잘 갖춰진 공장이 꽤 있습니다. 이번 사태 초기에 공단 사람들이 그중 몇 개를 대피소로 사용하기 시작했는데, 꾸준히 사람이 모여 지금은 수백 명 이상이 모여 있죠. 도시에서 꽤 떨어져 있어서인지 다행히 그런 사람들도 온 적이 없습니다. 몬스터는 종종 나타나지만, 대처하지 못할 정도는 아니고 말입니다."

"그럼 그쪽은 왜 여기에……."

"정찰조였습니다. 물자 보급도 그렇지만, 밖의 상황도 알아봐야 하니까. 저와 함께 10명이 나왔었지만……."

뒤의 말을 굳이 들을 필요도 없었다.

그 주위에 동료처럼 보이는 사람은 보이지 않으니까.

어쨌든 근방에 그런 장소가 있다는 건 그나마 다행스러운 일이었다.

"그런데 지형이 이전과는 완전히 달라져서 어디로 가야 하는지도 잘 모르겠습니다."

그런 것도 문제가 되지 않는다.

태영은 지도를 꼼꼼히 확인하며 이동하고 있었으니까.

청년이 말한 K공단까지는 직선으로 약 10킬로미터, 그 사이에 몇 개의 산을 지나야 한다는 점을 고려해도 넉넉잡아 5시간 거리였다.

'그 정도라면 부담될 정도는 아니지. 쓸 만한 정보를 얻을 수 있을지도 모르고.'

"알겠습니다."

그렇게 일단 한국인들의 처우는 결정.

그사이 그렉도 이계인과 수인족 그룹과 대화를 마치고 돌아왔다.

그러나 내용은 태영과 크게 다르지 않았다.

일단 그들 중에서도 드루이드에 대해 안다는 사람은 없었다. 그리고 대부분 작은 부락을 이루고 살다가 습격당해 잡혀 온 처지라 돌아갈 곳도 없었다.

그러나 소득이 전혀 없는 건 아니었다.

"그놈들에 대한 거 말인데, 수인족 몇 명이 이상한 말을 하더라고. 그놈들이 여기저기 돌아다니며 부락을 습격하기 시작한 건 한 달 전쯤부터지만 있던 건 그전, 수십 년 전부터 있었대."

"수십 년 전이라고?"

"그래, 저쪽으로 하루 거리쯤 떨어진 검은 산에. 무장한 인간들이 지키고 있어서 들어가 본 적은 없지만, 그들도 그 검은 산 안쪽의 깊은 계곡에서 나오지 않아서 지금까지는 크게 신경 쓰지 않았다고 하더라고."

그렉이 한쪽을 가리키며 말했다.

그러나 방향은 이미 태영도 알고 있었다.

사실 좀 전의 전투에서 모든 놈을 해치운 건 아니었다.

한 놈은 태영의 눈을 피해 도주를 시도했고, 태영도 못 본 척 그냥 놔주었다.

지금 주위에 청영이 없는 이유가 그래서다.

일단 청영과 교신이 되는 범위까지라도 놈에게 붙여 방향이라도 확실히 알아내기 위해서다.

그리고 지금 그렉이 가리키는 방향과 일치하기는 하지만.

"검은 산의 계곡이라고?"

이런 말을 듣게 될 줄은 상상도 못 하고 있었다.

"분명 그렇게 말했어? 아니, 확실한 거야? 정말 놈들이 그곳에서 나왔다고?"

"어? 어, 아마도. 아니, 확실한 것 같던데? 수인족 중 한 명이 지금처럼 묶인 사람들을 끌고 그 산으로 들어가는 걸 직접 본 적이 있다고 했어."

"그럴 리가…….."

"응? 뭐가?"

태영의 반응에 그렉이 눈을 껌뻑이며 되물었다.

그러나 귀에 들어오지도 않았다.

지금까지 태영은 놈들을 혼란한 틈을 노리고 이종족을 사냥하는 노예상이라고 생각했다.

그러나 그렉의 말이 사실이라면 그렇게 단순한 문제가 아닐지도 모른다.

'대체 왜?'

질문은 여기서부터 다시 시작해야 한다.

이에 태영은 머릿속에 든 관련 정보를 뒤적여 이해될 만한 답을 찾아보았다.

그 결과 떠오르는 가능성은 하나밖에 없었다.

'만약 실제로 그런 일이 벌어졌다면······.'

퍼뜩 고개를 들어 올린 태영은 바로 놈들의 시체로 뛰어가 장갑과 장화를 벗겨 보았다.

"빌어먹을!"

※

중앙 대륙.

이계의 최강국으로 꼽히는 아르키네아 제국도 그 중앙 대륙에서 차지하고 있는 영토는 전체의 약 4분의 1 정도다.

아르키네아 제국이 작다는 의미가 아니다.

대한민국과 겹쳐진 서부 지역은 제국 전체로 보면 극히 일부. 이계의 영토가 그대로 옮겨 왔다면 북으로는 러시아, 동으로는 태평양까지 뻗어 있는 크기다.

물론 앞서 말한 것처럼 중앙 대륙은 그 4배에 달하고 또 그만큼 많은 왕국이 존재한다.

그러나 대륙의 하단에 자리 잡은 제국의 남부에는 단 3개.

그중 하나가 현대로 보면 대한민국의 동해에 해당하는 곳에 있는 노월 왕국.

크기는 작지만, 제국도 함부로 건드릴 수 없는 군사 대국이다.

노월 왕국이 그 정도의 군사력을 발휘할 수 있는 이유는 두 가지, 고대 그리스의 스파르타 같은 군사정책과 함께 지켜 온 엄격한 군율이다.

여차하면 바로 사형!

그나마 나은 게 잡철밖에 나오지 않는 광산에 처박히는 수준이다.

심지어 그 광산은 노월 왕국 내에 있는 것도 아니다. 또 한 번 들어가면 두 번 다시는 나오지 못한다.

그리하여 붙은 이름이 일명 구덩이!

-대체 왜 그래? 검은 산이라는 말을 듣자마자 안색이 변해서? 그 검은 산이라는 곳이 뭔지 아는 거야?

그게 그리모어가 떠들어 대는 검은 산이다.

처음 그 말을 들었을 때 태영이 혼란스러워하던 이유도 그래서다.

'노월 왕국의 병사들이 왜…….'

검은 산, 구덩이라는 말을 듣자마자 자연히 생각이 이런 쪽으로 흘러간 것이다.

그러나 곧 다른 가능성을 떠올렸고, 그에 대한 해답이 지금 태영의 눈앞에 있었다.

시체의 손목과 발목에 남아 있는 흉터.

'오랫동안 수갑과 족쇄를 차고 있던 흔적이야. 다시 말해 이자들은 구덩이를 지키던 노월 왕국의 병사가 아닌, 그곳에 갇혀 있던 죄수라는 말이다.'

떠오르는 답은 하나밖에 없다.

'……폭동!'

놈들이 움직인 건 한 달 전.

즉, 한 달 전에 죄수들이 폭동을 일으켜 구덩이를 점거했다는 의미다.

'아마도 현대와 겹쳐지는 사건이 일어났을 때부터 기회를 엿보고 있었겠지. 그리고 알아낸 거다. 이번 사태가 버림받은 땅에서만 일어난 게 아닌, 대륙 전체에 걸쳐서 일어난 일이라는 걸. 그래서 노월 왕국도 구덩이에 신경 쓸 여유가 없으리라고 판단하고…….'

어렵지는 않았을 것이다.

'어쩐지 도적단치고는 훈련이 잘되어 있다고 생각했는데 이유가 있었어.'

그곳의 죄수는 대부분 전직 병사.

숫자도 최소 주둔군의 몇 배는 될 테니 뒷일을 걱정하지 않아도 된다면 구덩이를 제압하는 것쯤은 가능할 터.

그럼 버림받은 땅의 사람들을 납치하는 이유도 뻔하다.

'자신들을 대신해 잡철을 캐게 해서 무기나 방어구를 만들든, 처음에 예상하던 대로 타국에 노예로 팔아 치우든.'

어느 쪽이든 놈들이 도적단으로 자력갱생하는 데 도움이 될 테니까.

문제는 태영이 찾아온 드루이드의 후예, 무잠족도 그곳으로 끌려갔을 확률이 높다는 부분이다.

'결국, 그들을 구출하려면……'

놈들과 부딪힐 수밖에 없다는 말이다.

지금까지 생각하던 일개 노예상이나 도적단이 아닌, 수백 단위의 군대와.

당연히 승산 따위는 없다.

십중팔구, 입구도 넘어 보지 못하고 죽어 나갈 것이다.

'빌어먹을! 일이 꼬여도 그렇지, 어떻게 이런 식으로 꼬이는 거야? 아니, 아직 그런 생각을 하기는 일러. 놈들의 숫자가 얼마나 되는지 정확히 확인된 것도 아니고. 다른 방법이 없으리라는 보장도 없어. 하지만 지금은 일단 그보다……'

"그렉!"

생각을 갈무리한 태영이 와락 몸을 돌리며 소리쳤다.

쿵―!

동시에 이마에 묵직한 통증이 전해졌다.

"으악!"

그 앞에서 그렉이 코를 부여잡으며 발라당 넘어졌다.

"젠장, 뭐 하는 거야?"

"큭! 내가 할 말이다! 왜 대답이 없어? 몇 번을 불렀는지 알아? 하도 대답이 없어서 뭔 일인가 하고 와 봤더니…… 으! 빌어먹을! 코가 떨어져 나가는 줄 알았네. 앗! 피, 피 나온다! 어쩔 거야!"

"장난 칠 기분 아니야!"

"뭐? 넌 장난으로 코피 흘리냐?"

"됐고! 이계인이나 수인족도 따로 갈 곳이 없으면 일단 같이 이동하기로 하고, 걷기 힘들 정도로 많이 다친 사람은 말에 태워!"

"왜 불렀다고 생각하냐?"

그렉이 입술을 삐죽대며 턱으로 뒤쪽을 가리켰다.

공격 타입으로 변환된 '백주의 철혈마'에 당해 죽은 말이 3마리, 나머지 7마리의 등에는 이미 그런 사람들이 태워져 있었다.

"방금 그놈들이 전부가 아니라며? 그럼 다른 놈들이 더 올지도 모르고. 나도 그 정도 생각은 있다고!"

– 물론 그러시겠지. 싸워야 할 때는 몰라도 튀어야 할 때는 확실히 알고 있는 놈이니까.

그리모어가 같잖다는 듯이 중얼거렸다.

그러나 되레 태영은 그렉의 행동 중에 유일하게 마음에 드
는 게 그런 점이다.

적어도 거치적대지는 않으니까.

"잘했어. 받아!"

"응? 회복약? 오…… 웬일이냐? 코피 좀 난다고 회복약
까지 다 주고?"

"누가 네 콧구멍에 처바르래? 다친 사람들 치료하라고, 인
마!"

ㅡ오, 웬일이냐?

상황 파악도 못 하고 떠들어 대는 그렉의 주둥이를 막자
이번에는 그리모어에게서 이런 말이 흘러나왔다.

그러나 태영도 쓸 때는 쓴다.

일단 그래야 행군 속도를 조금이라도 올릴 수 있기도 하지
만, 여유도 있어서다.

아니, 좀 지나치게 많았다.

연금술 스킬을 익히느라 쉬지 않고 만든 탓이다.

그러나 얼마 전 대량으로 획득한 증폭제 꿀을 섞을 수 없
는 하급 회복약의 가치는 대폭락.

이참에 적당히 소비해 두는 것도 여러모로 나쁘지 않은 일
이었다.

물론 그것도 다 돈이고.

"아, 그렇군! 오케이! 내게 맡게! 자, 자, 다치신 필요한 분

들은 제게서 약 받아 가세요! 이게 좀 허접해 보여도 약발은 제대로 받습니다! 제가 직접 확인한 거니 맘 놓고 바르고, 마시세요! 약은 충분히 있습니다!"

그럼에도 정작 기분은 그렉이 내고 있지만, 상관없다.

되레 그럴 줄 알고 준 것이다.

'그래, 기분 낼 수 있을 때 맘껏 내라. 어차피 연금술 숙련치도 올릴 겸 포션이야 다시 만들면 그만이고, 그 회복약의 10배쯤 되는 약초를 네가 캐게 될 테니까. 할당량을 정해 놓고 빡세게 굴려 주마! 넌 앞으로 편히 자기는 글렀어, 이 자식아.'

마음껏 굴릴 빌미가 돼 줄 테니까.

어쨌든, 치료한다고 지체할 시간은 없는지라 이동은 바로 시작되었다.

삐이이이-!

청영이 돌아온 건 그때쯤이었다.

그러나 태영의 어깨에 앉을 시간은 없었다.

'……역시.'

근처에 왔을 때 연결된 '감각 공유'로 태영은 다시 한번 확인할 수 있었다.

이미지로 전해져 오는 검은 산의 깊은 계곡.

그야말로 구덩이라는 이름에 걸맞은 그곳이 태영이 살려 보낸 놈을 따라붙은 청영이 보고 온 장소고, 예상대로 상당한 병력이 있었다.

'병력이 저 정도로 여유가 있다면 바로 추격대가 따라붙을 확률이 높아.'

그만큼 서둘러야 한다는 말이다.

삐이이이ㅡ!

따라서 청영은 쉴 틈도 없이 바로 앞질러 가서 이동 경로를 탐사!

태영이나 흑영도 쉴 시간이 없기는 마찬가지였다.

빨리 가는 것도 좋지만, 발자국을 푹푹 찍어 놓으면 그냥 다 같이 죽자는 말밖에 안 된다.

물론 가능한 한 흔적이 남지 않는 곳을 찾아 이동하고 있기는 하다.

그러나 인원이 100명쯤 되면 모를 일.

히히히힝ㅡ!

태영은 흑영을 타고 동분서주하며 흔적을 찾아 지우고, 때로는 다른 방향에 흔적을 만들어 두기도 했다.

물론 때때로 청영이 포착하는 몬스터가 접근하기 전에 해치우는 것도 태영의 몫이었다.

불만은 없다. 분명 불만은 없지만!

"모두 나, 정의의 드워프 그렉만 믿고 따라오면 됩니다! 힘을 내십시오!"

ㅡ아주 저 자식만 살판났구먼.

그렉도 해야 할 일을 한다고 생각한다.

분명 그렇게 생각하지만!

"그렉…… 정말 하늘이 내려 주신 분이야."

"저분을 만나지 못했다면……."

"그래, 저런 분이 저렇게 열심히 우리를 도와주는데 앓는 소리를 할 수는 없지. 힘들고 아프더라도 조금 더 힘을 내자고."

"그렉! 그렉!"

- 저 자식, 의외로 저런 쪽에 재능이 있는 모양이야. 잘하면 신전 하나 세우겠어.

거기까지는 몰라도 한 가지만은 알 수 있었다.

"좋아! 할당량 20배다!"

- 뭐가?

"그런 게 있어!"

태영도 그리 속 좋은 인간은 아니라는 거.

어쨌든 그런 태영과 청영, 흑영, 그리고 그렉의 코딱지만큼의 노력 덕에 일행은 무탈하게 전진.

길게 이어지던 산줄기를 지나자 현대의 도로가 보이기 시작했다.

그리고 1시간을 더 이동했을 때.

"저깁니다!"

공단에 대해 말했던 청년이 소리쳤다.

그때는 일부만 보였지만, 둔덕을 넘자 곧 넓은 지역에 모여 있는 건물들이 눈에 들어왔다.

"이계의 유적 같은 것이 나타났다는 말은 들었지만, 저만 한 크기의 건물이 저렇게나 많이……."

"대체 어떻게 만든 거지?"

이계인이나 수인족 중에는 현대의 건물을 처음 보는 사람도 있는 모양이다.

그러나 놀랍기는 태영도 마찬가지였다.

다른 지역에서 본 건물에 비하면 꽤 멀쩡한 상태였기 때문이다.

물론 전혀 예상하지 못했던 건 아니었다.

태영이 버림받은 땅에 들어온 뒤로 느꼈다던 의문이 바로 이것이었다.

이렇게 큰 건물은 처음이지만 작은 건물은 물론, 내부의 물건들도 대부분 다른 지역보다 손상도가 낮았다.

그리고 말했듯이 그 이유도 어느 정도 추측하고 있었지만 어쨌든.

"잠깐만 기다리세요!"

도로를 따라 걷기를 잠시, 바리케이드가 둘러쳐진 공장 앞에 다다르자 청년이 뛰어나오며 설명했다.

"이 주변에는 괴물 대책용으로 여러 곳에 함정을 만들어 놨습니다. 제가 맡았던 곳은 다른 방향이라 이쪽은 저도 잘 모릅니다."

"그럼……."

펑-!

그때 바리케이드 너머에서 폭음이 울렸다.

"어이! 너희들 뭐야?"

뒤이어 터져 나오는 고함.

청년이 앞으로 나서며 소리쳤다.

"자경단에 소속되어 있는 최문호입니다! 정찰을 나왔다가 돌아온 겁니다!"

"최문호? 그럼 같이 온 사람들은?"

"정체불명의 사람들에게 납치되던 사람들입니다! 저도 그랬고요! 다행히 제 옆에 계신 이분의 도움으로 풀려나게 돼서 같이 오게 된 겁니다! 모두 믿을 수 있는 사람들이니 일단 들여보내 주십시오! 자세한 얘기는 들어가서 해 드리겠습니다!"

"······알았다!"

약간의 텀을 두고 대답이 들려왔다.

그리고 곧 바리케이드 너머에서 서너 명의 사내가 나왔고, 태영과 최문호, 나머지 일행은 그들의 안내를 받아 무사히 공장으로 들어갈 수 있었다.

그제야 태영도 한숨······ 돌릴 틈은 없었다.

이계어와 한국어를 모두 할 줄 아는 사람도 태영, 이쪽저쪽 사정을 다 아는 사람도 태영밖에 없는지라.

"책임자가 누굽니까?"

"어? 한국 사람이었습니까? 저는 복장이 그래서······ 책임자라고 할 수는 없지만, 일단 제가 경비를 맡고 있습니다. 곽현경이라고 합니다."

태영의 말에 바리케이드 옆에서 30대 사내가 다가오며 대답했다.

10여 명의 청년과 함께 있었는데, 경비를 맡고 있다는 말처럼 모두 쇠 파이프나 단검, 몇몇은 사제 총처럼 보이는 쇠붙이를 차고 있었다.

"태영입니다."

"이분이 저와 다른 사람들을 구해 준 분입니다."

최문호의 보충 설명에 곽현경이 조금 놀란 얼굴로 다시 태영을 바라볼 때였다.

"어이, 너! 지금 뭐 하는 짓이야?"

곽현경의 뒤쪽에서 거친 고함이 터져 나왔다.

바리케이드 주변에 모여 있는 사람들보다 나이가 많은, 대략 50대 정도로 보이는 중년 남자 세 명이 뛰어오고 있었다.

곽현경이 살짝 미간을 찌푸리며 고개를 돌렸다.

"무슨 말입니까?"

"몰라서 물어? 그 녀석들은 또 대체 뭐야? 그런 놈들까지 받아들여서 뭘 어쩌자는 거야? 우리도 지금 여기저기에서 긁어모은 식량으로 간신히 버티는 중인데 남 걱정할 때냐고!"

"남이 아닙니다. 저희 자경단원이라고요. 반장님이 말씀하신 여기저기서 긁어모은 식량도 저런 친구들이 구해 오는 거고 말입니다."

"그럼 저 녀석만 들어오라고 하면 되잖아! 정체도 모르는 놈들까지 받아들였다가 문제라도 생기면 누가 책임질 건데?"

"여기에 모인 사람은 대부분 그렇게 모인 사람들입니다. 여러분도 그렇고요. 그런데 이제 다른 사람들은 알 바 아니라는 겁니까?"

"내 말은……."

"누군가 책임져야 한다면 제가 지겠습니다. 식량도, 정 그렇게 아깝다면 저희 몫에서 떼어 줄 테니 적당히 좀 하시죠."

곽현경의 날카로운 말에 중년인이 입을 다물었다.

그리고 울컥한 눈으로 그와 태영을 쨰려보다가 뭔가 알아듣기 힘든 욕을 웅얼대며 돌아갔다.

그 모습을 지켜보던 곽현경이 쓴웃음을 지으며 고개를 돌렸다.

"차마 환영한다는 말은 못 하겠군요."

"이해합니다."

태영은 대수롭지 않은 얼굴로 끄덕였다.

"그런데 저와 함께 온 분에게 납치됐었다는 말을 듣고도 자세히 물어보지 않으시는군요. 혹시 납치한 자들에 대해 알고 계셨습니까?"

"직접 본 적은 없습니다. 하지만 시가지 쪽에서 피난 온 사람들에게 들은 적이 있습니다. 중세 시대와 같은 복장을 하고 나타나 사람들을 잡아가는 자들이 있다고 말입니다."

"그런데도 우리를 받아들인 겁니까?"

"솔직히 말하면 저도 고민은 했습니다. 하지만 저희 대원을 구해 주시기도 했고, 이미 여기까지 와 버리지 않았습니까? 돌려보낸다고 달라질 건 없겠죠. 그럴 바에야 차라리 쪽수라도 늘려 놓는 편이 나을지도 모른다는 생각도 있었고 말입니다."

곽현경이 히죽 웃으며 대답했다.

그러나 곧 어두운 안색으로 주위를 둘러보며 말을 이었다.

"하지만 솔직히 여러분이 이곳으로 온 게 잘한 일인지는 모르겠군요."

곳곳에 보이는 무너진 담장과 검붉은색으로 말라붙은 핏자국, 몬스터 습격의 흔적이다.

"잘 막아 내고 있었다고 들었습니다만……."

"그랬죠. 들개 같은 놈들 몇 마리가 어슬렁거릴 때는. 그런데 지난 몇 주 사이에 무리를 지어 습격해 오는 일이 부쩍 늘었습니다. 여러모로 꽤 걱정거리가 많은 상황이죠."

"그렇다고 대책도 없이 넋 놓고 있을 타입처럼 보이지는 않는데요."

"글쎄요……."

한숨처럼 중얼거리던 곽현경이 고개를 저었다.

"그런 얘기는 차차 하죠. 피곤하실 테니 일단 좀 쉬고 계십시오. 저도 문호에게 좀 더 자세한 얘기를 들어 보고 다른 사람들과 상의도 해 봐야 하니까요. 요깃거리를 나눠 드리라고 전해 두겠습니다."

"감사합니다."

머리가 복잡하기는 태영도 마찬가지였다.

동행한 사람들 때문은 아니다.

그들에 대해서는 이미 과할 정도로 은혜를 베풀었고, 이곳까지 데려온 것으로 할 일은 끝났다고 생각한다.

'문제는 구덩이인데…… 만약 무잠족이 모두 그곳에 잡혀 있다면…….'

여러모로 귀찮아질 수밖에 없다.

이에 생각을 정리하기 위해 그렉에게 대강의 상황을 설명해 주고 혼자 떨어져 나왔을 때였다.

"잠시 실례하겠습니다."

헐렁한 로브에 후드를 눌러쓴 사내가 다가왔다.

"그렉 님에게 들었습니다. 그쪽, 레온 님이 드루이드를 아는 사람을 찾고 있다고. 실은 제가 알고 있습니다."

겨우 뭔가를 기대고 앉은 태영의 몸이 벌떡 치켜 세워졌다.

to be continued

The Final

더 파이널

유성 퓨전 판타지 장편소설

「아크」「로열 페이트」「아크 더 레전드」
작가 유성의 새로운 도전!

회귀의 굴레에 갇혀 이계로의 전이와 죽음을 반복하는 태영
계속되는 죽음에도 삶에 대한 의지를 불태우던 어느 날

갑자기 시작된 침식으로 이계와 현대가 합쳐진다!

두 세계가 합쳐진 순간,
저주 같던 회귀는 미래의 지식이 되고
쌓인 경험은 태영의 힘이 되는데……

이계의 기연을 모조리 흡수해
누구도 넘볼 수 없는 전사로 우뚝 서다!

변호사 윤진한

이해날 현대 판타지 장편소설

『어게인 마이 라이프』의 작가 이해날,
당신의 즐거움을 보장할
초특급 신작으로 돌아왔다!

아버지의 복수를 위해
악랄한 변호사가 되었으나 대기업에 처리당한 윤진한
로펌 입사 전으로 회귀하다!

죽음 끝에서 천재적인 두뇌를 얻은 그는
대기업의 후계자 경쟁을 이용해
원수들의 흔적마저 지우기로 결심하는데……

악마 같은 변호사가 그려 내는
두 번의 인생에 걸친 원수 파멸극!